İSKENDER PALA

1958, Uşak doğumlu. İstanbul Üniversitesi Edebiyat Fakültesi'ni bitirdi (1979). Divan edebiyatı dalında doktor (1983), doçent (1993) ve profesör (1998) oldu. Divan edebiyatının halk kitlelerince yeniden sevilip anlaşılabilmesi için klasik şiirden ilham alan makaleler, denemeler, hikâyeler ve gazete yazıları yazdı. Düzenlediği Divan Edebiyatı seminerleri ve konferansları kalabalık dinleyici kitleleri tarafından takip edildi.

"Divan Şiirini Sevdiren Adam" olarak tanınan İskender Pala, Türkiye Yazarlar Birliği Dil Ödülü'nü (1989), AKDTYK Türk Dil Kurumu Ödülü'nü (1990), Türkiye Yazarlar Birliği İnceleme Ödülü'nü (1996) aldı. Hemşehrileri tarafından "Uşak Halk Kahramanı" seçildi. *Babil'de Ölüm İstanbul'da Aşk* ve *Katre-i Matem* adlı romanlarının baskıları yüz binlere ulaştı, pek çok ödül aldı. Evli ve üç çocuk babası olan Pala, halen Uşak Üniversitesi öğretim üyesidir.

www.iskenderpala.net
www.iskenderpala.com

İki Darbe Arasında

İskender Pala

Sevgili Hocalcım,
Doğum gününü
kutları, nice sağlıklı,
mutlu yıllar dilerim...
24.5.10 Bn.
Kübra

Kapı Yayınları 196
İskender Pala Bütün Eserleri 42

İki Darbe Arasında
İskender Pala

1. Basım: Şubat 2010 (26.000 adet)
2. Basım: Şubat 2010 (5.000 adet)
3. Basım: Şubat 2010 (5.000 adet)
4. Basım: Şubat 2010 (5.000 adet)
5. Basım: Şubat 2010 (5.000 adet)

ISBN: 978-605-4322-05-3
Sertifika No: 10905

Yayına Hazırlayan: Mustafa Çevikdoğan
Kapak Tasarımı: Utku Lomlu
Mizanpaj: Bahar Kuru

Kapı Yayınları
Ticarethane Sokak No: 53 Cağaloğlu / İstanbul
Tel: (212) 513 34 20-21 Faks: (212) 512 33 76
e-posta: bilgi@kapiyayinlari.com
www.kapiyayinlari.com

Baskı ve Cilt
Melisa Matbaacılık
Çiftehavuzlar Yolu Acar Sanayi Sitesi No: 8 Bayrampaşa / İstanbul
Tel: (212) 674 9723 Fax: (212) 674 9729

Genel Dağıtım
Alfa Basım Yayım Dağıtım Ltd. Şti.
Ticarethane Sokak No: 53 Cağaloğlu / İstanbul
Tel: (212) 511 5303 Faks: (212) 519 3300

Kapı Yayınları, Alfa Yayın Grubu'nun tescilli markasıdır.

Çizik çizik yüreklerle yıllar yılı birbirimizi teselliye çalıştığımız eşime; çocukluk coşkularını cevap bulamadıkları sorularda savurarak büyüyen kızlarımla oğluma ve onlarla benzer hayatları yaşamak kaderleri olan binlerce aileye…

ÖNSÖZ

Eski bir Çin bedduasına göre, kötülüğü istenen kişiye "İnşallah ilginç zamanlarda yaşayasın!" denilirmiş. Çok ağır bir ilenç bu, gerçekten. İlginç zamanlar, acımasızca savurur çünkü insanları ve adalet ilginç zamanlarda sapar yoldan. Sonra, gerçeklerin üstü kolayca örtülüverir ilginç zamanlarda ve kanunun gücü yerine gücün kanunu hüküm sürmeye başlar.

Türkiye'mizin son yıllarına damgasını vuran 28 Şubat diye bir kesit var ki, -görmek istemesek, öğrenmekten kaçınsak dabazıları için "ilginçlik" bedduasına uğrayarak yaşanmış, takvimlere yargısız infazlar yazılmış bir dönemdir. Anayasamızın hiç değişmeyen, değişmesi teklif dahi edilemeyen ikinci maddesindeki *"Türkiye Cumhuriyeti (...) hukuk devletidir."* yargısı, o günlerde yalnızca bir söylemden ve kuru bir cümleden ibaret kalmış, binlerce emek ve çaba ile yetiştirilen yetkin insanlar, acımasızlığın yağlı kurşunları ile tam kalplerinden vurulmuşlardır.

Hüzün rüzgârlarının şiddetle estiği o süreçte Yüksek Askerî Şûrâ (YAŞ) kararı ile ordudan subay ve astsubaylar ihraç edilmişti. Suç hanelerinde "disiplinsizlik" gerekçesi yer alan, ama hangisinin sicil dosyasına baksanız taltifnameler, takdirnameler, üstün başarı ödülleri ve madalyalar görülen açık alınlı insanlar, bu toprağın çocuklarıydı onlar... Ordudan, başka bir yolla değil, YAŞ kararı ile ihraç edilmelerinin tek sebebi, yargı by-pass edilebilsin diye idi. İşlemleri gizli tutulmuş, üstelik yargılanma hakları da ellerinden alınmıştı. Suçlulukları kadar suçsuzlukları da anlaşılamasın diye...

Demokrasinin zihinlerde ipotek edildiği o ilginç zamanlarda mübarek Türk ordusunu ve o ordunun yasalarını bazı kişiler kendi menfaatlerine uygun şekilde kullanma eğilimine girdiler ve bize göre iki gerekçe ile haksız uygulamalar yapıp bazı masum insanları, aşkları gibi giyindikleri üniformalarından soyundurdular. Bu gerekçelerden birincisi TSK bünyesinde bazı kişilerin çekemedikleri, rahatsız oldukları, başarısına hasetlendikleri meslektaşları hakkında düzenledikleri uydurma bilgi ve belgeler, imzasız mektuplar -ki bunda rekabet, terfi, mevki ve makam hesaplarına göre "öteki"ni bertaraf etme duygusu büyük rol oynamıştır-; ikincisi de üst rütbeli komutanların ideolojik kaygıları ve TSK'nın ve toplumun geleceğini şekillendirme, toplum mimarlığına soyunma gayretleriydi. TSK'da iken bazı meslektaşlarıma bakarak birtakım ihtiraslaların tahrik ve teşviki ile Atatürkçülük ideolojisinin suiistimal edildiğini, hemen her şeyin Atatürkçülük adına yapıldığını gördüm. Gördükçe de gerçek Atatürkçülüğün ne olduğu konusunda şüpheye düşmeye başladım. Atatürk ve Atatürkçülük hakkında incelemelere giriştim ve elbette ki Atatürkçülüğü kuru bir slogan olarak kullananların pek çoğuyla anlaşamaz oldum. Çünkü onlar evrendeki gelişmelere kapalı, dar dünyalarında Atatürk'ün ülküsünü de yolundan saptırıyor, Atatürkçülük perdesinin arkasına sığınarak aslında 12 Eylül rüzgârlarıyla budanmış sol ideolojinin davasını güdüyorlardı. Üstelik bazıları, uydurma mektup yazma ve sahte bilgi, belge düzenleme konusunda çok mahir idiler.

Kaderleri YAŞ kararlarıyla birbirine perçinlenenler, bu birincilerin tutuşturdukları kıvılcımlarla yanıp ikincilerin yangınlarında küle döndürülerek ilginç zamanların yükünü, olanca ağırlığıyla omuzlarında taşıyarak savruldular. Onlarla birlikte aileleri, çocukları da savruldu. Hatta bu çocuklardan bazıları oyunlarına doyamadan, bazıları gençliklerini yaşayamadan fişlendiler, masumiyetleri çizik çizik yaralandı, yürekleri dalga dalga kanatıldı. Belki pek çoğunun geleceği gölgelendi, bilemiyoruz!.. Ülkelerini yaşanmaz bulanlar, bu cennet ülkeyi onlar için de yaşanmazlaştırmak istediler, ama yine de vatan sevgilerine ziyan eriştiremediler.

28 Şubat ibresi, ilginç zamanlara ait yelpazenin öncesini ve sonrasını işaretlerken YAŞ kararı ile üç bini aşkın başarılı subay/astsubay disiplinsizlik suçlamasıyla Türk Silahlı Kuvvetleri'nden ihraç edildiler. Aynı süreçte askerler ile Refahyol Hükümeti arasındaki çekişmede tam ortada kaldılar ve iki taraftan da sille üstüne sille yediler. O dönemin irtica söylemlerinde somut örnek olarak sokaklarda parmakla gösterildiler; ama asla bir işe girip çalışmalarına müsaade edilmedi. Türkiyemiz adına çok kötü alınmış bir karar idi bu. Her alanda yetişmiş insana ihtiyaç duyulan bir dünyada, her bakımdan donanımlı, birikimli, yetkin üç bin kişi işsiz bırakılıyordu!.. Neler yapmazlardı. Yapamadılar, yaptırılmadılar. O kadar ki çoğu evine ekmek götüremedi, bazısı çocuklarının okul masrafını

karşılayamadı. İçlerinden bu aşağılanmaya dayanamayıp intihar edenler çıktı. Onlar üç bin ailenin sorumluğunu taşıyan bir tek kişi oldular ama çaresizliklerinin sesini, oturdukları gecekondu odalarının dışında kimseciklere duyuramadılar. Acılarını paylaştıklarını söyleyenler de, bunu sadece söylediler.

Onlar kişilikleri yok edilmek istenen asil ve yiğit adamlar idiler; ama maaş cüzdanları, sağlık karneleri, özlük hakları, iyi adları ellerinden alınmış ve toplum vicdanından kimlikleri silinmişti. Buna karşın kişilikleri delikanlı gibi yerli yerinde duruyordu ve onurlarını hiç yitirmediler. Omuzlarından demir yıldızları alanlar, alınlarında masumiyetin yıldız yıldız parladığını yazık ki göremediler.

Gel zaman, git zaman... Yüreklerinin derinlerindeki yangın asla sönmedi, söndürülemedi, söndürülmesine müsaade edilemedi. İlginç zamanlardı ve onlar kurbanlık koçlar misali ilginç zamanlara boyun eğdiler. Büyük sineklerin delip geçtiği kirli örümcek ağına onlar, küçük sinekler gibi takılıp kaldılar.

Aradan geçen bunca yıl sonra, gerçek bir darbe ile postmodern darbe arasına sıkışmış askerlik hayatımı gözden geçirir ve bu satırları yazarken, dönüp geriye baktığımda, ne acı hissediyorum, ne hüzün... Sadece bir duygusuzluk ve kaybedilmiş uzun yılların boşluğu. 12 Eylül ile 28 Şubat arasında kalmış iç burkan bir boşluk... Hatırlarken unutmak istenilen, unutuldukça hatıralara dolup gelen... Çünkü zaman olur, her şey dengededir de, zaman olur adımlar çekinerek atılır ve hangi yöne gidileceği kestirilemez... Yanlış adımların çığ gibi felaketlere yol açtığı bir zamanda, ne o çığdan, ne o çığın altında kalanlardan kimsenin haberdar olmak istemeyişi ve bu yüzden onları arayıp sormayı unuttukları bir sürecin sessizliği, suskunluğu ve lirizmidir bu.

Eski bir şair "Elemin zikri de bir gûne elemdir" der. Acı günleri hatırlamak insana tekrar acı verir elbette. Buna rağmen vaktiyle unutmayı çok zor başardığım o günleri şimdi yeniden hatırlamanın acısını yaşamaya cesaret etmem, sırf tarihe belge bırakma ve belki o savrulmuş insanların hâlâ aramızda yaşadıklarına dikkat çekebilme amacına yöneliktir ve bu yüzden yazdıklarımın tamamı katıksız hakikattir. Hele bir uzak acının tazelenmesiyle intikam hissine kapılmak asla değildir. Hayır, bayrağımızın bekçisi "Peygamber Ocağı" Türk Silahlı Kuvvetleri'ne asla kin güdemem. Ama onun eleştirilmez bir kurummuş gibi algılanmasını da yanlış bulurum. Eleştiri ve özeleştiri kuruma değil, kişilere yöneliktir ve elbette doğruların yolunu aydınlatır. Öte yandan, toplumun her katmanında olduğu gibi o kutsal ocakta da şanlı ay-yıldızımıza bakarken yüzü kızarması gereken insanlar olduğunun bilinmesini isterim. Sayıları çok şükür ki azdır bunların, ama cüretleri de o derece çoktur.

Elinizdeki kitapta on beş yıllık askerlik hayatımı on beş bölüm halinde sizlere sundum. Bir öncesi ve bir de sonrası ile birlikte. Eğer şahsımla ilgili askerî ve sivil istihbarat raporları elimde bulunsaydı veya bu kitabı benim yerime bir istihbaratçı yazmış olsaydı, büyük olasılıkla farklı bir metin ortaya çıkmazdı. Belki en büyük fark, bana isnat edilen ama hiç bilmediğim bir düzmece rapor, bir uydurma belge, bir yalan, bir iftiranın daha bu metinde yer alması olurdu. Hislerimi birkaç kez filtreden geçirdikten sonra bu satırları yazdığımdan emin olunabileceğini, her iki taraf için de olaylara mantıklı bakmaya çalıştığımı alın açıklığıyla söyleyebilirim. Kitabımı okuyanlar, anılarımı yazarken takındığım mücadele tavrımın asla bir kurum ile değil, kurumun gücünü ve ideolojisini arkasına alarak kişisel çıkarlar gözetenlere karşı olduğunu göreceklerdir. Tarihe belge bırakmak isteyen her insan gibi ben de "öteki"ni anlamaya azami gayret ettim ve hatalarımı açıkça söylemekten hiç çekinmedim. Yine de yazdıklarım şahsî fikir ve kanaatlerimdir, ama acısının binlerce yüreği aynı biçimde yaktığını size söyleyebilirim.

Dönüp geriye baktığımda özet cümlem şu olabilir:
"Çok şükür ki mazlum oldum, zulmeden olmadım!.."

01 Ekim 03; Nakkaştepe

Yüzlerce benzer öykü içinden bir öykü bu...
Keşke yaşanmamış olsaydı.
Yaşandı işte...

ÖNCESİ

Hayatta zor olan iki şey vardır: Biri iyi bir isim yapmak, diğeriyse bu ismi korumaktır.
Robert Schumann

"İskender Pala! Neden asker olmak istiyorsun?" diye sormuştu ortadaki güzel yüzlü beyefendi. Bu sorunun hayatımı değiştireceğini bilmiyordum. Bumeranga benzeyen bir masanın öteki yüzüne sıralanmış sekiz adam vardı ve o anda sanki sekizi de birbirine benziyormuş gibi bir hisse kapılmıştım. Siyah ceketler ile bembeyaz gömlekler giymişlerdi ve bazılarının kolları masanın altında kaldığından altın sırma rütbelerini tanıyamıyor, hatta hangisinin en büyükleri olduğunu bilmiyordum. Sekiz çift bakış üzerime dikilmiş, beni lime lime ederken başımı yere eğdim ve düşündüm. Hakikat, ben neden asker olmak istiyordum?

Daha sonraki yıllarda bu soruyu kendime hep sordum; ama o gün, oradaki kadar doğru bir cevabı asla bir daha bulamadım. Günün şartları beni asker olmaya, hiç bilmediğim bir mesleğe gözü kapalı girmeye zorlamıştı. İçimden geldiği biçimde anlattım:

"Üç sebepten! İlki maddi olanaklarının bolluğu; ikincisi, mesleğimi saygı duyarak yapabileceğim öğrencileri bulmak; üçüncüsü de silah taşıyıp hayatımı garanti altına almak!"

⁂

Bu mazeretlerle asker olmak istediğimde, toplum üzerinde 12 Eylül rüzgârlarının şiddetle hissedildiği günleri yaşıyorduk. Daha birkaç ay öncesinde her gün sokaklar kan gölüne dönüyordu. İstanbul Üniversitesi Edebiyat Fakültesi'ni bitirmiştim ve aynı fakültenin Türk Dili ve Edebiyatı Bölümü Seminer Kitaplığı'nda memur olarak çalışmaktaydım. Adı geçen bölümde asistan olup bilimsel çalışmalar yapmak istiyordum. Biri hariç, kürsüdeki hocalarım da bunu istiyordu. Ne var ki o biri, kürsü başkanı idi ve "Ben," diyordu, "seni asistan almam; çünkü sen benim şöhretimi silersin!"

YÖK henüz kurulmamıştı ve bir üniversitede asistan olmak aslanın ağzından ekmek almak gibi görülüyordu. Kürsüye iki asistan alınacaktı ve biz, biri Libyalı bir yabancı olmak üzere dört aday idik. Üstelik asistanlık kadroları da bir türlü ilan edilmiyor veya ettirilmiyordu. Geleceğimi bilimsel çalışmalar arasında hayal ederek içimde büyüttüğüm asistanlık umutları her geçen gün zayıflıyor, belirsizlikle geçen haftalar ve aylar birbirine zaruret ve sıkıntılarla ulanmaya başlıyordu.

23 Eylül 1980'de evlenmiştim. Düğün borcu, yeni yuvamızın eşya ihtiyacı, ev geçimi derken bir kütüphane memurluğu ile hayatın zorluklarını aşamayacağımı anlamıştım. Geceleri bir lisede yarı zamanlı öğretmenlik yapıyor, gündüzleri, kütüphanedeki boş zamanlarımda öğrenci tezleri yazıyor, ders notlarını daktiloya çekiyor, ev bütçesine katkı sağlamaya çalı-

şıyordum. Bölüm başkanının uzayıp giden olumsuz tavrı yüzünden geliri daha iyi olan, tek maaşla geçinebileceğimiz yeni bir iş aramaya başlamam gerektiğini anladım.

Öğrencilik yıllarımda askerî öğrenci olmuş bazı arkadaşlarım vardı. Hele beyaz elbiseleriyle okula gelen bahriyelilere herkes gibi ben de imrenirdim. Eylül sonlarında gazetelerde Deniz Kuvvetleri Komutanlığı'na muvazzaf personel alınacağına dair ilanlar çıktı. Sınav ile bir adet de edebiyat öğretmeni alınacaktı. 12 Eylül'ün hemen akabinde böyle bir iş olanağı birkaç bakımdan cazip görünüyordu. Öğretmenlik yaptığım okuldan biliyordum ki anarşi ve ideolojik kaygılar Türkiye'mizin her kademesindeki insanı sarmış ve dahi sarsmıştı. Asistan olamadığım takdirde kaderime öğretmen olmak kalıyordu. Aslında öğretmenliği çok seviyordum; ne ki bu mesleğin geleceği maddi ve manevi açıdan pek parlak görünmüyordu. Çok sevmeme rağmen edebiyat öğretmenliğinin can güvenliği de ayrı bir sorun idi. O dönemleri yaşayanlar iyi bilirler; bir öğretmen, hele de edebiyat dersi anlatıyorsa, kullandığı sözcüklere, anlattığı dersin niteliğine, hatta ders kitabında adı anılan yazara göre ya sağcı, ya solcu olmak zorundaydı. Tevfik Fikret'i severek anlatmanızla Yahya Kemal'i severek anlatmanız arasında insanlar fark arardı ve ikisini de aynı derecede severek anlatma hakkınız bulunmazdı.

Anarşi ve ideolojik kaygılar Türkiye'mizin her kademesindeki insanı sarmış ve dahi sarsmıştı.

Deniz Kuvvetleri'ne alınacak öğretmenler arasında bir de edebiyat kadrosu bulunduğunu görünce zannederim şöyle düşündüm: "Eğer edebiyat öğretmeni olmak kaçınılmaz kaderim ise, bari bunu askerî bir okulda yapayım da hiç olmazsa disiplinli ve seçme öğrencilerim olsun." Ama tek kişilik kadroya kim bilir kaç tane torpilli(!) meslektaşım müracaat edecekti ve benim Türk Silahlı Kuvvetleri'nde tanıdığım bir onbaşı bile bulunmuyordu. Mamafih bir tanıdığım olsaydı acaba bu mesleğe girer miydim, bir askerî birliğin yahut kışlanın yakınından bile geçmiş olsaydım o müracaat dilekçesini yazar mıydım, bunu yıllar sonra çok düşündüm ve her defasında "Hayır!" dedim, "Askerliğin benim ruhuma uymayan bir meslek olduğunu bilseydim, yani askerliğimi daha evvel yapmış olsaydım veya bir asker yakınım olsaydı, asla üniforma giymeyi istemezdim." Bu benden, kendi kişiliğimden kaynaklanan bir şeydi ve şiire, güle, bülbüle alışkın ruhum askerî komut ve selama, postala, makineli tüfeğe alışmakta zorlanacaktı. Yine de tecrübesine güvendiğim iki kişiye sormaktan geri kalmadım. Ama onlar da askerliği tıpkı benim özencim gibi görüyorlar, eğer üniforma giyebilirsem çok iyi olacağını, buna karşın sınavları kazanmanın zorluğunu söylüyorlardı. Onlarla konuşunca üniformaya karşı şevkim arttı ama sınavı kazanma umudum iyiden iyiye kırıldı.

Başvuru belgelerini tamamlayıp Dz.K.K.lığı'na gönderdiğim gün bu sınavı kazanmak bana artık bir hayal gibi görünüyor olmalıydı ki, bu başvuruyu eşime bildirmemenin iyi olacağını düşündüm. Henüz birkaç aylık evliydik ve galiba sınavı kazanamazsam onun gözünde "başarısız koca" konumuna düşmekten korkmuştum. Ortak hayatımız konusunda eşimden gizli aldığım ilk ve son karar idi bu.

Müracaatımın kabul edildiğini bildiren sınav çağrı belgesinde 1980 yılının son Pazartesi gününün tarihi -eğer yanlış hatırlamıyorsam 29 Aralık- kayıtlıydı ve sabah 9.00'da Ankara'da hazır olmamız isteniyordu. Fakültedeki işimden bir günlük mazeret izni aldım ve sınava gittiğimi mesai arkadaşlarımdan da kimseciklere bildirmedim. Bir gece gidecek, ertesi gece dönecek ve sonra da sınava girdiğimi unutacaktım. Hava ve yol durumu hakkında bilgi edindim. İstanbul-Ankara otobanı henüz yapılmamıştı ve yol Bolu'da kar yüzünden kapanmıştı. Trenin tek seferinde de yer bulunamıyordu. Eskişehir üzerinden giden bir otobüs için bilet aldım ve eşime, Ankara'da bir günlük işim olduğunu, salı sabahı mesaiye yetişeceğimi söyleyip yola düştüm. Meğer o gece hava birdenbire değişmiş ve kar İç Anadolu'ya yönelmiş. İstanbul'dan benim gibi bu sınava giden üç arkadaş biliyordum. Onlar Bolu yoluyla Ankara'ya vardıklarında ben İnönü-Eskişehir arasında karlara saplanmış otobüsün içinde soğuktan titremekteydim. Yollar kapanmış, ulaşım ve hayat dağ başında durmuştu. Yol gidişe olduğu gibi dönüşe de imkân tanımıyordu. Pazartesi akşamı olduğunda ben hâlâ aynı yerdeydim ve İstanbul'a geri dönmek üzere, yollarda bekleşen otobüsleri kolluyordum. Sınav nasıl olsa geçmişti; bari mesaiye yetişebileydim. Ama yollar İstanbul istikametine hiç açılmadı ve ben mecburî istikamet Ankara'ya kadar gittim. Oradan ilk vasıtaya binip İstanbul'a dönecektim. Bölümün kütüphanesi kapalı kaldığı için hem öğrencilerin, hem de hocaların, bu arada izinsiz mesaiye gitmemek gibi bir suçtan da amirlerimin söylenip durduklarını gözümün önüne getiriyor ve bir an evvel görevimin başına dönmek istiyordum.

Ankara'nın şimdi yerinde yeller esen eski otogarına indiğimde İstanbul'a gidecek ilk araca binmek üzere otobüs yazıhaneleri arasında koşuşturuyordum. Otobüs hareket saatleri mesaiye yetişmemi olanaksız kılıyordu. Öğlen saatlerinde gitmeye karar verip çay ve simit ile kahvaltı etmeye koyuldum. İlk yudumda fakülteden bir sınıf arkadaşımı karşımda bulmayayım mı?!.. Aramızda şu anlamda konuşmalar geçtiğini hatırlıyorum:

"Hayrola İskender; burada, Ankara'da?!.."

"Sorma azizim, dün Deniz Kuvvetleri'nde bir işim vardı ama Ankara'ya bugün gelebildim. Ya sen!?.."

"Benim gibi desene!.. Sınava geldim."

"İstanbul'a beraber dönüyoruz o halde?!"

"Olur! Deniz Kuvvetleri'ne giderken geceki trenden bilet alalım da hiç olmazsa giderken üşümeyelim."

"Neden hemen dönmüyoruz?!"

"Sınava girmeyecek miyiz İskender?"

"Sınav dün idi ya dostum!"

"Olsun, buraya kadar geldik, şansımızı deneyelim. En azından kapısına kadar gidelim. Hem biraz laflarız."

Tahmin ettiğiniz gibi arkadaşımın dediğini yaptık. Nasıl olsa İstanbul'da mesaiye yetişme imkânım kalmamış, bir gün gecikmiştim. Ankara'nın o vakitler kömür kokan kirli havasını soluyup karlı sokaklarında yürüyerek şen şakrak Dz.K.K.lığı'na kadar gittik. Sabahın erken saatlerinde Ankara soğuğu beni kendime getirmişti.

"Siz de nereden çıktınız efendiler?!"

İstanbul'dayken sınava girdiğimde neler söyleyeceğimi, nasıl davranacağımı prova etmiş, kendimce mülakat heyetine şirin görünebilecek tavır ve sözleri belirlemiştim. Kendimi beğendirmek için neler söyleyecektim neler!.. Çocukluktan beri askerliğe olan aşkımdan mı söz etmeyecek, asker olmak için yaratıldığıma mı onları inandırmayacaktım(!). Komutanlık binasına varıp da sınav ve mülakat heyetinin ilgisiz ve baştan savıcı tavrını görünce bütün söyleyeceklerimden vazgeçtim. Bizim gibi geciken üç kişi ile birlikte bekleşmeye başladık. Edebiyat öğretmenliği için müracaat edenler bir önceki gün gelip sınava girmişler ve bugün aynı heyet tarih öğretmenliği için sınav ve mülakat yapıyorlardı. Tarih öğretmenliği için gelen adayların sayısı elli civarındaydı ve onlar bizim bulunduğumuz odanın karşısındaki salonda toplanmışlardı. Aramızda konuşurken bir gün evvel edebiyat branşından 42 kişinin sınava girdiğini öğrendim. Tarihçilerin yazılı sınavı başladığında biz hâlâ bekleşiyorduk. Moralim bozuldu. Bir gün evvel 42 kişinin sınava girmiş olması bende "Mutlaka birileri bu sınavı kazanmış ve seçilmiştir, yoksa bizi sınava ve mülakata almak için bunca oyalamazlardı." fikrini doğurdu. Bize sanki "Siz de nereden çıktınız efendiler?!" der gibi davranıyorlardı. Nihayet öğleden sonra bizi sınava alacaklarını söylediklerinde karnımız iyiden iyiye acıkmış, sigara içmekten ağzımız zehir gibi olmuştu. Öğlen gelmek üzere dışarı çıktığımızda ben arkadaşıma yine aynı teklifte bulunup İstanbul yolunu gösterdim. O da "İnat değil mi, ben de bu sınava gireceğim!" deyip diretti.

Yazılı sınav için salona alındığımızda mülakat odasının önünde birkaç tarihçi aday bekleşiyordu. Bir kez daha anladım ki mülakat heyeti bizi fazladan mesai olarak görüyordu. Benim bu kanaatimi kesinleştirmek için çok bekletmediler ve ellerimize birer kâğıt ile ardından da ilk komutu verdiler: "Atatürk'ün en beğendiğiniz devrimini kompozisyon halinde yazınız! Tam 5 dakika süreniz var!"

Anladım ki usulen sınava alınmıştık ve ne yazsak, artık iş işten geçmiştir. Yine de "Atatürk'ün bütün devrimleri önemlidir ama mesleğim dil ve edebiyat olmak dolayısıyla Harf Devrimi'nden bahsetmeyi anlamlı buluyorum." diye başlayan üç paragraf yazdığımı hatırlıyorum. Bir kompozisyon için 5 dakika süre tanınması hem ağırıma gitmiş, hem aklımı başıma getirmişti. Önceden hazırladığım bütün o şatafatlı cümlelerimi, bütün o kurmaca asker olma sevecenliklerimi, bütün o şirinlik gayretlerimi bir yana bırakıp ne gerekiyorsa onu yapmaya işte o birkaç dakika içinde karar verdim. Bana birey olarak zerre kadar değer vermediklerine kanaat getirdiğim, bunu da tavırlarıyla göstermekten çekinmeyecek kadar kaba davrandıklarını düşündüğüm birkaç kişiye kendimi beğendirmek için bir de yalanlar söylemenin ne anlamı olabilirdi ki?!.. Zaten kabul olunmayacağım bir yer için boyun büküp gerdan kırmanın ne kadar onur zedeleyici ve gülünç olduğunu o vakit akıl edebildim. Nitekim daha sonra ben de pek çok mülakat heyetinde bulundum ve bu tür zuhurattan durumların, sahte sevecenliklerin mülakat heyeti için ne derece can sıkıcı olduğunu gördüm. Ama ben, adayların önceden hazırlayıp prova yaparak kurdukları beylik cümlelerin aslında ne kadar komik durduğunu o zaman, o yaşımda nereden bilebilirdim ki!?.. Yine de fikrimi değiştirip her şeyi olduğu gibi anlatmaya karar vermiştim!..

Mülakatımı yapan kişilerle daha sonra mesai arkadaşı olunca hiç de öyle benim yukarıda söylediklerim gibi kaba insanlar olmadıklarını gördüm. Belki benim o anki duyarlılığım, belki onların yorgunluk ve meşguliyetlerinin çokluğu bende böyle bir intiba uyandırmıştı. Üniforma taşıyan herkes aşağı yukarı aynı yoldan geçiyordu aslında. Kimisi on beşinde, kimisi yirmi beşinde, ama mutlaka kendini beğendireceği bir heyetin önünde heyecanla bacaklarının dermanı kesiliyor veya mülakat öncesi böyle diken üstünde duruyor, belki bu yüzden hükümlerinde yanılabiliyordu.

Mülakat için isimlerimiz çağrıldığında dördüncü sırada idim. Çok manidar biçimde ilk iki arkadaş mülakat salonundan iadeli taahhütlü geri gönderilmişlerdi. İçeride üçer dakika ya kaldılar ya kalmadılar. Sıra bana geldiğinde nasıl davranacağımı artık kestirmiştim. Kendimi ezdirmek, mülakat heyetinin karşısında ezilip büzülmek istemiyordum. Nitekim üçüncü adayın da çıkması uzun sürmedi.

Masanın karşı tarafına sıralanmış, siyah giysili sekiz adamın gözleri tepeden tırnağa benim üzerimdeydi. İlk sorunun kimden geleceğini bilmiyordum. Sekizi de birer cümle söylese üç dakikada ancak bir makineli tüfek hızıyla mülakat olunabilirdi. Ayakta duruyordum. Zaten aday için ayrılan tek sandalye oturulamayacak biçimde masaya dayandırılmıştı.

Ben kaderi öğretmenlik olan birisiyim.

Beklenen soru, ortada oturan, gülümseyişi, şakaklarındaki kırçılları bir kat daha anlamlı kılan beyefendiden geldi:

"İskender Pala! Neden asker olmak istiyorsun?"

Yukarıda anlattığım sözlerden sonra herkes şaşırmıştı. Galiba kimse asker olmak için üç ayrı neden saymamıştı kendilerine. Soran gözlerle yüzüme bakmaya devam ediyorlardı. Sözlerimi sürdürdüm:

"Efendim, ben kaderi öğretmenlik olan birisiyim. Size ne öğretmen maaşıyla insanın kendisine iyi bir gelecek kurmasının imkânsızlığını ne devlet liselerinde öğretmenliğin zor ve tehlikeli bir meslek olduğunun, ne de yaşadığımız zamanlarda üniforma taşımanın güvence kabul edildiğini anlatacağım. Bunları zaten biliyorsunuz. Ama ben bir yandan da doktora çalışması yapıyorum ve akademik hayatımı askeriye adına devam ettirebileceğimi düşünüyorum. Hele lojman da verirseniz mutlu bir hayatım olur diye hayal ediyorum."

"Belki de sadece hayal ediyorsun!?"

"Belki de. Ama buna hakkım olduğunu da düşünüyorum. Kürek çekmesini bilen, kendisine sandalda yer bulur."

"Çek o halde şu sandalyeyi de otur bakalım!"

Sandalye rahat gelmiş olmalı ki tam kırk dakika konuştuk. Dünyanın o günlerdeki taze gündemi olan Rusya'nın Afganistan'ı işgalinden Atatürk devrimlerine, edebiyatın öneminden askerliğin nasıl bir meslek olduğuna, hayatın zorluklarından aşk ve sevgiye, Dante'den Nasreddin Hoca'ya kadar pek çok konuda çatır çatır münakaşa ettik, birbirimizi iğneledik, şakalaştık, güldük. Bütün çabam, kendimi ezdirmeden salonu terk etmek idi. Sınavı kazanma kaygısı taşımadığım için tamamen kendim gibi davrandım ve hiç saygısızlık yapmadım. Salonu terk ettiğimde en son kurduğum cümleyi içimden bir kez daha tekrar ettim. Galiba Farabi söylemişti:

"Önce doğruyu bilmek gerekir; doğru bilinirse yanlış da bilinir. Ama önce yanlış bilinirse doğruya ulaşmak zorlaşır."

İstanbul'a bahar geldiğinde, bir kış günü Ankara'ya gittiğimi bile unutmuştum. 12 Eylül askerî idaresine herkes alışmış görünüyordu. Artık üniversitelerde asayişi askerler sağlıyor, üniversite yönetimiyle dirsek temasında yetki kullanıyorlardı. İyi bir gelişme oldu ve asistanlık sınavını kürsü başkanı hocamızın adayları değil de ben ve Attila Şentürk kazanmıştık. Ne var ki bir türlü atamamız yapılmıyordu. Günlerim öğretmenlik, kütüphane memurluğu, doktora tezi ile tükeniyor, borçlarım ile birlikte derunî sıkıntım ve bir baltaya sap olamama üzüntüsü de artıyordu. Ülserim azmıştı. Gece yarılarına kadar çalışıyor, yazıyor ve okuyordum, gece üçte ülser sancısıyla uyanıyor ve tan yeri ağarasıya kadar kıvranıyordum. Bir an evvel asistanlığa başlasam bunun her şeye çare olacağını düşünüyordum. Nihayet bölüm başkanı olan hocamız, sudan bir bahane ile benim kazandığım sınavı iptal ettirdi. Yeni bir sınav için tarih belirlenecek, aynı süreç yeniden başlayacaktı.

Sınav jürisinde bulunan hocalarım Prof. Dr. Ali Alparslan ile Prof. Dr. Ömer Faruk Akün gerek benimle gerekse Attila Şentürk ile ilgileniyor ve bize umut veriyorlar, tekrarlanacak olan sınava daha iyi hazırlanmamızı söylüyorlardı. Ben bir yandan İngilizce, diğer yandan Divan Edebiyatı çalışıyor, bu arada ülser sancılarıyla başa çıkmaya uğraşıyordum.

* * *

Her evde telefonun olmadığı zamanlardı; babamdan bir telgraf aldım. "Benim oğlum! Jandarma seni arıyormuş, durumunu bildir!" Kaç saat harcadığımı bilmiyorum ama babama komşusunun telefonundan ulaşıp sağlığımı sıhhatimi bildirmek için akla karayı seçtim. Jandarmanın beni aramasının askerlik teciliyle ilgili olabileceğini, merak etmemesi gerektiğini, zaten yakında dört aylık kısa dönem asker olarak vatanî görevimi yapacağımı vs. söyledim.

Aynı gün eve geldiğimde evin alt katında marangozluk yapan usta "İskender Bey!" dedi, "Bugün iki sivil polis geldi, seni sordular."

"Bugün iki sivil polis geldi, seni sordular."

O gece ve sonraki gecelerde mide kanaması geçirmediğime hâlâ hayret ederim. 12 Eylül'ü yapan Konsey yönetiminin her yerde suçlu topladığı, içeriye alınanların doğru yanlış hiç durmadan isimler verdikleri veya buna zorlandıkları zamanlardı. Önceleri radyolardan ve televizyonlardan anarşiye kurban gidenlerin isimleri sayılırdı, son birkaç aydır artık yakalanan suçluların adları okunur olmuştu listeler halinde. Bunların hepsi suçlu muydu, yoksa sorgulanıp salıveriliyorlar mıydı, bilinmiyordu. En azından ben bilmiyordum. Bildiğim, içeriye alınanlardan bazılarının işlemedikleri suçları bile itiraf ettikleri, tanımadıkları isimleri bile kolayca tanıyıverdikleriydi. İşkencenin had safhaya çıktığı söyleniyordu. Ve böyle bir dönemde İstanbul'da polis ve Uşak'ta jandarma beni soruyordu. Suçsuz olduğunu kime anlatabilirsin?!.. Ve ülserim nasıl patlamasındı ki?!..

İki gün sonraydı. Fakülte sekreteri Vedat Çifçi Bey beni çağırtmış. Kütüphaneye yeni kitaplar geldi zannıyla gittim. "Otur!" dedi, alı al, moru mor. Çok iyi bir insandı. Beni de severdi. Yarım saat kadar baş başa konuştuk. O da tıpkı babam gibi "Başında bir hal var ise söyle!" diyordu. Uzun uzun düşündüm. Hatırlayabildiğim tek suçumun, seksen öncesindeki karışık dönemde Davutpaşa Kışlası'nda 66 saat haksız yere sorgulanmam olduğunu ve sonunda suçsuz bulunup salıverildiğimi, bundan gayrı kendi bildiğim bir suçumun olmadığını anlatıp durdum. Meğer fakülteye bir yüzbaşı gelmiş. Benim hakkımda teferruatlı bilgi edinmek istemiş. Vedat Bey'e sebebini söylememiş. O da 1981 yılında herkesin yapabileceği şekilde bu soruşturma biçimini anarşiye, teröre ve kötüye yormuş.

Kapana kısılmış gibi hissettim kendimi. Suçumu bilmiyordum. "Kim bilir hangi dost veya düşman, içeride sorgulanırken adımı anmış olmalı ki beni arıyorlar!" diye düşünmekten aklım yoruldu. Uyku perisini hepten kovmuştum. Gözlerim ancak mide ağrılarımdan bitap düştüğüm zaman kapanabiliyor, birkaç saatliğine içim geçmiş olarak dinleniyor ve yeniden sancıyla uyanıyordum. Bir şeyin dengesi bozulunca sendelemeye başlar. Bir şey sendelemeye başlarsa düzeni altüst olur. Düzensizliğin bir adı da hastalıktır bu yüzden... Hayatım allak bullak görünüyordu.

Bu durum eşimi de etkiledi ve ben bir de onu üzdüğüm için üzülmeye başladım. Gerçi onun daha sonra akıtacağı gözyaşlarına oranla bu bir talim sayılırdı. Daha sonra öyle ahlar etmeye başlayacaktık ki artık içinde bulunulan duruma ah edebilmek için içimizi doldurmuş olan eski ahlardan birinin dışarı çıkması gerekecekti.

On gün sonra İkinci Şube diye bilinen, Gayrettepe'deki polis merkezine gitmeye karar verdim. Beni arayanlara "İşte ben geldim!" diyecektim, "Mide kanamasından ölmek üzereyim, neyse suçum söyleyin ve istiyorsanız tutuklayın, işte kendim geldim!" diyecektim. Gittim. Orada da kimseciklere derdimi anlatamadım. Sabıkalılar listesini tarattım, adım kayıtlarda görünmüyordu. Suçlu gibi arandığımı söyledikçe bana "Deli galiba!" diye baktıklarını hissediyordum ve herkes bunca işinin arasında benimle uğraşamayacağını söylüyor, başından savıyordu. Ne ki sancılar geceleri benim mideme vuruyordu. Oradan bir sonuç almadan gitmemeye kararlıydım. Ya beni aramaktan vazgeçerlerdi ya da tutup götürsünlerdi. Nihayet şube müdürlerinden birinin odasına girdim. Derdimi bir de ona anlattım. Birkaç gündür uykusuz olduğumu, babamın telgrafını, komşu marangozun ve fakülte sekreterinin sözlerini naklettim. Benimle ilgilendi ve hatta pek öyle suçluya benzemediğimi falan söyleyip beni teselli etti. Söylediğine göre adım sanki kendisine tanıdık geliyormuş, ama bir türlü nereden hatırladığını çıkaramıyormuş. Nihayet bu görüşmeden de sonuç alamadan dışarı çıkmak üzereydim ki içeriye bir bekçi girdi. Elinde bir dosya vardı ve "İskender Pala'nın dosyasını tekemmül ettirdik amirim!" diyordu. İçimin birden boşaldığını hissettim. Kanım damarlarımdan çekilmiş gibiydi. Yere yığılmak üzereyken "Tamam yaaa!" diye bağırdı polis şefi, "Seni Deniz Kuvvetleri'nden soruşturuyorlardı."

O gün evimizde şenlik vardı ve eşimle karşılıklı pasta yedik. Sınavı kazandığıma mı, yoksa aranmamın sebebini öğrendiğimize mi sevindik şimdi hatırlamıyorum, ama uzun zaman süren tedirgin hayatımızın ardından tatlı bir sürpriz gelmişti. O gün bizi sevindiren ve mutlu eden bu haberin, daha sonra kâbusumuz olacağını elbette bilemezdim. Hayat böyle bir şeydi işte. Sevincimiz acıya, üzüntümüz güzelliğe sebep olabiliyordu. Kader de zaten bu demek değil miydi?!..

Sevincimiz acıya, üzüntümüz güzelliğe sebep olabiliyordu.

Dz.K.K.lığı'ndan Albay Atakan Demirseren imzalı bir davet mektubu almam için yalnızca on beş gün geçti. Bir ay içinde Kasımpaşa Deniz Hastanesi'nden tam teşekküllü bir sağlık raporu alıp Dz.K.K.lığı'na gönderdim. Her şey yolunda gidiyordu.

* * *

Ben Ankara'dan göreve başlama emri beklerken günler sonbahara erdi ve Edebiyat Fakültesi'nde bir gelişme oldu. Asistanlık sınavı için ikinci kez tarih belirleniyordu. Görüştüğüm hocalarım ve fakülte yöneticileri bu defa sınavın ertelenmesi yahut iptalinin söz konusu olmadığına beni inandırdılar. Her şeyi bir yana bırakıp ders çalışmaya koyuldum. Sınavdan yirmi gün kadar evvel Dz. K.K.lığı'ndan bir çağrı mektubu aldım. Ankara'daki Kuvvet Karargâhı'na gitmem ve katılış belgemi imzalayıp göreve başlamam için miat verilmişti. Bu tarih, sınavdan iki gün önceye geliyordu. Sınava tekrar girmek için çok iyi hazırlanmıştım ve eskisinden daha başarılı bir kâğıt vermeyi umuyordum. Bu durumda önümde iki seçenek bulunuyordu: Ya asker olacaktım, ya akademisyen. İdealim üniversitede kalmaktı, ama askerlik de yabana atılır meslek sayılmazdı. Maddi olanakları akademik hayattan iyi görünüyordu. Düşünüp taşındık ve son güne kadar bir karar veremedik. Aile büyüklerimizin hiçbirisi üniversitenin yakınından geçmemişlerdi ve akademik hayatın ne olduğunu bilmiyorlar, bu yüzden askerliği tercih etmemizi söylüyorlardı. Yazık ki ben de bir kışlanın yakınından geçmemiştim ve akademik hayat ile ikisini kıyaslayacak tecrübeye sahip değildim.

Ertesi gün kısa bir mektup yazdım:

"Sayın Albay Atakan Demirseren,

Dz.K.K.lığı'nda Edebiyat Öğretmeni olmak üzere yaptığım müracaattan feragat ettiğimi beyan ederim."

Mektuba elyazısıyla da gayriresmî kısa bir pusulacık ilave ettim:

"Değerli Beyefendi,

İlginize teşekkür ederim. Üniversitede asistan olacağım. Eşim de böyle istiyor. Umarım sizi zor durumda bırakmamışımdır. Saygılarımla."

Aldığım cevap en azından bazı kişileri zor durumda bıraktığımı gösterir gibiydi.

"Dz.K.K.lığı'nda öğretmen subay olma hakkından feragat ettiğinizi bildiren mektubunuz işleme konulmuştur. Sivil hayatta başarılar dileriz."

"Nasip ise gelir Hint'ten Yemen'den / Nasip değil ise ne gelir elden" biçiminde bir halk deyişi vardır. Galiba akademisyenlik alnıma yazılmamıştı. Sınav olmadı ve aradan iki ay daha geçti. Dimyat'a pirince giderken eldeki bulgurdan olmuştum ve içim içimi yiyordu. Dz.K.K.lığı'nda Atakan Albay'a bir mektup daha yazdım. Eğer hakkım baki ise gelip göreve başlamak istediğimi bildirdim. O da bana nazikçe "Geçti Bor'un pazarı." dedi ve ilave etti, "Yerine kimse alınmadığı için Aralık ayında yeniden sınav açılacak, gazete ilanlarını takip edip yine başvurunu yap. O vakit şimdiki durumunu göz önünde bulundururuz."

Bu cevabı galiba "Aralıkta gel, seni işe alalım!" anlamış olmalıyım ki daha önceki sınavı herkesten gizli tuttuğum halde bu sınava gideceğimi herkese söyledim. Hatta uluorta bunu övünerek anlattığımı ve deniz subayı olacağımı herkese bildirmekten bir tür haz aldığımı da hatırlıyorum.

Asistanlık sınavı bir türlü açılamıyor yahut açtırılmıyordu. Ben de 1981 Kasım'ında yeniden bahriyeye müracaat edip Aralık sonlarında yine sınava gittim. Bu defa yoğurdu üfleyerek yiyecektim ya, iki gün önceden Ankara'ya vardım. Ta ki sınavdan bir gün evvel Atakan Albay'a nezaket ziyaretinde bulunayım ve kendimi hatırlatayım. Çünkü bütün bağlantım onunlaydı ve beni sanki Deniz K.K.lığı değil de Atakan Albay işe alacak gibi kendisine bel bağlamıştım. Ne de olsa mülakat ve sınav heyetinin başkanı o idi. Ama işte kendisi o gün Kuvvet'te değildi. Konuştuğum kişi Amerika'ya görev için gittiğini, 20 gün sonra döneceğini söylüyordu. Tepemden bir kazan kaynar su döküldüğünü hissettim. İstanbul'da herkese sınava gidiyorum demiş, hatta caka da satmıştım. Şimdi buradan eli boş dönersem karizmayı çizdirmiş olacaktım. Çok zor durumdaydım ve ertesi güne kadar zihnimde bin bir tecessüs dolaşıp durdu. Neler düşünmüyordum ki!.. Derken yine bir kompozisyon yazıp yine mülakat heyetinin huzuruna çıktım. Çoğunun simasını bir önceki sınavdan tanıyordum. İlk soru:

"İskender Pala! Eşin bu sefer izin verecek mi?"

"Verdi de geldim."

"Bir daha vazgeçmek yok ama!"

"Söz! Vazgeçmeyeceğim!"

"Atakan Albay'ın da selamı var!"
"Daimi hürmetlerimi sunarım."
"Çıkabilirsin."
"Teşekkür ederim. İyi günler diliyorum."

Sınav bu sefer iki dakika sürmüştü. Dışarıda kuyrukta bekleyen adayların bana acıyarak baktıklarını, bu kadar erken çıktığım için bütün emeklerimin boşa gittiğini düşünüp belki de gizliden gizliye bir adayın daha elenmiş olmasından sevinç duyduklarını hissedebiliyordum.

27 Mayıs 1982 tarihinde Türk Silahlı Kuvvetleri'nin bir mensubu olmuştum.

Bir önceki yıla ait adli soruşturma belgeleri ve sağlık kurulu raporunu geçerli saydılar. Tekrar vazgeçersem çok zor durumda kalacaklarını ben de biliyordum ve artık akademisyenliği kafamdan sildim.

27547 sayılı üçlü kararname ile 27 Mayıs 1982 tarihinde Türk Silahlı Kuvvetleri'nin bir mensubu olmuştum. Belgemde Cumhurbaşkanı olarak Kenan Evren'in, Başbakan olarak Bülent Ulusu'nun, Millî Savunma Bakanı olarak da Ümit H. Bayülken'in imzaları bulunuyor ve şöyle deniliyordu:

> "İskender Pala
> Sicil no: 1982-3
> 4 Yıl süreli İstanbul Üniversitesi Edebiyat Fakültesi Türk Dili ve Edebiyatı Bölümü'nü kendi hesabına başarı ile bitirerek muvazzaf subay olmak üzere müracaat ettiğinden 926 sayılı kanunun 14 ve 35 (d) maddelerine istinaden kararnamenin onay tarihinden geçerli olarak Öğretmen Teğmen (Edebiyat) naspedilmesine ve Teğmenlik nasbının 30 Ağustos 1982 itibar edilmesine..."

İlk sınavda karar değiştirmek bana iki yıllık kıdeme mâl oldu. 1981'de TSK'ye girenlerin nasbı, -sınavları Aralık 1980'de yapıldığı için- 30 Ağustos 1980'e götürülürken benimle beraber girenlerin nasıp tarihleri sonraki Ağustos'a (1982) kaydırılmıştı. Olsundu. Yeni fotoğraflarım beyaz şapkalı olacaktı ya!

* * *

Ve üç yıl sonra mesai arkadaşım olan bir yüzbaşı bana işin iç yüzünü anlattı:

Sınava gecikmeli girdiğim 1980 Aralık'ında gerçekten de düşündüğüm gibi bir önceki gün edebiyat öğretmeni olmak üzere bir aday seçilmiş. Ve galiba amirallerden birisinin de tavassutu olmuş. Bizi sınava alanlar, dostlar alışverişte görsün kabilinden sınav yapmayı ve o yüzbaşının ifadesiyle "ölüyü gömme"yi düşünmüşler. Ne ki ben mülakatta açık sözlülük edip söz tartışmaya, şakalaşmaya varınca beni de yabana atmak istememişler. Dobra dobralığımın etkisinde kalıp "Bu adayı da alalım!" kararına varmışlar. Niyetleri bir kadro daha açtırıp iki edebiyat öğretmeni almakmış. Bunu kuvvet komutanına izah için dosyaları hazırlamışlar. Personel subayı atama emri için dosyaları komutana çıkarıp da sıra edebiyat öğretmenliği atamalarına gelince durumu şöyle sunmuş:

"Komutanım, edebiyat öğretmenliği branşında çok başarılı iki adayımız var. Malumunuz, okullarımızda her yıl öğrenci sayımız artıyor. Bir sonraki yıl yine edebiyat öğretmeni almak durumunda kalacağımız malumunuzdur. Tensip buyurursanız bir kadro artışı yapıp söz konusu adayların ikisini de almak istiyoruz."

"Olmaz öyle şey! Gelecek yıl başka iyi adaylar yine gelir. Kuralları çiğnemeyelim, hem gelecek yılın seçimini gelecek komutana bırakmanın nezaketi yok mu!? Bir tanesini alınız."

“O halde iki adaydan birinin seçimini zatı alinize bırakıyoruz komutanım!”

“Adı ikinci sırada olan adayın işlemlerini tekemmül ettiriniz.”

Hayatımı üniformaya düğümleyen ve gelecek on beş yılıma hükmedecek cümle işte bu imiş. Ne kadar iyi niyetli bir cümle ve ne kadar da masum!.. Bir insan, tanımadığı bir başka insanın hayatına mecra çizer gibi... Kader işte!... Sınava geç girdiğim ve listeye sonradan eklemlendiğim için adım ikinci sırada imiş. Ne ki nasip olmayınca olmuyor ve kaderin oku bir başka kader oku ile kırılabiliyor.

I. YIL 1982
ÇİÇEĞİ BURNUNDA, AĞZI KULAKLARINDA

Ülkem benim için ne yapmalıdır diye sorma,
ben ülkem için ne yapabilirim diye sor.
J. F. Kennedy

Heybeliada'daki Deniz Lisesi Komutanlığı'nın kapısından girdiğim gün Mayıs ıtırları tatlı bir bahar gününü eleyip damıtmaktaydı. Resmî belgeler deniz subayı olduğum günü 21 Haziran 1982 olarak gösterecekti. İlk çocuğum tam bir aylıktı. Ada'nın münhani yokuş yollarından leylak ve erguvan kokuları arasında Deniz Lisesi'ne doğru giderken ayak seslerim kendime bile güzel geliyordu. Çok özendiğim veya özendiğimi sandığım o beyaz üniformayı giymenin heyecanıyla bacaklarım birbirine dolaşacak gibiydi. Yazık ki okulun kapısından girer girmez insanlar bana gülmek istiyor da gülemiyormuş gibi bakmaya, güya bana hissettirmeden birbirlerine kaş göz işareti yapmaya başladılar. Üniformalı ilk günümde rütbelerimin yönünü tersine, sivri uçlarını omuz dışına bakacak şekilde takmış, ta Güngören'den Heybeliada'ya kadar öylece gitmişim meğer. Vapura binerken iskelede selam verdiğim beyaz elbiseli adamlar da zaten deniz subayı değillermiş. Kurallarını bilmediğim yeni mesleğimin giyim kuşamını da bilmemenin ceremesini o gün işittiğim ilk azardan sonra birkaç gün düşünüp durdum. Tanımadığım birisinin beni azarlar gibi konuşması ağırıma gitmişti. Belki askerlik hayatım boyunca benimseyemediğim tavırların ilki bu idi ve yüreğime mum yanığı bir mühür vurmuştu.

Okula gelmeden önce Kasımpaşa'daki Kuzey Deniz Saha Komutanlığı'na gidip Deniz Dikimevi'nden elbiselerimi aldığımda günlerden cuma idi ve üniformamı verenler bavula bir yığın da aksesuvar koymuş; ancak bunların nasıl kullanılacağını, nasıl takılacağını söylememişlerdi. Bir kılıç takımı, bröve, rütbeler, kışlık ve yazlık elbiseler, pelerin, iskarpinler, kırkambar cinsi el çantası, düğmeler ve bir düdük... Hepsi bir bavulun içine tıkıştırılmış olarak elimize tutuşturuldu. Mevsim yaz başlangıcı olduğu için siyah üniforma giyilmeyeceğini biliyordum ama gerisini o gün Dikimevi'nin kapısında tanıştığım iki İngilizce öğretmeni adayından öğrendim. Bunlardan biri, fikirleri benim düşüncelerime benzemese de benim bütün askerlik hayatım boyunca "Asker Arkadaşım" kavramının içini dolduracak kadar yakınım, her yerde ekmeğimizi bölüştüğümüz, silahlarımızı çattığımız ve sırt sırta yattığımız dostum, kardeşim, arkadaşım, sırdaşım olacaktı. Adı Ahmet Sena idi. Diğer arkadaşım da Veli Namık. O gün orada karşılaşmış ve birbirinden güç almaya çalışmış bu üç insanı, Dikimevi'nin kapısında bir saati aşkın süre bekleten ve daha sonra "Öğleden sonra gelin," diyen astsubay hiç şüphesiz bizim heyecanımızı anlamıyordu. Yılda kim bilir kaç defa bizim gibi gelip gidenlerden bıkmış bile olabilirdi. Oysa bize yol gösterecek birisine ne kadar da ihtiyacımız vardı. Garnizondan çıkıp Kasımpaşa sokaklarında zaman öldürmeye başladığımızda güneş tam tepemizdeydi. Biraz sonra Namık sancılar içinde kıvranmaya başladı. Aramızda iş bölümü yaptık. Ahmet Dikimevi'ne gidecek ve melbusatımızı alacaktı, ben de Namık'ı hastaneye götürecektim. Bir taksi çevirip onu Kasımpaşa Deniz Hastanesi'ne ulaştırdım. Omuzlarıma dökülen saçlar, kazan kulpu bıyıklar, kot pantolon ve mevsimlik anorak ile kapıdaki nöbetçi er beni hastaneye almak istemedi. O yılların anarşist kılığı bu idi ve kim bilir bu konuda üstlerinden ne emirler almıştı! Daha sonraları Namık, benim kılığım yüzünden iki çeyrek fazla sancı çektiğini söylerdi bana. Böbreklerinde taş varmış. Düşürmeye başlamıştı ve sancıdan çıldıracak gibiydi. Ne kadar saat hastanede kaldık bilmiyorum, mesai biterken elbise bavulu elimizdeydi. Ahmet daha önce Genelkurmay'da sivil memur olarak çalışırmış, nasıl giyinileceğini bize tarif etti ve ayrıldık. Deniz Lisesi'ne giderken rütbe apoletlerini ters takmamın nedeni işte bu tecrübesizlik idi.

Bıyıklarım ve saçlarım yoktu artık.

Elbiselerimi aldığımın ertesi günü berberden çıktığımda kendime yabancılaştığımı ve başka bir sureti ödünç aldığımı düşündüm. Bu ödünçlük fikri daha sonraları kılığım ve kıyafetimden ruhuma ve anlayışıma sirayet ile beni 15 yıl takip edecekmiş meğer. Bıyıklarım ve saçlarım yoktu artık. Başıma şapka giyecektim. O gün mahalle fotoğrafçısının mütevazı stüdyosunda eşimle aldırdığımız resimde kendine gülmemek için dilini ısıran biri olarak çıkmıştım. Ama bu resimdeki asıl gariplik benim suratıma yansıyan komik bakıştan öte bir üniforma ile bir pardösünün, bir şapka ile bir eşarbın yan yana ve el ele durmasından kaynaklanıyordu. Bunu yıllar sonra acı biçimde anlayacaktık.

Heybeliada Deniz Lisesi'nde eğitim yılının sonuna yaklaşılıyordu. Ben stajyer öğretmen olarak bir yüzbaşının yanına verilmiştim. O yıllarda doktora yapıyor olmam komuta kademesinde beni yükseklere konumlandırıyor ama meslektaşlarım arasında gizli bir antipatiyi besliyordu. Bana, bir sonraki eğitim yılına kadar lisenin hazırlık sınıflarında okutulmak üzere bir "Türk Dilbilgisi ve Kompozisyon" kitabı yazma görevi verilmişti. Hızla hazırlıklarımı tamamladım ve bir iki hafta içinde ilk konular ortaya çıkmaya başladı. Yazdıklarımı daktiloya çekecek bir astsubay tefrik edilmişti. Benden haylice yaşlı bir insandı ve gücenmesini istemiyor, ona nazik davranıyordum. Henüz çağımız bilgisayar ile tanışmamıştı. Bu yüzden kitabı ben kütüphanede elimle yazıyordum, o da ofiste bunları daktiloya çekiyordu. İkide bir bana telefon edip "Komutanım, şu cümlenin şurası yanlış olmuş, düzelttim!" diyerek yazdıklarımı bozmasa işim daha kolay olacaktı ama ona "Siz benim yazdığımı aynen temize çekin ve lütfen düzeltmeyin. Türkçe kitabı yazan biri Türkçe hatası yapmaz!" dediysem de kendisini bir türlü bu huyundan vazgeçiremedim. Bu arada selam vermeyi, üniforma giymenin sorumluluklarını, askerî disiplini ve daha da önemlisi insanların kişisel egemenlik ve hâkimiyet hislerini nasıl askerî disiplin gibi göstermeye çalıştıklarını görmeye, tanımaya ve yaşamaya başlamıştım. Öğretmenler arasında bir çekişme ve iktidar mücadelesi vardı. Yer yer bu çekişme bir ideoloji mücadelesine dönüşüyor, 12 Eylül öncesine ait fikir ve düşünceler kıtada katı biçimde devam ediyordu. Muharip subaylar nazarında bunların değeri ve önemi yoktu. Onlar zaten belli bir sol ideolojinin temsilcileri gibi açık davranıyorlardı. Ortamı gözetlediğim bir iki hafta içinde kendimi sorgulamaya başladım. Burası benim yaşayacağım ve nefes alacağım bir mesai mekânı gibi görünmüyordu. Şakaları şakama benzemiyor, sevdikleri sevdiklerime yakın durmuyordu. Ben o güne kadar hiç küfredememiş ve hiç yemin edememiş biriydim. Siyaset bilmiyordum, olduğum gibi yaşıyordum ve öyle yaşamak istiyordum. Ama her şeyin burada değişik olduğunu görmem uzun zaman almadı. Sanki yabancı bir dünyaya gelmiş gibiydim. On beşinci günde komutanın huzuruna çıkıp "Ben istifa etmek istiyorum!" dedim. Aldığım cevap net idi:

"Teğmen!.. Bu meslek on beş gün değil on beş yılda biter. Ankara'da attığın imza ile on beş yıla selam durdun; şimdi hiza ve istikametini bozma, derhal görevinin başına!"

Gerçek buydu ve onu kabullenmek zor olacaktı. O günden sonraki on beş yılda benim olmayan bir hayatı yaşadım ama bir gün olsun hiza ve istikametimi bozmadım. Oysa beni ilk hiza ve istikamete getiren kişi Turgut Ginsezler adında bir üsteğmen idi ve beni aldatmıştı. Adına şaka dediklerini sonradan öğrendim; her yeni gelen teğmene aynı biçimde davranıyorlar ve onu "kuş" yerine koyuyorlarmış. Ertesi yıldan itibaren bu oyuna ben de katıldığımı itiraf etmeliyim.

Turgut gerçekten şakacı bir arkadaştı ve zaman zaman vapura beraber biniyor, beraber yolculuk yapıyorduk. Kısa zamanda birbirimize öyle ısındık ki, yolculuklarda güya bana üniformaya uygun(!) tavırlarda rehberlik yapıyor, bir deniz subayı gibi davranmayı öğretiyordu. Ben saf idim, her şeye inanıyor ve asla birisinin beni aldatacağını, daha doğrusu insanların birbirlerini aldatma ihtimalini düşünmüyordum. Gerçi onun da kötü niyeti yokmuş, yalnızca her gün bana neler yaptırdığını, nasıl faka bastırdığını; bugünün moda argosuyla beni nasıl işlettiğini anlatıp öğretmenler odasında herkesi güldürüyor, kendi ifadesiyle beni "Kek gibi yiyor"muş. Ben her zaman işini ciddiye alan bir insan olarak yaşadım ve bir subay olma yolundaki eğitimim için kendisine minnettarlık duyarak teşekkürler ediyordum. Söz gelimi bana diyordu ki: "Bir teğmen vapurda gazete okumaz!" Ben tedirgin oluyor, okumakta olduğum gazeteyi çantama koyuyordum; ama kendisi okuyordu. Ben "Herhalde üsteğmen olunca okuyabileceğim!" diye boynumu büküyor, hatta bazen gazetemi ona ikram ediyordum. Diyordu ki: "Bir teğmen, elinde bond çantadan başka çanta taşımaz!" Ben kırkambar çantamı nasıl gözden nihan edeceğimi düşünmeye başlıyor, belki bir poşete mahkûm oluyordum. Ertesi gün, "Bir teğmen, poşet torba ile gezmez!" diyordu, ben bu sefer poşet torbadan kurtulmanın yollarını arıyordum. İlk ay içinde kim bilir bana daha neler yaptırdı! Bana kendi çantasını taşıttığını, iki elimde iki çanta ile vapurdan indiğim gün anladım ve uyandım. Sonraki günlerde bana söylediklerinin doğru olup olmadığını araştırmaya başlamıştım. Temmuz sonlarına doğru gözlerim iyice açıldı. Yanaşık düzen eğitimi almak üzere diğer teğmen arkadaşlarla birlikte Tuzla'ya Piyade Okulu'na gidecektik. Ben askerliği her şeyiyle öğrenip dönüşte Turgut'tan intikamımı almayı planlıyordum ki elime muhteşem bir fırsat düştü ve "Baskın basanındır!" deyip icraata geçtim.

"Bir teğmen, poşet torba ile gezmez!"

Kabataş İskelesi'nden Yalova vapuruna bindiğimde Büyükada'ya yazlığa giden bir grup yaşlı gayrimüslim İstanbullu bayan gelip çevreme oturdular. Ellerindeki çanta ve bavulları kanepelerin üstündeki eşya koymaya mahsus yerlere yerleştirmelerine yardımcı oldum. Madamlar bana teşekkür ettikten sonra karşımdaki oturma mahalline sıralandılar. Eşyalarının bir kısmı benim oturduğum bölmenin üstünde duruyordu. Az sonra Turgut Üsteğmen her zamanki cin fikirleriyle geldi. Garip; bugün sivil giyinmişti. Ben yine de şapkamı giyip kendisine selam verdim. Beni böyle alıştırmıştı, o gelince yerimden kalkıp (kapalı mekânda, şehir hatları vapurunda olmama rağmen) şapkamı giyip esas duruşta selam veriyordum. O gün, selamdan sonra benden kendimi rapor etmemi isteyecek, ele güne karşı, ben de dayanamayıp yaptıklarını yüzüne vuracağım ve böylece planladığım oyun suya düşecek diye korkmuştum. Neyse, yolculuğumuz her zamanki gibi gazete, kitap falan okuyarak, sohbet ederek, okul hakkında dedikodu yaparak geçti. Vapur Heybeliada'dan sonra Büyükada'ya uğrayıp Yalova'ya devam edeceği için çok kalabalıktı ve kısa sürede Heybeliada İskelesi'nden aborda olması gerekiyordu. Üst güvertede, merdiven sahanlığına yakın bir yerde oturuyorduk. Vapura binmek üzere Heybeli İskelesi'nde yığınla insanın beklediğini görmüştüm. Elimi çabuk tutmalı, planımı teoriden pratiğe dökmeliydim. En uygun zamanı bekledim ve "İnelim mi artık üsteğmenim!" dedim. Ayağa kalktık ve ben üst taraftaki çantamı alırken "Üsteğmenim, bir omuz atar mısınız, şu çanta ile valiz de benim! Üniformalı iken hepsini taşıyamam malum!" diye fısıldadım. Gösterdiğim çanta ile valiz madamların idi ve Turgut vapura geç bindiği için bunu bilmiyordu. Gayet rahat, önce çantayı, sonra valizi indirdi. Madamlar hayretten açılmış gözlerle onu izliyorlardı. Yolculuk boyunca benimle konuştuğu için ses çıkarmadıklarını anlıyordum. O ise çantayı omzuna astı, valizi eline alıp merdivenlere yöneldi. Ben hızla önünden iniverdim. Arkamdaki çığlıklar ve sesler, tam bir hırsızlık vakasını gösteriyordu. "Tutun, yankesicidir, hırsızdır. Polis yoktur? Çantamı götüroor!" Vapurun Heybeliada İskelesi'nde yarım saat geciktiğini, Turgut Üsteğmen'in kendi askeri olan inzibatlar tarafından yakalandıktan sonra kendini tanıtıp hırsız olmadığını ispat edesiye kadar akla karayı seçtiğini öğrendiğimde öğlen olmuştu. Bunun bir şaka olduğunu okuldakiler öğrenince amirlerim beni fena halde haşladılar, ama olsun, dillere destan bir intikam olmuştu ya!.. Üç gün Turgut Üsteğmen'e görünmedim. Sonrasında da zaten Tuzla'ya gittik.

Tuzla'da Kara Kuvvetleri'ne bağlı Piyade Eğitim Alayı vardı ve her kademede er eğitimi, astsubay, yedek subay ve subay eğitimleri veriliyordu. Burada aynı dönemde TSK'ya katılmış karacı hekim, hâkim ve mühendis teğmenler ile birleşip iki ay Askerî İntibak Eğitimi adı altında yanaşık düzen eğitimi gördük. Karacı meslektaşlarımız bir müddet bizimle "Süslüler, Yengeler" gibi argo lakaplar takarak alay ettiler. Galiba beyaz üniformaya bağlı olarak Deniz Kuvvetleri'nin aristokrat yapısıydı onları kışkırtan. Ne de olsa bahriye diğer kuvvetlere göre daha farklı ve ruhen şehirliydi. Benim orada karacı teğmenlerden pek çok dost edinmemin en önemli sebebi, sanırım onların da bencileyin köylü -belki de buna Anadolu toprağı demeliyim- statüde olmalarıydı. On beş yıllık üniformalı hayatım boyunca bu statü çatışmasının Deniz Kuvvetleri'nin iskeletini sarıp sarmaladığını zaman zaman hissetmediğimi söylesem yalan olur. Belki benim için sorunların düğümlendiği noktalardan birisi de buydu, bilemiyorum. Şimdi bile, eğer Kara Kuvvetleri'nde görev yapıyor olsaydım, belki bu kadar göz önünde ve göze batar konumda olmazdım, diye düşünüyorum.

Sivrisineğin, sıcakların ve eğitimin bol olduğu yaz günlerini geride bırakıp birliklerimize döndüğümüzde Turgut ile barıştık. Daha doğrusu ben onun gönlünü aldım. Üstelik de artık birbirimizi faka bastıramayacak kadar askerliği, askerliğin şakalarını eşit bilebiliyorduk.

Ben asker oldum ya, YÖK yeni düzenlemeler yaptı ve ülke genelinde akademisyenler için geniş imkânlar sunmaya başladı. Kadrolar çoğaldı, yeni üniversiteler kurulmaya başlandı, üstüne üstlük üniversite eğitiminin bütün bölümlerine mecburî Türk Dili dersleri konuldu. Gelişmeler bana da yansıdı ve Boğaziçi Üniversitesi Türk Dili ve Edebiyatı Bölüm Başkanı, hocam Prof.Dr. Günay Kut beni asistanı olmam için davet etti. Birkaç aylık gecikmeyle gelen bu teklife evet diyemediğim için ne kadar üzüldüğümü anlatamadım kendisine. Askerliği sevdiğimi söyledim. Beni anlayışla karşıladığını söylerken benim yüreğimin kan ağladığını görsün istemedim. Bu yetmiyormuş gibi takip eden günlerde beni asistan almayan hocamın mecburî emekliliğe sevk edildiğini, İstanbul Üniversitesi'nde de asistanlık kadrolarının açıldığını öğrendim. Bu bana, on beş yıl daha üniversitede ekmek kapım olmadığını gösterdi.

İyiliğin bilgisine sahip olmayanlara diğer bütün bilgiler zarar verir.

Tuzla'daki Askerî İntibak Eğitim Kursu dönüşü okulda önce yazmakta olduğum kitabı bitirdim. Dosyayı teslim ettim. Birkaç kişinin incelemesine sunuldu. Hakkında olumlu raporlar alındı. Ne var ki kendi meslektaşlarım -ki hepsinin rütbesi benden büyüktü- bu kitabın basılması için yeterli gayreti göstermiyorlardı. Bu arada doktora tezimin sonuna gelmiş, hatta evde akşamları daktiloya çekmeye bile başlamıştım. Burada söylememde yarar vardır ki, bütün askerlik hayatım boyunca evimdeki işim ile okuldaki işimi asla birbirine karıştırmadım. Bunda ayrı bir sorumluluk hissettim ve sivil çalışmalarımı eve, resmî işlerimi hep mesaiye hasrettim. Ne devletin zamanını çaldım, ne de evime iş götürdüm.

Deniz Lisesi'nde yavaş yavaş öne çıkmaya başlamıştım. Çalışmalarım herkes tarafından görülüyor, anlattıklarıma ve bildiklerime pek çok kişi hayret ve gıpta ediyordu. Seçkin bir yer edinmiş, rütbem küçük olmasına rağmen gönüllerde bir rütbe kazanmıştım. Gayet masumane elimden geleni yapmaya çalışıyor, sahip olduğum bilgiyi ve gücü mesaime yansıtmaya çabalıyordum. Öyle yetiştirilmiştim; alnımın teri, bileğimin gücü diyordum. Bilemezdim ki iyiliğin bilgisine sahip olmayanlara diğer bütün bilgiler zarar verir. Bilemezdim ki bilgi, bilgisizleri acıtır. Bilemezdim ki askerlikte önde olmak da, arkada olmak da iyi değildir. Bilemezdim ki bildiğini göstermek çok zaman bir hatadır. Ve yine bilemezdim ki önde olmak insana düşman kazandırır... Askerlik hayatım boyunca, hatta kısmen bazı sivil kurumlarda da bu iyi niyete mukabil bazı art niyetler beni takip edip duracaktı. İyi de, bir insanın, ülkesi için elinden geleni yapıyor olmasında ne gibi bir yanlışlık olabilirdi?!.. Güneş, biz onu anmasak da, görmezden gelsek, hatta durmadan ona küfretsek de, her gün yeniden üzerimize doğar, ısıtır ve ışıtır bizi. Ben de öyle yapma gayretindeydim. Ama bilemedim, güneş nesneleri fazlasıyla aydınlatmaya başladığı vakit gölgeler öne çıkar ve hakikat, gölgeler arasında bir yerlerde gizli kalırmış.

İlk sicil dönemi gelmişti ve ben ömrümde ilk askerlik sicilimi "düşük sicil" olarak almıştım. O yıllarda 12 Eylül öncesinin ideolojik çatışmaları hâlâ insanların ruhundan sökülüp atılamamıştı ve benim de bağlı olduğum Sosyal Bilimler Bölüm Başkanı -adını anmak istemiyorum- sağcı diye biliniyor, hatta benim gibi gizliden gizliye de namaz kılıyordu. Bana herkesten düşük sicil vermesinin sebebini "Kendi adamını koruyor demesinler!" mazeretiyle açıklamasına sadece gülümsedim. O gülümseyişin altında, kalbimin derinliklerinde bir şeylerin satıldığını hissettim. Ben liderliği ve önderliği güç kullanmak olarak değil, sevdiği başkalarını güçlü kılmak biçiminde anlıyordum. Sünepelik ve miskinlik damarlarına işlemiş, taarruz yerine savunma kompleksine bel bağlamış in-

"Kendi adamını koruyor demesinler!"

sanlarla çalışmaktan işte bu yüzden hep bizar olmuşumdur. Onun yerinde bir komünist, bir ateist, bir bağnaz olsaydı, belki de ilk sicilim düşük olmazdı. Nitekim daha sonra ne zaman fikren uyuşmadığımız bir komutanla çalışsam, -eğer kasıt yoksa- hep olumlu ve en yüksek sicilleri almışımdır. Biliyorum; çünkü daha sonra bütün sicillerimi gördüm.

II. YIL 1983
KOŞU KARARI SAYILACAAAAK; SAY: "HERR - ŞEYY - VATANN - İÇİNN!.."

Hiç kimse başarı merdivenini elleri cebinde tırmanmamıştır.

J. Ortega y Gasset

Askerlikte en önde veya en arkada bulunmanın sakıncalı olduğunu anlamamakta ısrar ediyor, bütün bilgimi, bütün birikimimi gözler önüne sermeye pervasızca devam ediyordum. Galiba bundan gizli bir zevk de alıyor, belki de rütbemin küçüklüğünü bilimsel itibar ile dengelemek istiyor, rütbeleriyle beni ezmeye kalkanların oklarına bilgimin kılıcıyla karşı koymaya çalışıyordum. Oldum olası geri planda olmayı sevememişimdir. En azından bir şehirde ikinci adam olmaktansa bir kasabada birinci adam olmayı yeğlerim. Siz buna isterseniz, megalomanca bir tavır deyin, ama böyle işte. Bu yüzden iyi biliyordum ki bendeki başarma azmi, bir yandan benim egomu tatmin ederken diğer yandan erinde gecinde birilerini mutlaka rahatsız edecekti. Ama yine biliyordum ki alçakgönüllülükte aşırıya gidip herkesi memnun etmeyi hedefleyen insan başarısızlığa mahkûmdur.

Hayatımın en geçerli prensibidir, çıldırasıya çalışmak. Gerçekten de kalemimi mürekkebe bandırdığım andan itibaren ölesiye kadar yalnızca o işi yapacak kadar kendimi vererek ve anatomik gücümün üzerinde bir performans ile çalışırım. Bu hâlâ böyledir ve ben, tıpkı eskisi gibi, her durup düşündüğümde, zamanın azaldığını, işin çoğaldığını hissederim. Tuzla'daki Temel Askerlik Eğitimi sırasında her sabah ve her akşam koşarken nefes açmak için tekrar edip durduğum "Herr - şeyy - vatann - içinn" sözünün bir slogandan ibaret kalmaması için Deniz Lisesi'nde var gücümle çalışıyor, gerçekten kendi vatanıma bir şeyler vermeyi istiyordum. İnandığıma göre askerlik kutsaldı ve bu meslekte özverinin sınırı olamazdı. Meğer farkında olmadığım bir şey varmış: Artık bazı askerler, bu mesleği, bilginin ve özverinin bile rütbe ile ölçüldüğü bir meslek olarak yorumlamaya çoktan başlamışlar. Bu anlayışa göre bilgi ve katkı payınız, ancak rütbeniz ölçüsünde algılanır. Yüzbaşılar, binbaşılar dururken elbette bir teğmenin bilgisi daha fazla olmamalıdır ve dahi olamaz(!). Edebiyat ve genel kültür konularında hallâl-ı müşkülât (sorun çözücü) olmanın bana göre masum yüzü "elimden geleni yapmak"tı; ama madalyonun arka yüzünde meslektaşlarımın diş bilemeleri duruyordu, hiç fark etmedim, fark edemedim. Belki de böyle bir anlayışı bu kutsal mesleğe kondurmak istemedim. Rekabet, ürünlerde en iyiyi, ama insanlarda en kötüyü ortaya çıkarıyordu. Ve rekabette dostlar birden düşman kesiliveriyorlardı. Bazı insanlar vardır, onlarla dost kalabilmek için daima sizi geçmelerine müsaade etmeniz gerekir, eğer dostlarınızı geçecek olursanız, artık kendinize başka düşman istemeyin.

Eğitim ve öğretimde güz yarıyılı başlamış, ben de stajyer öğretmen olduğum halde öğretmen açığı nedeniyle lise birinci sınıflara ait birkaç şubenin edebiyat derslerine, hazırlık sınıflarının da Türkçe derslerine girer olmuştum. Öğrencilerim ortaokulu başarıyla bitirmiş zeki çocuklardı. Öğretmenliğin ne derece güzel bir meslek olduğunu ilk kez bu zeki ve hassaten de disiplinli öğrencilere ders anlatırken anladım. O yıl, öğretmen olmak için yaratıldığıma inanmıştım. Ben ne anlatsam kavrıyorlardı. Özellikle lise sınıflarında edebiyata eğilimi olanların sayısı haylice yüksekti. Şüphesiz ben de idealleri olan bir teğmen idim. Şiir, roman, öykü derken içlerinde yazı kabiliyeti olan birkaç öğrenciyle ilgilenmeye, Türk ve dünya klasiklerinden bazı kitapları okumaları yolunda yönlendirmelerde bulunmaya başladım. Müfredatta, öğretim yılının ilk aylarında Divan Edebiyatı'yla ilgili konular yer alıyordu. Ben Fuzulî'den, Bakî'den anlatıyordum, öğrenciler de hayranlıkla dinliyorlardı. Divan Edebiyatı'nın aslında zor olmadığını, aradaki dil problemi kaldırılsa belki çok da hoşlanacaklarını onlara örneklerle açıklamıştım. Divan şiiri derslerimiz zevkli bir hal almıştı. Aruzu öğrettiğim zaman içlerinden bazıları aruz ile şiir yazmaya bile başlamışlardı.

Askerî okulların bütün sınıflarında kara tahtanın üstünde aşikâr dinleme aygıtları bulunur, okul komutanı veya öğretim başkanı isterse dersi dinler ve öğretmenleri denetleyebilir. Daha sonra dinleme aygıtlarının yerini görüntü kameraları almış ve kapalı devre ders izleme başlamıştır. O yıllarda Deniz Lisesi'nin sınıflarında Atatürk panolarının üzerinde megafona benzer dinleme aygıtları vardı. Meğer benim derslerimin sıkı takipçisi bir kişi daha varmış: Okul komutanı Erdoğan Albay. Benim haberim olmadan edebiyat derslerini dinler, hatta bu sırada ziyaretçi bile kabul etmemeye çalışırmış. Bir gün beni yanına çağırdı. Önce derslerimdeki başarı için tebrik ve teşekkür etti, sonra da kulağımı çekti. Hatırımda kalan cümleleri şöyle:

"Teğmen, yaptığın işe saygı duyuyor ve seni tebrik ediyorum. Ancak unutmayalım ki biz burada savaşacak adam yetiştirmeye çalışıyoruz; roman, hikâye, hele de şiir mümkün olduğunca bu hedefin dışında kalmalıdır. Geleceğin muhariplerinin şiir yazmalarına, hele de aruz ile uğraşmalarına sıcak bakmıyor ve buna göre davranmanı istiyorum."

"Teğmen, yaptığın işe saygı duyuyor ve seni tebrik ediyorum. Ancak..."

Hayretler içerisindeydim. Bir asker için edebiyat fevkalade bir dünya demekti, hayatın öteki yüzü, belki anlamı demekti. Şiir okuyan, yahut şiir yazan bir asker neden olmasındı!?.. Pek çok şair ve yazar askerler arasından çıkmıştı. Doğunun ünlü şairi Sadî'nin, "İki şey aklın eksikliğini gösterir; konuşulacak yerde susmak, susulacak yerde konuşmak" öğüdüne uyarak birer birer anlatmaya çalıştım. Önce beni sükûnetle dinledi. Sonra Tanzimat'tan bu yana asker edebiyatçı ve şairlerden bahsetti. Bilgisine hayran kalmıştım. Ama o bunların iyi asker olamadıklarını söylüyor, dolayısıyla askerlikle edebiyatın barışmadığına dair iddialarına delil olarak getiriyordu. Ben ısrarla itiraz edince konu aramızda bir tartışmaya dönüşmeye başladı. O da beni odasından kovdu. Topuk selamımı verip "Başüstüne komutanım!" diyerek odadan çıktım. Dünyam yıkılmıştı. Benden kendimi inkâr etmem mi isteniyordu?! Üst ve amire saygısızlık belki de böyle zamanlarda yapılıyordu; bunu anlamış ve gösterdiğim celal tavrından pişman olmuştum.

Sonraki derslerde komutanın beni dinlediğini bilmek, dersin insicamını ve öğretmenlik yeteneğimi törpüledi. Askerliğin kişisel özgürlükleri kısıtlayan bir meslek olduğuna kanaat getirdim. Daha doğrusu ulusal çıkarlar uğruna kişisel hürriyetlerden vazgeçilmeliydi. Çaresiz boynumu büktüm ve istediğim gibi değil de istenildiği gibi davranmaya başladım.

O yılın baharında doktora tezimi bitirmiş, 29 Mayıs günü hepsi de profesör olan Muharrem Ergin, Ali Alparslan, Hakkı Dursun Yıldız, Ömer Faruk Akün ve Tahsin Yücel'in jüri üyesi olduğu bir sınavda pekiyi derece ile doktora pâyesi almıştım. Bu aynı zamanda askerlik hayatıma yansıyacak iki yıl kıdem demekti. Birkaç ay sonra Kuvvet Komutanlığı'ndan kıdem onayım geldi ve 30 Ağustos'ta üsteğmenliğe terfi ettim. Henüz askerliğin ne olduğunu öğrenmeden, askerî eğitimlerimi tamamlamadan üsteğmen olmuştum. Terfiimden sonra Edebiyat Zümresi'nde ve Sosyal Bilimler Bölüm Başkanlığı'nda hiyerarşik düzen ve bazı arkadaşların konumları değişmişti. Bu hoşnutsuzluğun su yüzüne çıkmaya başladığı günlerde bana karşı açıkça tavır alanlar ve söylem geliştirenler olmaya başladı.

Üsteğmenliğimin ikinci ayındaydı. Öğretim Başkanı beni çağırtmış. Gittim. Bana "Teğmenim!" diye hitap etti. Elinde de bir çift teğmen rütbesi vardı. Ben içimden herhalde bir dil sürçmesi diye düşünürken o anlattı:

"İç Hizmet Kanunu ve terfileri düzenleyen yönetmeliklere göre bir subay bulunduğu rütbede en az iki yıl görev yapmak zorundadır. Kıdem onayın gelince seni yanlışlıkla üsteğmenliğe yükseltmişiz. Oysa iki yıllık kıdemin bir yılını teğmenlikte, diğer bir yılını üsteğmenlikte iktisap edecekmişsin. Bu yüzden şimdi tekrar teğmen rütbelerini takman gerekiyor."

Bana uzattığı rütbe apoletlerini kabul etmedim tabii ki. Dedim ki:

"Komutanım! İki aydır üsteğmen olarak dolaşıyorum. Öğrencilerim de, arkadaşlarım da, hatta sivil insanlar da beni böyle gördü, terfiimden dolayı tebrik etti. Şimdi tekrar teğmen rütbesiyle dolaşmaya başlarsam ne düşünürler? Bundan bir tenzil-i rütbe anlamı çıkarmaya başlamazlar mı? Suç falan işlediğimi, yahut askerliğe yakışmayan bir harekette bulunduğumu düşünmezler mi?!.. Sonra ben insanların yüzüne nasıl bakarım?!.. Kusura bakmayınız, rütbelerimi geri veremem."

Karşılıklı tartışmalar bir sonuç vermedi. Ben inat ettim. Aslında kanun ve yönetmeliklere göre o haklı idi. Ama mantığıma göre de ben haklıydım. Bütün bunların daha başta rütbeleri omzuma takarken incelenmesi, araştırılması, düşünülmesi gerekmez miydi?!. Ben kendi aklıma esip rütbe takmadım ya! Nihayet bir törenle takıldılar.

Direndim. Kimsenin böyle bir zorlama yapamayacağını, durumun Deniz Kuvvetleri Komutanlığı'na bildirilmesi ve oradan gelecek cevap üzerine bir çözüm bulunması gerektiğini söyleyip durdum. Bu tavır, benim için bir statü belirledi ve mücadeleci tavrımı herkese kabul ettirdi. Ama askerlikte bu iyi bir şey miydi, doğrusu şimdi şüphedeyim. Kendini beğenmiş, ukala ve menfaatine düşkün biri konumuna oturtulmuştum. Benim yanlış rütbelerim hakkında hangi işlemin yapılacağını kimse Deniz Kuvvetleri Komutanlığı'na soramadı tabii ki?!.. Ben de duyurmadım. İlgililer, çözümü bana süresiz izin vermekte buldular. Ama bir şartla: Sivil gezecektim. Teğmen rütbesini takmıyordum madem, üsteğmen rütbesini de takmalıydım. Bu anlaşmaya uydum. Hatta bunun için beni Kasımpaşa Deniz Hastanesi'ne sevk ettiler ki rapor alayım. O sırada ülserim iyiden iyiye azmıştı. Bu sefer de yanlış bir karar ile asker olduğumu düşünmek midemi allak bullak ediyordu. Hastaneye gitmişken ülserimi tedavi ettireyim diye düşündüm. Muayene eden Dr. Alb. Mahmut Çitilci bana ameliyat öngördü ve yatar hasta oldum. Ama ameliyatım hiç durmadan ertelendi. Ben hastaneden izne çıkıyor, eve gidiyor, sivil kıyafetlerle do-

Ülserim iyiden iyiye azmıştı.

laşıyor, arada sırada da hastaneye uğruyordum. O yıllarda ebru sanatı ile meşgul idim. Evde ebrular yapıyor, doktora tezimi yayına hazırlıyor, bol bol kitap okuyor, aybaşı gelince de maaş alıyordum. Bu durumdan memnun muydum? Elbette hayır! Nihayet doktorum beni 10 Kasım'da ameliyat etmeye karar verdi. 10 Kasım, garip bir tesadüf eseri benim gerçek doğum günümdü. Sabah Atatürk'ü anma törenleri biter bitmez, siren seslerinin ardından beni ameliyata aldılar. Narkoz anını hatırlıyorum, sonrası bir boşluk!... Daha sonra ilk hatırladıklarım, yüzümün tokatlandığı, başımda telaşlı konuşmalar yapıldığı, karnımda büyük bir yırtılma acısı ve kasıklarımın patlamak üzere olduğu idi. Bilincim yerine gelmeye başladığı sırada birisi beni hem sarsıyor, hem soruyordu:

"Sen alkol kullanmıyor musun?"

"Hayır!"

"Neden söylemedin o halde?!"

"?!.."

Ne diyecektim, ameliyata girerken "Şey, doktor bey, biliyor musun, ben içki içmem!" falan mı yani!.. Meğer bana verilen narkoz miktarı alkol kullanmadığım için vücudumu aşırı etkilemiş ve operasyon sonrasında bir türlü kendime gelememişim. Normalde bir mide ameliyatında öğle saatlerinde hastaların bilinci uyanırken saat 16'ya yaklaşmış ve ben hâlâ kendime gelememişim. Başımdaki sağlık ekibinin telaşı biraz bundan, biraz da muayenehanelerine geciktikleri, randevulu hastalarını beklettikleri içinmiş.

Ertesi sabah beni yoğun bakımdan dahiliye koğuşunda bir yatağa aldıklarında rahmetli babamı başucumda buldum. Ameliyatımı duyar duymaz Uşak'tan o gece yola çıkıp gelmiş. Sabahın sekizinde, daha mesai yeni başlarken refakatçi işlemlerini tamamlatmış ve beni yoğun bakımdan çıkartmıştı. Hastane kapısında mesai prosedürüne takılan eşimden ve çocuğumdan önce babamı başucumda görmüş olmak beni eritti. Ağladım. Başkaları dikiş acısından ağladığımı sandılar. Bense bir evlat ile baba arasında bundan daha anlamlı bir hatıra olamaz diye ağladım. Can parçasının ne olduğu kafama dank etti de ağladım. Beş milyonluk İstanbul'da yukarıya akan kan bağı yönünden yalnız ve kimsesiz olduğumun farkına vardığım için ağladım.

18 Kasım'da iki ay istirahat raporuyla hastaneden çıktım. Sonradan öğrendiğime göre doktor, ameliyat esnasında, "Yazık, boşuna açtık!" demiş. Artık ülserim ameliyata değmeyecek kadar önemsiz miydi, yoksa benim teğmenlik-üsteğmenlik tartışmasının bir sonucu muydu, hep bir sır olarak kaldı. Yıllar sonra doktorumla ast-üst ilişkisi içinde mesai yaptık ve bu konuyu kendisine sorduğumda ameliyatı hatırladığını ama böyle bir sözü söylediğini hatırlamadığını söyledi. Daha sonraları da "Az kalsın seni öldürüyormuşuz ha!?.." diye bana şaka yapardı. Her neyse, bana verilen iki aylık istirahat daha sonra bir ay daha uzadı, sonra bir ay daha... Ben bu arada doktora tezimi yayına hazırladım, okul için yazdığım Türk Dilbilgisi ve Kompozisyon kitabının son işlemlerini tamamlayıp dosyayı teslim ettim. Birkaç araştırma, bir iki makale, biraz da ebru... O yılın dökümü...

III. YIL 1984
KIYI BAŞI YOLUMUZ AŞAR GİDERİZ
TOP SESLERİ ALTINDA KOŞAR GİDERİZ

Köhne fikirler paslanmış çivilere benzer; yerlerinden kolay kolay sökülemezler.

Cenab Şahabeddin

İstirahat sürem bitip de asker olduğumu hatırladığımda, üsteğmen üniformalarımı yanıma alıp sivil kıyafetle Heybeliada Deniz Lisesi'ne gittim. Tebellüğ ettiğim bir emre göre dört ay sürecek Temel Askerlik Eğitimi kursu almak üzere, okuldaki diğer teğmenler ile birlikte Foça Amfibi Alay Komutanlığı'na katılmamız gerekiyordu. Kurs, TSK adına fakülte-yüksekokullarda okuyup mezun olan teğmenler ile benim gibi sonradan askerliğe intisap edenleri kapsıyordu. Çok iyi düşünülmüş, yerinde bir kurs idi. Foça'da piyadecilik eğitimi, Karamürsel'deki Deniz Eğitim Komutanlığı'nda bahriye eğitim ve öğretimi, Gölcük'teki Donanma Komutanlığı'nda da gemi eğitiminden oluşan bir üçleme idi. Söylentilere göre iki günlük bir teğmen, Ankara'da Genelkurmay Başkanı ile karşılaşınca ne yapacağını şaşırmış, selam vermeyi unutmuş, bunun üzerine de askeriyeye bizim gibi dışarıdan girenler, Harp Okulu'nda okumayanlar için böyle kuşatıcı bir eğitim süreci uygun görülmüştü.

Foça'da Amfibi Alay Komutanlığı'na üniformalı ilk günlerimden tanıdığım Ahmet Sena ile birlikte katıldık. Onunla Tuzla'da da beraber eğitim almıştık. Bu seferki süreç, bizi, iyiden iyiye "asker arkadaşı" yapmıştı. Vardığımızda bizimle beraber mühendis, hâkim ve öğretmen sınıflarından 46 kişilik bir kursiyer grubuyla karşılaştık. Komutan beni çağırtmış. Huzura çıktığımda "Kursiyer kıdemlisi üsteğmen olarak bütün teğmenlerden benim sorumlu olacağımı, disiplin, iaşe, ibate ve üst komutanlıkla ilişkileri onların adına benim yürüteceğimi, bu işi de layıkıyla yapacağıma inandığını vs." söyledi. İçimden güldüm. Çünkü kursiyerler içinde -hastane macerası yüzünden- askerlik tecrübesi en az olan ben idim ve şimdi onların başına beni vermişler, disiplini sağla diyorlardı. Durumu Alay Komutanı'na izah etmeye ve bu sorumluluğu yüklenmek istemediğimi, bu konuda kendimi yetersiz bulduğumu anlatmaya çalıştım. Mazeret uydurduğumu sanmak bir yana, bunun askerî teamüllere aykırı olduğunu söyleyip teklifimi kabul etmedi. Hatta beni yüreklendirmek için "Sen yaparsın, aslan gibi delikanlısın!" falan diyerek bazı tavsiyelerde bile bulundu.

Hem karada, hem denizde yaşayabilen "amphibius"

Amfibi Alay, Deniz Kuvvetleri'nin Kara Kuvvetleri'ndeki en yakın akrabası sayılırdı ve oradaki disipline Kara Kuvvetleri geleneği hâkimdi. Adını, hem karada, hem denizde yaşayabilen "amphibius" adlı efsanevî hayvandan alıyordu ve piyadecilik eğitimine denizcilik eğitimi bindirilmiş olarak işlev yürütüyordu. Böylece Deniz Piyade sınıfı doğuyordu.

Foça'da biraz tedirgin, biraz da heyecanlı geçen ilk gecenin sonunda erken saatte alay meydanında bütün askerî personel ve erlerle birlikte içtimaya çıkıldı. Ben de var gücümle bağırarak, uygun vurguları yaparak ve gece provalarımı uygulayarak kendi bölüğümle ilgili tekmili verdim.

"Subay kurs bölüğü - 46 mevcuduyla - emir ve görüşlerinize - hazırdır komutanım!"

İlk haftanın sonunda beni başka bir bölük komutanlığına verdiler. Bölük komutanı izne gitmiş, yardımcısı da henüz iki yıllık teğmen imiş, ben ondan kıdemli olduğum için hiyerarşik düzeni koruma adına beni bölük komutanı, onu da yardımcım olarak tayin ettiler. Benim kıdemlilik dolayısıyla sorumlu olduğum diğer kursiyer teğmenleri ilgili bölüklerin emrine birer ikişer dağıttılar. Mühendisler istihkam bölüğüne, hâkimler ve öğretmenler de piyade bölüklerine düştü. Artık akşamları ve mesai saatlerinin dışında onları tarassut altında bulunduracak, özlük hakları, izinleri ve yükümlülükleri konusunda Alay Komutanlığı'na karşı sorumlu olacaktım.

İşim zor görünüyordu. Geniş bir arazide her türlü eğitimin yapıldığı Foça'da, suların öte yanında aynı dalgaların çırpındığı Ege Adaları'na (eski adıyla Akdeniz Adaları) bakarak ve kulağımızı Yunanistan'a dikmiş vaziyette, gündüzleri sıkı bir piyade bölüğünün, geceleri de kurs bölüğünün sorumluluğunu taşıyordum. Edebiyat dersleri, şiirler ve gül ile bülbül çook gerilerde kalmıştı. Askerliğin güzel ve şerefli bir meslek olduğunu insan en iyi burada hissedebilirdi. Anadolu'dan gelmiş tertemiz gençler, içlerinde vatan sevgisi, koşuyor, yatıyor, atlıyor, tırmanıyor, yüzüyor ve dalıyorlardı... Akşamları da yazılı eğitimler, dersler, etkinlikler... Böyle bir topluluğun başında olmak gurur vericiydi. Hepsini öz kardeşim gibi tutuyor, seviyor, hiçbirine kötü davranmıyordum. Onlar da beni sayıyor, gözümün içine bakıyorlardı. Üstelik yardımcım olan teğmen çok beyefendi bir insandı. Bana her konuda destek oluyor ve asla bunu bir rütbe gayretiyle yapmıyordu. Mamafih askerler içinde, kendilerine gösterdiğim yakınlık ve samimiyeti suiistimal edenler, illa ki bağırıp çağırılırsa iş yapma eğiliminde olanlar yok değildi. Diğer bölüklerde disiplinin yarısı bu yolla, bağırıp çağırarak sağlanıyordu ve galiba benim bölüğün disiplininin öteki yarısı da bu yüzden bozuldu. İki hafta sonra bizim bölük, koca Amfibi Alay'a alay konusu olmuştu. Çünkü ben askerî komutları daha kendim bilmezken onlardan tatbik istiyordum. Söz gelimi bölük koşarken yürüyüş kararı komutu verebiliyordum. Tabii asker şaşırıyor, kimisi sırf beni dinlemiş olmak için yürümeye başlıyor ama kimisi de komut yanlış diye koşmaya devam ediyordu. O dönemlerin eğitimlerinde moda olan "Ay akşamdan ışıktır" veya "Kaşların arasına dom dom kurşunu değdi" türkülerini yanlış adım atılırken söyletmeye başlattığım da oluyordu. Diğer bölüklerin gözünden kaçmıyordu tabii bu ve bizim askerler de bu durumun alay konusu olmasından rahatsız idiler.

"Ay akşamdan ışıktır!"

Üçüncü haftanın başında sabah tadâdından sonra Alay Komutanı beni odasına çağırdı. Kahve içtik. Bana "Amfibi Alay'ın bir marşa ihtiyacı olduğunu, edebiyatçı olmam dolayısıyla bu marşı benim yazmamın uygun olacağını, istediğim kadar zamanım olduğunu vs. söyledi. Sonunda da bu önemli hizmet için beni bölük komutanlığından şimdilik kaydıyla muaf tuttuğunu söyledi. Ben topuk selamımı verip "Başüstüne komutanım!" diyerek çıktım. İki gün boyunca Amfibi Alay hakkında, yaptığı işler, kuruluş tarihçesi, diğer milletlerdeki benzerleri vs. araştırmalar yaptım. O gece yazdığım bir şiiri marş güftesi diye temize çekip üçüncü gün komutanın huzuruna çıktım:

"Marşın sözleri hazır komutanım!"

Komutan biraz bozulur gibi oldu. Şiiri üstünkörü okuyup bana döndü.

"Üsteğmenim! Üzerinde biraz daha çalışsanız!"

Ben verilen görevi layıkıyla yapamamış olmanın sıkıntısıyla odadan çıktım. Şiir olarak o vakitler bana güzel görünmüştü:

Kıyı başı yolumuz aşar gideriz
Top sesleri altında koşar gideriz
Denizlerde düşmana fırtına olur
Karalarda sel gibi coşar gideriz
Tarihe yazılan destan gibiyiz
Arş arş yiğitler biz amfibiyiz

Zafer zafer diyerek yanar canımız
Bayrak bayrak olarak akar kanımız
Bize Türkoğlu "deniz piyade" derler
Dalga dalga âlemi tutar şanımız
Tarihe yazılan destan gibiyiz
Arş arş yiğitler biz amfibiyiz

Şiir güzeldi de, acaba ben mi Amfibi Alay'ın ruhunu iyi kavrayamamıştım. Birkaç değişiklik, birkaç fikir ile iki gün sonra yeniden komutanın huzuruna çıktım. Aynı tavrı sergiledi ve hatta bu sefer akıl da verdi:

"Üsteğmenim, ben şöyle uğraşılmış, uzun uzun emek verilmiş bir şey istiyorum. Hatta isterseniz kütüphanelerde araştırma yapabilir, bunun için Alay Kitaplığı yetmezse İzmir'e, İstanbul'a araştırma için gidebilirsiniz."

Anladım ki bu marş meselesi beni bölüğün başından uzak tutmak için bir bahaneydi. Ver elini İstanbul. Nasıl olsa bütün kursiyerler hayatından memnundu ve kimsenin bana ihtiyacı olmuyordu. İlk günler geçince artık kursiyerler alay şartlarına alışmış oluyor ve kimse bana ihtiyaç bildirmiyor yahut çözümsüz problem ortaya çıkmıyordu. Her şey yoluna girmişti ve Alay Komutanı hepimize karşı babacan bir tavır gösteriyordu. Benden sonraki kıdemli kursiyer bir mühendis idi. Onu yerime vekil tayin edip İstanbul kütüphanelerine araştırmaya(!) çıktım. Herkes memnundu. Alay komutanı izin kâğıdımın dönüş tarihini boş bırakmıştı. Ben yine de sık sık telefon ediyor, görev bilinciyle, acaba haksızlık mı yapıyorum diye tedirgin oluyordum. Nihayet on beş gün sonra araştırmam bitti diye geri döndüm. Zannederim komutan hiyerarşik düzeni bozduğunu, ben üsteğmen iken teğmenlere bölük komutanlığı yaptırdığının hesabını veremeyeceğini düşünüyordu. Bu sefer şiirimi beğendi (halbuki aynı şiirdi), birçok teşekkürlerden sonra da ikinci bir görev verdi:

İzmir'de Avni Anıl var, isterseniz İstanbul'da Yıldırım Gürses...

"Üsteğmenim, şimdi bunu bestelemek üzere bir girişimde bulunmalısın."

Sözün gerisini dinlememe gerek kalmadı.

"Anladım komutanım, İzmir'de tanıdığım bestekâr Avni Anıl var, isterseniz onunla, isterseniz İstanbul'da Yıldırım Gürses ile irtibata geçebilirim."

Bu, on beş gün daha ortada gözükmemem için bir talimat idi. Ben yine de vicdanımı rahatlatmak için bir hafta kadar Foça'da kalmaya karar verdim. O sırada Yunanistan'da hükümet kabinesi değişmiş, genelkurmay başkanı istifa etmiş, dolayısıyla biz de alay olarak alarma geçmiştik. Hedef teşkil etmemek için bütün alay, derhal araziye çıkıp gece ve gündüz arazi şartlarında eğitim yaptık. Tam teçhizat savaş hazırlığıydı bu. Bahar da İzmir dağlarına çiğdem kokusuyla gelmişti. Herkesin hem neşesi, hem heyecanı içinden taşıyordu. Benim için çok önemli bir tecrübe oldu. Arazide askerleri dinledim. Onların komutanlarıyla ilgili düşüncelerini, ideallerini, memleket sevdalarını, hayata bakış felsefelerini öğrendim. Çocuklarını böylesine asil yetiştiren bir millet asla batmaz. Türk olmaktan bir kez daha gurur duydum. Ordu-millet olmanın anlamını kavradım. Yine de askerlerim arasında bazı çatlak sesler çıkmıyor değildi. Savaş şartlarında bölük seviyesine kadar komutanların değiştirilmesinin zaruretini bu aykırı seslere kulak verince anladım. Foça dağlarında, normal şartlarda komuta kademesinde görev yapan insanların gönderilip yerine savaş süresince ayrı bir formatta yaşayan insanların geldiğini görmek ilginç bir tecrübe idi. Pek çok birliğin komuta kademeleri değiştirilmişti. Bu bana önce garip göründü, ama sonradan asker ile komutan arasında hazarda iken küçük sebeplerden oluşmuş birlik içi muhalefetlerin, gizli kinlerin, intikam hislerinin ve küçük çatışmaların savaş sırasında gündeme gelebileceğini düşününce uygulamanın isabetine hükmettim. Yine de Allah bu tür tecrübelerden milletimizi uzak tutsun. O günün şartlarında -eğer savaş çıkarsa- Atina'ya girdiği zaman yapacaklarını listeleyenler, hatta bir Türk askerinin seciyesine uymayacak idealler besleyenler bile vardı aramızda.

Amfibi Alay boşaltılmış gibiydi. Yalnızca nöbetçi birkaç subay ile erler değişiyor, onlar da karargâhı koruyorlardı. Çıkartma gemileri de denizdeydi. Alayda nöbet sırası bana gelmişti. Acı bir tesadüf, o gün Ege'de tatbikatta olan çıkartma gemilerimizden biri batmış, askerlerden de bir hayli boğulan olmuştu. Bütün Türkiye bu askerler için yastaydı. Amfibi alaya gelen telefonların çoğuna nöbetçi subaylığında ben cevap veriyordum. O yılların telefon imkânları çok kısıtlı idi. Anneler, babalar telefonda çocuklarını soruyor, ben onları yatıştırıcı cümleler ile cevap veriyordum. Belki de Foça'da kaldığım sürece yaptığım en hayırlı iş bu olmuştu. Vatan sevgisinin annelerde ve babalarda ne derece yoğun olduğunu, bilakis yalnızca benim anne babama has duygular olmadığını anladım. Çünkü bazı babalar, kendi yörelerinin şivesiyle oğlunu soruyor, sonra da vatana feda olsun diye telefonu kapatıyordu. O uzun gecede telefonu her kapatışımdan sonra gözlerimden yaş geldiğini hatırladıkça hâlâ gözlerim doluyor. Birkaç gün sonra her şey yoluna girdi ama telefonlar uzun müddet susmadı.

Amfibi Alay'dan kurs belgelerimizi almış olarak ayrılmadan bir gece evvel birlikteki bütün subay ve astsubaylar, kursiyerler şerefine bir yemek düzenlediler. O gece kendimi suçlu hissettim. Çünkü bütün kursiyer arkadaşlarım Amfibi Alay'a bir katkı sağlamışlar, mühendisler bina ve barakalar yapmışlar, hâkimler yönetmelik ve yönergeleri gözden geçirmişler, öğretmenler okuma yazma kursları gerçekleştirmişler, ama ben, -sıkı bir askere dönüşmemi dışta bırakırsak- elimde olmayarak çayca gelmiş, kumca gidiyordum. Şaşılacak olan taraf şu idi ki alay komutanı, gecenin anlam ve önemini belirten konuşmasının sonunda kıdemli kursiyer olmak hasebiyle beni güzel cümlelerle bir hayli övdü, beyefendiliğimden, bilgimden, anlayışımdan dolayı teşekkür etti ve Amfibi Alay'a bir marş kazandırdığım için de plaket verdi. Ben de plaketi bütün kursiyer arkadaşlarıma adadığımı, "Varlığım Türk varlığına armağan olsun!" diyerek gösterdim.

"Varlığım Türk varlığına armağan olsun!"

Foça'dan geriye çok şey kaldı: Pusula ve tabiattaki işaretlerle yön ve istikamet bulma, gece arazide eğitim ve hayatta kalabilme, silahlar, tanklar, dürbünler, telsizler vs. hakkında bilgiler bunlardan bazıları. Bir de arada sırada helikopter ile çıkılan arazi inceleme gezileri. Kurs kıdemlisi olarak katıldığım ve başka kursiyerlerin parmak ısırarak(!) arkamdan bakakaldıkları geziler yani.

Yaklaşık on iki hafta süren bu eğitimin sonunda bütün kursiyerlerle birlikte Karamürsel'e geldik. Deniz Eğitim Komutanlığı'nda sekiz hafta süreli kurslara katıldık. Öğretim teknikleri, gemicilik bilgileri, halatlar, düğümler vs. Burada da yine asker arkadaşım Ahmet Sena ile aynı odada kaldık. Çokça vaktimiz oluyordu ve ben o sıralarda ansiklopedik bir Divan Şiiri Sözlüğü hazırlamak üzere çalışıyor, kitapların arasından da olsa şiirle bağımı koparmıyordum. Zaten ameliyat için hastaneye yattığım günden itibaren hayatımda çok okuyup çok araştırdığım bir dönem başlamıştı.

Karamürsel'deki kurslar tamamlanınca Gölcük'e gittik. Burada da bir ay kalacaktık. Hepimiz birer ikişer, Donanma Komutanlığı'ndaki gemilere verilmiştik. Ben Cezayirli Gazi Hasan Paşa isimli muhribe düşmüştüm. Gemi hayatı çok ilginçti. Küçücük bir kamara ve aynı yüzler, aynı çelik mekân, aynı gürültü, aynı koku. Dışarısı alabildiğine su. Denizcilerin işinin zor olduğunu o hayatı birkaç gün olsun yaşamayanlar bilemez. Bir ay kadar kaldığım gemi, iki defa seyir yaptı. Birinde savaş tatbikatı idi ve çok ilginç tecrübeler edindim. Gemi personelinin hayatlarını anlamaya çalıştım. Liman'da ayrı, tatbikatta apayrı kişilikler olmalarını yorumlamaya gayret ettim. Öğretmen olarak yetiştireceğim gençlerin ileride bu hayatı yaşayacaklarını bilmek çok faydalı oldu. En azından onlara okuma bilinci kazandırmanın ne denli önemli olduğunu bir kez daha gördüm. Daracık mekânlarında onlara geniş dünyalar sunabilirdim böylece.

Geminin iskelesine ayak bastığım gün komutanın huzuruna çıktım. Bana mesleğimi sordu. Edebiyat öğretmeni olduğumu öğrenince önce gemide bana uygun bir iş aradı. Biraz düşündü taşındı ve başını kaşıyarak ilk emrini verdi:

"Sen git kamarada uyu, subay salonunda yemeğini ye, güvertede şiir yaz."

Bu emri "Ayak altında fazla dolaşma!" biçiminde tercüme etmem için ikinci bir Foça eğitimine gerek yoktu artık. Problem biraz da kursun özünden kaynaklanıyordu. Çünkü böyle bir kursa ilk defa bizim bölük tabi olmuş, komutanlar da ilk defa birilerini eğitmek gibi bir görevle sorumlu tutulmuşlardı. Gemide gelip geçici bir subay demek, kuru kalabalık demekti. Daracık bir mekânda, günlük işlerin arasında bir de alakasız birilerine dert anlatmak mürettebatın hoşuna gitmiyordu elbette. Neyse, ben de gidip kamaramda kitap yazmaya başladım. Emrolunduğum gibi davrandım. Diğer kursiyerler için de durum bundan farklı olmadı. Yalnız gemi subayları ile iyi diyaloglarımız oluştu. Ben onlara bilmedikleri şiir ve edebiyat dünyasından bir şeyler aktarıyordum, onlar da bana deniz ve denizcilikle ilgili hatıralarını anlatıyorlardı. Zaman zaman palavra olsun diye yaşamadıkları şeyleri de söylediklerini fark ettiğimde ben de onlara olmayan garip hikâyeleri yutturmaya başladım. Karşılıklı şakalaşıyorduk. Bir gün başka muhriplerle birlikte tatbikat için Saros Körfezi'nde idik. Gündüz filonun seyrini temaşa hoşuma gitmiş, uzak yosun kokularını ve karalardan esen ilhamları düşünerek tatlı bir gün geçirmiştim. Bu tür seyir için eskilerin "turna kanadı" tabirini kullandıklarını anlattım onlara. Gece geç vakitte demirledik. Tam istirahata çekilmek üzere iken geminin genel haber ağından "Üsteğmen Pala, telefonunuz var, subay salonuna geliniz!" anonsunu duydum. Koşarak gittim. Bütün subaylar orada toplanmış beni bekliyorlardı. Saros Körfezi'nin ortasında hangi telefon bağ-

"Sen git, güvertede şiir yaz."

lantısı olacaktı, beni buradan kim arardı, numarası bile olmayan telefon nasıl bağlanabilirdi, hiç düşünmemiştim. İçeri girdiğimde herkes kahkahayla gülüyordu. Meğer bunu o gece bütün gemilerde ve bütün kursiyer teğmenlere yapmışlar; hepsi de benim gibi koşarak subay salonuna gitmiş. O gece geç vakitlere kadar oturduk. Gemideki hayatın en güzel yanını o geceki sıkı dostluklarda gördüm. Gemide herkes ast-üst ilişkisi içindeydi ama o gece komutandan en küçük erine kadar herkesin baba-oğul veya ağabey-kardeş gibi olduklarını gördüm. Şakalaşmalar, konuşmalar, sohbetler normal ast-üst ilişkilerinin sınırlarından taşmıştı ama hiç kimse bunu suiistimal etmiyordu. Bu bir bahriye terbiyesi idi. Küçücük bir mekânda yüz yüze bakıyor olmanın verdiği nezaket kuralıydı. Nitekim bir gemide sabah ilk karşılaştığı zaman üstünü selamlayan, eliyle, başıyla veya esas duruşuyla hürmetini sunan bir ast, ertesi günün sabahına kadar bir daha selam vermez, bunun yerine saygılı davranarak mevkiini korurdu; bahriye töresi böyleydi. Aksi takdirde aynı kişiyle akşama kadar yüz defa karşılaşan bir asker yüz defa selam verecek olsa herhalde hiçbir iş yürümezdi.

Denizciliğin kendine özgü bir dili vardı ve bunları öğrenmek de benim sonraki hayatım için faydalı olmuştu. Pencereye lumbuz, merdivene iskele, kapıya kaporta, odaya kamara demezseniz gemide derdinizi anlatamazsınız. Hele bir savaş gemisi için limandan bahsederseniz yahut "yanaşmak" derseniz size gülerler. Çünkü bir gemi ya kıçtankara veya aborda olur. Belki başka şey de olur, ama onu ben de bilmiyorum.

Kurslar bitip de çakı gibi askerler olarak kıtalarımıza döneceğimiz gün bütün kursiyerleri bir hüzün kaplamıştı. Gölcük'te bir araya gelip vedalaştık. Haberleşeceğimize, irtibatı koparmamaya, işbirliği yapacağımıza falan sözler verdik. Oysa daha sonra orada burada karşılaştıkça birbirimizi gülümseyerek hatırladığımız uzak dostlar olarak kaldık.

Heybeliada'ya döndüğümde eğitim öğretim yılı bitmiş, öğrenciler kamp ve tatil için okuldan ayrılmış, öğretmenlerin de çoğu yıllık izinlerini kullanmak üzere şehir dışına çıkmışlardı. Bana Deniz Okulları'nın genel sınavlarında kullanılmak üzere soru hazırlama görevi verildi. Zaten yıl boyunca bir sürü test sorusu hazırlıyor, bunların her birini ayrı soru formlarına yazıyor, desteliyor ve ilgili komutanlığa gönderilmek üzere teslim ediyorduk. Bir ay kadar sonra yeni alınacak öğrencilerin sınavları, mülakatları, spor ve beden eğitimi testleri ile sağlık muayeneleri yapılmaya başlandı. Bunların hepsinde ayrı ayrı görevlerimiz oluyordu. O yıl ilk defa mülakat heyetine alınmıştım. Gerçi rütbem henüz küçük olduğu için soru sormuyor, söze karışmıyordum ama mülakatın nasıl yapıldığını, öğrencilerin nasıl bir elemeden geçirildiklerini öğreniyordum. Daha sonra bu mülakatlardaki eleme sistemi kademe kademe değişecekti. Mesela o yıl Çingene, gayrimüslim, Alevi ve Kürt olduğu kanaati uyanan öğrenci adayları mülakatlarda elenirken, daha sonraki yıllarda Alevi olanların yerini küçükken Kur'an kursuna gitmiş olan öğrenciler aldı. İmam-Hatip okullarından gelen olursa -ki bu durum onların kayıt bilgilerinde yer alıyordu- kesinlikle eleniyor, ama kendisine başka bir nedenle elenmiş gibi gösteriliyordu. Daha sonraki yıllarda bu eleme işinde o derece uç fikirler üretilir oldu ki gün geldi, "Bir elinde Kur'an var, diğer elinde Atatürk'ün Nutuk'u. Denize düştün ve tek elle yüzebileceksin, hangisini atarsın?" gibi akla mantığa ziyan sorular ortaya çıkmaya başladı. Aslında mülakatlarda sorulacak sorular için sistemler geliştirilmiş, her şey standartlara bağlanmış gibiydi. Öğrenci adayına sorulan sorulardan sonra hakkında kanaat oluşuyor ve mülakatı geçip geçmediği daha kapıdan çıkmadan belli oluyordu. Her mülakat döneminde, pek azı yazılı olmakla birlikte, mülakat heyetlerine bazı uyarılarda bulunulur ve kimlerin okula kabul edileceği söylenirdi. Bu uyarılar Deniz Kuvvetleri'nin bir personel politikası olmaktan öte o dönemdeki yetkili komutanların bakış açılarına göre düzenlenmiş de olurdu. Zannederim bir okul komutanı da pekâlâ mülakat heyetine sözlü emirler vererek prensipler koyabilirdi. Bu tür uygulamalar, mülakat heyetlerindeki rütbeli kişilerin de kendi standartlarını oluşturmalarına yol açıyordu elbette. Söz gelimi benim bulunduğum heyette bir subay öğrencilerin neredeyse yarısına şu soruları sırasıyla ve hiç değiştirmeden sorardı:

Çingene, gayrimüslim, Alevi ve Kürt olduğu kanaati uyanan öğrenci adayları mülakatlarda elenirken...

"Söyle bakalım, fosil nedir?"

"..."

"Haydi kafiyeli olsun, usul nedir?"

"..."

"Peki gusül nedir?"

"..."

13-14 yaşında bir öğrenci adayı dersini çalıştığı için fosil'in bilimsel tanımını yapabiliyor, kelime bilgisi olarak da usul'ün "yol, yöntem" olduğunu biliyordu. Ama iş "gusül"e gelince hemen hepsi afallıyor, kızarıp bozarıyordu. Guslün ne olduğunu bilmeyenler boynunu büküyor, bilenler de böyle bir soruya cevap verip vermemekte tereddüt ediyordu. Sonuçta guslün ne olduğunu bilenler ile bilmeyenler arasındaki tercih size kalmıştı.

Pek çok öğrenci adayı taşradan geliyor, köy ve kasaba çocuğu oluyordu. Hepsi de masum, istikbalini kurtarmaya çalışan zeki çocuklar. "Yaz tatilinde ne yapıyorsun?" sorusuna hepsi dosdoğru cevap veriyor, ne yaptığını anlatıyor, bu arada yaz Kur'an kursuna gidenler de bunu söylemekte bir beis görmüyorlardı. Anadolu'da o yıllarda gelenek halini almış olan yaz Kur'an kursları iki yıl sonra ideolojik bakış açısıyla değerlendirilmeye ve Kur'an kursuna giden öğrenciler kendilerine asla bildirilmeyen kursa gitme nedeniyle elenmeye başlandılar. Oysa elenen öğrencilerin çoğu sırf âdet yerini bulsun, arkadaşlarım gidiyor, ben de gideyim diye cami hocalarına yol uğratmış gençlerdi. Devletin resmî ideolojisine göre mülakat heyetleri de öğrencileri sınıflandırıyorlardı. Daha önce kayıtlarda yer almayan İmam-Hatip okullarının adı yazılı olarak askerî okullara alınacak öğrencilerin mezun olduğu okulların dışında bırakılıyor; ama mesela ırk ve milliyet isimleri pek anılmıyor, listelerde yer almıyordu. Belki de yeni yapılanma bunu gerektiriyordu ve gelecekte toplum mimarlığına soyunacak olanlar bu yönlendirmeleri yapmaya çok önceden başlamış oluyorlardı.

Kur'an kursuna giden öğrenciler ... elenmeye başlandılar.

IV. YIL 1985
TOMURCUĞA DURMAYAN AĞAÇ ODUNDUR

İnsanların %99'u sadece var olur, %1'i gerçekten yaşar.

Oscar Wilde

Asker olmak üzere mülakatımı yapanların neden asker olmak istiyorsun sorusuna, "Madem kaderimde öğretmenlik yapmak var, hiç olmazsa disiplinli öğrencilere öğretmenlik yapayım, kafamda başka kaygı olmasın, vatan evlatlarını en iyi şekilde yetiştireyim ve bundan lezzet alayım!" mealinde bir cevap vermiştim ya. Bu yıl işte öyle mutlu geçti. Okuldaki hiç kimsenin yaptığına takılıp kalmadan ilk kez ve doyasıya, öğrencilerle eğitim ve öğretimin lezzetine vardık. Anladım ki öğrenmek isteyen öğrencilerle ders yapan bir öğretmenin mutlu olmaması imkânsızdır.

Günday adlı bir binbaşımız vardı. Galiba matematik hocasıydı. Bana çok eziyet ediyor, her fırsatta beni aşağılamaya çalışıyor, militan tavrını beni ezerek tatmine çalışıyordu ve yazık ki rütbem onunla mücadeleye elvermiyordu. Ben de kalemime yüklendim ve yazma işlemi son aşamaya gelen ve nihaî düzeltmelerini yapmakta olduğum dilbilgisi kitabında, sıfatlara, zamirlere, isimlere, zarflara ve fiillere örnek olmak üzere uydurulmuş ne kadar olumsuzluk taşıyan cümle var ise onun adını özne yerinde kullanarak yeniden yazdım. İleride bu kitabı okuyacak öğrenciler, kendisine karşı yargılarını oluştururken onun gerçek yüzünü görecek, belki bıyık altından gülerek benim intikamımı acı biçimde alacaklardı. Şimdi bu yaptığımdan utanıyorum. Bilimselliğin çıkar amaçlı kullanılması hakikatlerin üstünü örtebilir çünkü.

Eğitim öğretim yılının sonunda Beylerbeyi'ndeki Deniz Astsubay Hazırlama Okulu'na tayinim çıktı. Şaşırmıştık. Doktora yapmış bir öğretmen olarak subayların değil de astsubayların eğitiminde görevlendirilmiş olmam herkesi şaşırtmıştı. Benim Deniz Harp Okulu'na layık olduğumu, ama orada Türkçe/Edebiyat dersi bulunmadığı için Deniz Lisesi'nde yeterince istifade edilemez konumda kaldığımı söyleyenler, -belki de bu atamaya tepki göstermek için- Deniz Astsubay Hazırlama Okulu'na Deniz Astsubay Akademisi adını taktılar. Ama sonuç değişmedi. Ben Temmuz ayının ortasında yeni görevime başladım. Üzülmüştüm, ama bunun sosyal hayatım ve maddi sıkıntılarım adına iyi bir tarafı da vardı. Lojmana taşınabilecektim. Bazen böyle olur; biz farkına varmayız, ama hakkımızdaki takdir bizim lehimize gerçekleşir. Eskiler "Rahmet ile zahmet arasında bir nokta farkı vardır; Allah dilerse zahmetteki noktayı kaldırıverir." derlermiş. Galiba bu atama da benim için zahmet görünümünde rahmet olacak diye düşündük. Meğer benim için yeni ve uzun bir sürecin de başlangıcı imiş ve henüz bilmesem de asıl macera yeni başlıyormuş.

"Rahmet ile zahmet arasında bir nokta farkı vardır."

Heybeliada Deniz Lisesi'nde çalışırken Kartal Maltepe'sinde kirada oturuyorduk ve maaşımın yarısı kiraya gidiyordu. Bir tenzil-i rütbe gibi görünen, -ki daha sonradan bunun öyle bir mesaj içerdiğini acı biçimde anladım- bu atama belki de lojman imkânı dolayısıyla maddi açıdan bir parça rahat etmemizi sağlayacaktı. Ama yine de, "Üsteğmenlik rütbesini söktüremeyen meslektaşlarım, belki de bilim rütbesini söktürmeye çalışıyorlar," diye düşünmekten kendimi alamadım.

Astsubay Okulu'na tahsis edilen lojmanlar, Levent'te, III. Kolordu'ya ait bir arazide idi ve bir nizamiyeden giriliyordu. Ben, eşimin başörtülü oluşu nedeniyle mahalle arasında bir lojman olmasını tercih ediyordum. Bu durumda lojmanlara taşınıp taşınmama konusunda tereddüt ettik. Halen oturduğumuz evden muhakkak taşınacaktık. Ancak Üsküdar yakınlarında bir ev kiralamak da bütçemizi sarsacaktı. "Mademki devlet bize bu hakkı tanımış, o halde kullanalım," deyip lojmana taşınmaya karar verdik. Meslektaşlarım arasında ağzını aradığım bazı sol ideolojiye sahip insanlar "Canım, herkesin eşinden kime ne. Asker olan o değil ya!" diyorlardı. Sonradan bunların hepsi tatlı su demokratı çıktı. Uzaktan "İsteyen istediği gibi giyinir," diyenler, apartman veya kapı komşumuz olunca homurdanmaya başlıyorlardı. Biz lojmanlara taşındığımızda Levent semtindeki Deniz Subay Lojmanları'nda iki başörtülü hanım vardı. Birisi benim eşim idi. Önceleri pek yadırgandıysak da sonradan komşularımız da bize alıştı. Hatta o kadar ki ilk dönemlerde bize selam vermeyen insanlar, bir yıl sonra tatile giderken evlerinin anahtarlarını bize teslim edip gitmeye başladılar. Yazık ki bazıları içten pazarlıklı ve ikiyüzlü idiler. Başka yerlerde aleyhimizde konuştuklarını duyuyorduk. Çünkü herkes bizi onlardan soruyordu. Buna rütbeli ve sıralı

Deniz Subay Lojmanları'nda iki başörtülü hanım vardı.

amirlerim de dahildi. Evimize hiç olmayacak zamanda uzak bir arkadaş konuk gelmişse biliyorduk ki bizi teftiş etmekte ve ertesi gün evimizin duvarlarındaki tablolar, kütüphanemizdeki kitaplar, yerdeki halıların desenleri hakkında birilerine rapor verilecektir. O kadar ki ramazan ikindilerinde acilen kahve içmeye gelen komşu hanımları bile çıkıyordu. Böyle durumlarda anlıyorduk ki aylık rapor gecikmiştir, onun da görevini yapmasına müsaade etmek gerekir. Denilebilir ki bütün bunlara bile bile lades demek ahmaklıktır; belki de öyledir, ama hayatımızın akışında göstermelik değişiklikler yapacak olursak kendimizi inkâr etmiş, dolayısıyla hayatın anlamına ilişkin saygımızı yitirmiş olacağımızı düşünüyorduk. Bir defa, saklayacak bir şeyimiz yoktu ve bu ülkeye bizden zarar gelmezdi. Millî ve manevi değerlerimize pek çok insandan daha çok bağlıydık ve mesela bayrağımızı, vatanımızı; bizi gizlice teftiş edenlerden daha fazla seviyorduk. Öte yandan, olduğumuzdan farklı görünmenin ağırlığı altında işin gitgide paranoyaya varacağını kestirebiliyor ve asla bu yola sapmamaya çalışıyorduk. Biz böyleydik ve bu halimizle var olmak istiyorduk. Ama ne yapalım ki bu ülkede dalkavukluğun sağladığı çıkar, dürüstlüğün sağladığı çıkardan daha bereketli oluyordu.

Bayrağımızı, vatanımızı; bizi gizlice teftiş edenlerden daha fazla seviyorduk.

Astsubay Hazırlama Okulu'na geldikten sonra İstanbul'un kültür ve bilimsel hayatıyla daha yakından ilişkiler içinde olabiliyordum. Boğaziçi Üniversitesi'nde ders vermem için davet edildiğimde bunu sevinerek kabul ettim. Resmî yazışmalar tamamlandı ve haftada bir gün Boğaziçi'ne derse gitmeye başladım. Askerî okullarda her öğretmen subayın haftada bir günü boş bırakılır ve o gün kendisine görev verilmez. Kendini geliştirebilmesi için araştırma günüdür o gün ve öğretmen bilimsel çalışma için kütüphaneye, laboratuvara veya ilgili yere gider. Ancak zamanla öğretmenler bu araştırma gününün adını "boş gün (off gün)"e çevirmişler ve kendilerini geliştirmek yerine menfaatlerince veya keyiflerince kullanmışlar. Ben öğretmenliğe başladığımda adı yazışmalarda bile "boş gün" olarak geçiyor ve haftalık izin kabilinden addediliyordu. Hiç kimse düşünmüyordu ki böyle bir araştırma zamanının adı "boş gün" olursa elbette amirin de bu "boş"luğa izin vermeme hakkı doğar. Gariptir, bazı öğretmenler bu boş günlerinde okula gelip boş otururlar, bir iş emredilse "Bugün benim boş günüm!" derlerdi. İşte ben o boş günümü doldurmak için Boğaziçi'ne ders anlatmaya gidiyordum ve kimseye bir ziyanım dokunmuyordu. Astsubay Okulu'ndaki derslerimi asla aksatmıyor, öğretmenliğimi de en iyi biçimde yapıyordum. Ne ki benim Boğaziçi'ne gidişim üst makamlar ve meslektaşlarım arasında iki şekilde okunuyordu: Kara veya Hava Kuvvetleri Komutanlığı'na karşı bir övünme söz konusu olur ise "Bizim Boğaziçi'nde ders veren öğretmenlerimiz var!" diyorlar, ama eğer konu öğretmenlikten açılırsa, benim durumum "Canım, herkes yalnızca öğretmenlik yapmıyor ki, torpilini bulan başka yerden para da kazanıyor!"a dönüşüyordu. Doktora yaparken dirsek çürütmüş olduğumu ise kimse hatırlamıyordu. Bunlara aldırış etmeden yoluma devam etmeyi yeğledim. Torpil konusunda da nedense şanssızlığım hep yaver gitti. Askerlik hayatımın hiçbir döneminde torpilli olmadım, olamadım. Eğer TSK'da bir dayım olsaydı, kim kılıma dokunabilirdi?!..

Gerek aldığım eğitim, gerek özel meraklarım ve gayretlerim ile tarihe, edebiyat tarihine ve arşiv konularına vâkıf duruma gelmiştim. Deniz Kuvvetleri'nin İstanbul Beşiktaş'ta Tarihî Deniz Arşivi bulunuyordu. Burada yedi milyonun üzerinde belge okunmayı bekliyor, çürüyor, yıpranıyordu. Gidip içerisini de gezince burada tarih, büyük bir özlemle beni bekliyor gibi geldi. Derhal bir dilekçe yazdım. Öğretmenliği çok ama çok sevmeme rağmen buradaki görev için birikimim bulunduğunu, arşivde istihdam edilmemin öğretmen olarak çalışmaktan daha önemli ve verimli olacağını, arşivi canlandırıp aktif hale getirmeyi vs. teklif eden bu dilekçeyi sıralı komutanlıklar kanalıyla Deniz Kuvvetleri karargâhına gönderdim. Akademik niteliğim, araştırmaya dönük gayretlerim, üniversitede ders veriyor oluşum, bilimsel başarım vs. nedeniyle öğretmenlik yapmamın çok önemli olduğunu, böyle bir personeli arşivde istihdam etmenin yetişmiş insanı harcamak ve kamu yararını israf olacağını vs. bildiren, Koramiral Cahit Parpucu imzalı olumsuz bir cevap geldi. Meğer öğretmen olarak çalışmam eğitim için olduğu kadar Deniz Kuvvetleri'nin diğer kuvvetler karşısındaki konumu için de çok önemliymiş. Hatta üniversite ile katıldığım sempozyum ve bilimsel kongrelerde Deniz Kuvvetleri'ni temsil etmemden gurur duyuluyormuş, bu yüzden takdir de ediliyormuşum(!) vs... Herhalde Deniz Lisesi'nden Deniz Astsubay Hazırlama Okulu'na alınmam da bu takdir sebebiyle olmuştu(!).

⁂

Astsubay Okulu'nda eğitim-öğretim sona erdiği günlerde deniz okulları sınav soru kitapçıklarının basımı için Karamürsel'e gittik. ÖSYM sisteminde çalışan bir soru basma işlemiydi bu. Matbaa ile dışarısı arasında kuş uçurtulmuyor, soru basımı bittikten sonra da sınavların yapıldığı güne kadar matbaadan dışarı çıkılamıyordu. Çok neşeli bir imece usulüydü ve matbaa imkânlarında -belki de imkânsızlıklarında demeliydim- tatlı bir yaz tatili gibi yaşanıyordu. Divan Şiiri Sözlüğü'nün ve diğer kitap hazırlıklarımın şekillendirilmesi bu günlerin masum mahpusluğuna rastlar. Matbaada çalışma masası, daktilo, kâğıt ve su vardı. Bunlar benim dünyalık cennetim sayılırdı ve bunlar elimin altında olduktan sonra aylarca sandalyemden kalkmasam olurdu. Daktiloyu bilgisayarla değiştirmek şartıyla hâlâ daha öyledir.

Bütün askerlik hayatım boyunca beni namaz kılarken gören tek kişi...

Matbaadaki tek sıkıntım, namaz kılmak için yalnız kalamıyor oluşumdu. Nitekim bütün askerlik hayatım boyunca beni namaz kılarken gören tek kişi burada görmüştür. Çok çok sonraları bile benim namaz kıldığım bilindiği halde hiçbir askerî mekânda bunu gören ne er, ne komutan, ne sivil memur, velhasıl hiçbir şahit olmamıştır. Evliya Çelebi o ünlü eseri Seyahatname'de sık sık kendi yolculuk kurallarından birini hatırlatır okuyucusuna ve der ki: "(Çok gerekmedikçe) fikirsel yorumunu, paranı ve inancını gizli tut!*" Çelebi'ye hak veriyordum ve inanç meselesi Hak ile aramdaki bir meseleydi, başkasını, hele de gösteriş için asla ilgilendirmezdi. Bu yüzden, genelde öğlen mesai boşluğunda namaz kılardım ve eğer kendime ait odam varsa istirahat saatinde içeriden kapımı kilitler, aksi takdirde yalnız kalabileceğim bir zamanı kollardım. Yalnız kalamamışsam, vakti geçen namazlarımı akşamları kaza ederdim. Hiçbir gün, hiçbir vakit, namaz için işimi aksatmadım.

Bir akşam vakti matbaada günlük işler bitmiş, ben de duşa girerek abdest alıp çıkmıştım. Herkes bir arada, matbaanın salonunda idik. Akşamları genellikle matbaa makinelerinin olduğu yerde kitap çalışmalarıma devam ediyordum, diğer subaylar da beni ineklemekle suçluyorlar ve iskambil yahut konken partisinin başına oturuyorlardı. Yatakhane olarak kullanılan çadıra gidip ranzanın üzerinde oturarak zaten kısa olan akşam

---

* Üstür zehebeke, zihâbeke ve mezhebik.

namazını kılmaya durdum. Birkaç dakika sonra binbaşılardan birisi üstünü değiştirmeye gelmiş ve ben de duymamışım. Selam verdiğim sırada göz göze geldik. Çok şaşırdı. Nasihatler etti. Ben de ona sırrımı saklaması ricasında bulundum. Ertesi akşam aynı binbaşı ben çalışırken geldi "İskambil oynayacağız, bir kişi eksik!" diye matbaa salonuna çağırdı. Ben samimiyetine vererek "Peki!" dedim. Çünkü arada sırada iskambil, tavla ve satranç oynadığımız olurdu. Yine öyle zannettim. Salona varınca videoda porno film oynadığını gördüm. Aldırış etmedim. Çünkü o yıllarda bütün ülkede video furyası vardı ve porno filmler de yaygındı. Gemilerin subay salonları ile asker olan yerlerde sık sık karşılaşılıyordu. Bir zamanların kışlalarında düzenlenen "Aç! Aç!" eğlenceleri, yerini gizliden gizliye oynatılan porno film seanslarına bırakmış gibiydi. Matbaadaki de böyledir diye düşündüm. Yanılmışım. Birkaç dakika içinde anladım ki, o gün ile bir gün öncesi arasında bazı kişilerin bana bakış açısı ve tavırları değişivermiş. İnsanlar nasıl da şartlandırılmıştı. Ben yine aynı ben idim, ama o bazılarına göre bir gecede sanki canavarlaşmıştım. Bu namazda suçüstü(!) yakalanma tecrübesini bir daha yaşamadım; ama benim gittiğim her yere, daima adım benden önce gitti ve insanlar her yerde beni önce önyargı ile karşıladılar, sonra sonra tanıyınca adam yemediğimi görüp samimiyet kurmaya başladılar.

İnsanlar her yerde beni önce önyargı ile karşıladılar.

Biz insanlar kendi düşüncelerini paylaşmayanlar için şablon oluşturmayı, onları kategorize edip "öteki"leştirmeyi çok severiz nedense. Kusurumuz ne kadar çok ise karşımızdakinde de o kadar kusur aramaya meyilliyizdir. Karşınızdakiler zihinlerinde size bir rol ve tavır biçtilerse eğer, artık istediğiniz kadar farklı tavırlar içinde olun, asla bunları kabullenmezler, yanıldıklarını görmek istemezler. Eğer çevrenizde aynı tavrı ve bakış açısını paylaşanlar çoğalmışsa, siz de gitgide onların biçtiği role uygun davranmaya başlarsınız. Farkında olunmayan bir kutuplaşmadır bu ve faturayı daha çok resmî ideolojinin huzurunda yalnız kalan öder.

Garip değil mi, Allah bile kendi yarattığı kulları hakkında hükmünü ömürleri sona erdikten sonra verirken biz zavallı insanlar, kim oluyoruz ki onları bir hal üzere görmekle, haklarında bir dedikodu işitmekle, adımlarını şöyle attılar, ellerini böyle tuttular diye, gözlerinin üstünde neden kaşları olduğu hükmüne varıveriyoruz!..

V. YIL 1986
EĞİTİM-ÖĞRETİM TEFTİŞE FEDA EDİLİRSE...

Çaba ancak acı vermeye başladığında çabadır.
J. Ortega y Gasset

Astsubay Hazırlama Okulu'nun bir önceki komutanı Kemal Tok, albaylıktan amiralliğe terfi etmişti. Herkes onun bu başarısını Astsubay Okulu personelini ve özellikle de öğretmen subayları muma çevirmesine bağlıyor, en azından okuldaki subaylar arasında böyle konuşuluyor, böyle bilinmesi isteniyordu. Güya o güne kadar öğretmen subaylar disiplinden çıkmış, dışarıyla bağlantılar kurmuşlar ve öğretmenlik ikinci plana itilmiş gibiydi de amiralliğe terfi eden albay bunu zabt u rabta almakla başarı sağladığını ve terfi ettiğini anlatıyordu. Mamafih böyle davranan öğretmenler de yok değildi. Kimisi borsada, kimisi localarda faaliyet yürütüyor, kimisi de mesai saatlerinde bile özel dersler veriyorlardı. O yıllarda üniversiteye veya kolejlere hazırlık yaptıran dershaneler bu derece başarılı ve yaygın değildi. Zengin aileler çocuklarına özel ders aldırtırdı ve askerî okullardaki seçkin öğretmen subaylar da bu bakımdan piyasa yapmışlardı.

Okulun yeni komutanı Albay Özcan Özus halefinin yolundan gitmeyi yeğledi ve öğretmen subaylar için ipleri iyiden iyiye germeye başladı. Onun amiralliğe terfi beklediği ve Astsubay Okulu'na atandırılmasının bu bakımdan bir şans olduğu söyleniyordu. Öğretmenlerin bilimsel araştırma ve kendisini geliştirmeleri için haftada bir mesai gününe tekabül eden "boş gün (off gün)ler" haftalık ders programlarında gösterilir olmuştu. Okul komutanı albay "off gün"leri mesaiye katmakla işe başladı. Hiç kimsenin dışarıda özel ders vermesine sıcak bakmıyor, bunu "görev dışı menfaat temini" olarak yorumluyordu. İdarî kadroda öğrenci amiri ve sınıf amiri kadrosunda görev yapan muharip subaylar da kendisine destek vermişler, öğretmen subaylar ile muharip subaylar arasında gizli bir sürtüşme kendini gösterir olmuştu. Arada olan öğrencilere oluyor, görev ve yetki çatışmalarından en çok onlar etkileniyor, güneş ayağı, ayak çarığı sıkıyordu. Aslında muharip subaylar olaya biraz gıpta ile bakıyor, öğretmenlerin sosyal hayat ile olan bağlarını menfaat ile yorumluyor, bu da kurunun yanında yaşı da yakıyor, öğretmenlerin gerçekten araştırma-geliştirme yanlısı olanlarını olumsuz etkiliyordu. Benim hiçbir özel dersim, daha doğrusu özel ders imkânım yoktu ve doktoradan sonra bilimsel çalışmalarımı devam ettirmem, boş günlerimde kütüphanelere gitmem yetiyordu. Mamafih o yıl boş günümde Boğaziçi Üniversitesi'ne derse gidiyordum ve okul komutanı neredeyse buna bile sıcak bakmıyordu. Ne ki Dz. Eğitim Komutanı'nın izni ve emri ile, hatta takdir ve teşekkürlerini de kazanarak bu ek görevi yürütmekteydim.

"Görev dışı menfaat temini!"

Komutan albayın bu haddinden ziyade disiplin telaşı ile öğretmen subayların kilitlenen faaliyetleri, iki grup arasındaki inatlaşmayı gün yüzüne çıkardı. Komutan albay her fırsatta öğretmenleri aşağılamaya, olmayacak emirler ile işgal etmeye yelteniyordu. İncir çekirdeğini doldurmayacak konular, giderek problem teşkil etti ve arada dağlar gibi yığıldı.

Astsubay Okulu'nun binaları çok eski olup hayli yıpranmış, fersudeleşmişti. Yıllık tamir ve tadilat masrafı bile bütçeyi eritiyor, yine de güzel bir görünüm kazanamıyordu. Beylerbeyi Sarayı'na omuz verip Nakkaştepe'ye sırtını dayamış olan bu eski binaların denetlenmelerde temiz ve bakımlı görünmesi oldukça zor idi. Söz gelimi Tuzla'daki Harp Okulu'nun modern binalarını ve lüks hayatını denetleyen bir heyetin oraya kıyasla bu eski binalarda her neye baksa hata görmesi mümkündü. Bu da Okul Komutanı için risk demekti. O, bu riski temizlik saplantısı ile giderebileceğini düşünmüş olmalı ki, hiç de görevleri olmadığı halde öğretmenleri temizlik işlerinde devreye soktu ve her öğretmene belli bir mekân gösterip onları "temizlik sorumlusu" yaptı. Dağılımda rütbe ve kıdem esası yerine, otoritenin kime ne kadar hissettirileceği ön planda tutuluyordu. Bunun en bariz yansıması da benim görev yerimde görüldü. Bir sabah okula geldiğimde,

II. KAT TUVALETLERİ
Temizlik Sorumlusu:
Dr.Kd.Ütğm. İskender PALA

levhasının gerçekten de ikinci kat tuvaletinde asılı durduğunu gördüm. Bu levhayı daha sonra yenilenirken hatıra olarak aldım ve hâlâ saklarım. Bana çok şeyler hatırlatır. Çünkü burada acayipten daha garip olan husus, temizlik levhasına akademik Dr. unvanımın yazılmış olmasıydı. Çünkü o günlerde, Dr. unvanımın bütün yazışmalarda kullanılması için yazılı ve sözlü olarak defalarca müracaatta bulunmuştum. Her defasında "Evet, bu senin hakkın!" denilmesine rağmen, koskoca bir kapris eseri olarak hiçbir zaman yazılmamıştı. Şimdi tuvalete yazılmakla önemli bir mesaj verilmek isteniyordu ve bu, yazık ki bir komutanın bilime bakış açısını da kısmen yansıtıyordu.

"Sen adının başında hep Dr. yazılmasını istiyordun ya; işte biz de yazdık!"

Öğrenciler bu duruma güleceklerdi. Benim öğrenci nazarındaki ağırlığım kaybolmasın diye Sosyal Bilimler Bölüm Başkanı'na gidip durumu anlattım. Şükrü adında bir öğretmen binbaşı idi. Soyadını hafızam silmiş. Üstlerine karşı kuzu, astlarına şahin tiplerden, saray mabeyncisi gibi bir adam. Müracaatıma alaylı bir gülümseme ile "Sen adının başında hep Dr. yazılmasını istiyordun ya; işte biz de yazdık!" cevabını verdi. İncinmiştim, keskin cevaplarla itiraz ettim, ama itirazlarım fayda etmedi ve hatta gözünün üstünde kaşın var kabilinden tavırlar ile karşılık buldu. O günlerde eşim, ikinci kızımızın doğumu için hastanede yatıyordu ve doğumda babaların hakkı olan iki gün izni bana vermemesi bunun ilk göstergesi oldu. Kızımın doğumunda hastanede, eşimin yanında olamadım. Binbaşıyla aramız iyiden iyiye açılmıştı. Ben bazı konularda hakkımı aradıkça geçimsiz biri konumuna düşüyordum. Oysa benim geçimsiz biri olmadığımı, beni tanıyanlar pekâlâ bilirler.

O yılın Aralık günlerinde İstanbul'a şiddetli bir kar yağmış, şehirde hayat donmuş ve toplu taşıma araçları birkaç gün çalışmamıştı. Otomobilim yoktu ama olan otomobiller de zaten kar altında bekliyordu. Askerî okullar yatılı olduğu için tatil edilmesine gerek duyulmadı. Ne var ki öğretmenler yatılı değildi ve o günlerde Levent'ten Beylerbeyi'ne, yolun büyük kısmını yürüyerek, kayarak, düşerek gitmek şartıyla mesai yapmış, buna rağmen geç kaldığım bir gün için, başka geç kalanların aksine, kınama cezasıyla cezalandırılmaktan kurtulamamıştım. Bunun tek sebebi, bilimsel titrim olan "Dr." unvanının olumsuz rüzgârıydı ve başka yerlerde bu unvan insanlara itibar kazandırırken beni itibardan düşürüyordu.

Zaman aktı, okulda teftiş hazırlıkları başladı. Okul komutanı albayın her şeyini ortaya koyması gerektiğini biliyor, bütün personel olarak samimiyetle ona destek olmaya çalışıyorduk. Ayrıca biliyorduk ki denetleme iyi geçerse, öğretmen sınıfı olarak huzurumuz da iyi olur. Bir askerî birlikte denetleme, bulunulan hâli değil, en iyi olunabilen hâli ortaya çıkarır. Bunu öğrenmem uzun yıllar aldı. Çünkü önceleri denetlemelerin haberli yapılmasını anlayamaz, bile bile denetlenmenin yalnızca parlak düğmeler, ütülü elbiseler, boyanmış duvarlar ve cilalanmış zeminlerle ölçülebileceğini, dünya ordularında elektronik gelişmeler denetlenirken biz hâlâ saç tıraşı, postal boyası, pantolon ütüsü, tuvalet temizliği, selamlama biçimi, esas duruş vs. ile uğraşıyoruz sanırdım. Oysa denetleyen komutanlar açısından bakınca durumun hiç de öyle olmadığını, haberli denetlemenin habersiz olandan daha iyi olduğunu gördüm. Ansızın yapılan denetleme bir askerî birliğin hazardaki durumunu, haberli yapılan ise seferdeki durumunu ilgilendiriyor, o birlikten beklenen en yüksek performans ölçülüyordu. Üstelik habersiz yapılan her denetlemenin mutlaka birilerinin başını yakacağı da unutul-

Temizliğin de provasını yapıyor yahut temizliği prova ile yapıyorduk.

mamalıdır. Disiplin mesleği olan askerliğin bu açıdan değerlendirilmemesi, değerlendirilmesinden evladır.

Denetleme için okulun temizlik hazırlıkları üç hafta önceden başladı. O eski binaların her santimetrekaresi yıkanıyor, siliniyor, boyanıyor, çakılıyor, sökülüyordu. Bütün imkânlar yalnızca temizlik, gösteriş, cila ve parlatmaya harcanıyor, mesailer bu uğurda tüketiliyordu. Eğitim birdenbire ikinci plana itilivermişti. Sınıf yıkanacak diye dersler boş geçiyor, dersin bir bölümünde öğrenciler koridorlara çıkartılıp akşama kadar duvarlar boyanıyor, bahçede biriken öğrenciler sıradan şeylerle oyalanıp binanın kat zeminleri cilalanabiliyordu. Üstelik bunlar haftada iki üç kez yapılıyor, iki günde yeniden eski haline gelen yerler aynı işleme yeniden tabi oluyor, yeniden başa dönülüyordu. Hani askerlikte her şey birkaç kez prova edilir ya; sanki bu sefer biz temizliğin de provasını yapıyor; yahut temizliği prova ile yapıyorduk.

Denetleme çarşamba gününe rastlıyordu. Öncesine rastlayan cumartesi ve pazar günlerinde mesaiye gelmiş, hepimiz gerektiğinde paçalara camadana vurup çekçekler, paspaslar elimizde çalışmış, zaten sayıca yetersiz olan erlerden umudu kesip öğrenci-öğretmen dayanışması ile okulu yine tepeden tırnağa yıkamış, cilalamış, parlatmıştık. Ben bir yandan bu imeceye katılıyor, diğer yandan öğretmenin öğrenci ile birlikte ve yan yana aynı işte çalışmasının sakıncalarını sıralayıp duruyor ve tabii kimseye söz dinletemiyordum. Anlattıklarıma herkes hak veriyor, ama yine de mutlak itaat ile çalışmaya devam ediyorduk. Benimkisi züğürt tesellisi idi. Bana göre bir öğretmenini elinde paspas ile veya bir merdivenin tepesinde, yahut tuvaletlerdeki temizliği kontrol ederken gören bir öğrenci, o saatten sonra öğretmenden değerli hiçbir şey öğrenemezdi. Aradaki mesafenin korunması, saygınlık fikrinin muhafazası gerekirdi. Yine bana göre, muharip subayların kapısında çay getirip götüren posta erler beklerken, kendi çayını çay ocağından kendi alıp odasına giden bir öğretmen asla öğrencisi üzerinde tam otorite sahibi olamazdı. Bunları kibrimden değil, öğretmenliğin itibarı adına söylüyordum. Hâlâ da öyle düşünürüm: Öğrencisinin nazarında her bakımdan -giyiminden tavırlarına, titizliğinden bilgisine vb.- imrenilecek konumda olmayan bir öğretmen, asla iyi öğretmen değildir. Ama hepimiz rütbe taşıyorduk ve bazılarımıza göre emir demiri kesiyor, bazılarımıza göre de "Bundan ne çıkar canım!" farfarası esiyordu. Öte yandan öğrenci bizimle muharip subayı karşılaştırıyor ve onların konumlarını klas olarak ölçüyor, öğretmenlerini küçümsüyor, hatta kişiliksizlikle değerlendiriyordu. Şimdi düşünüyorum da, belki de zaten yapılmak istenen buydu ve sonunda astsubay olacak öğrencilerin zihinlerine daha şimdiden subay otoritesinin yerleştirilmesi böyle sağlanıyordu. Çünkü subay yetiştiren Deniz Lisesi'nde asla böyle bir şey olmazdı, olmasına müsaade edilmezdi. Ben yine de karanlığa karşı haykırmaktan geri durmadım. İlkeler için mücadele vermek, o ilkeleri hayata geçirmenin ilk adımıdır. Bu yüzden askerlik hayatım boyunca yalnızlıkta bulduğum dostluğu maalesef hiçbir dostumda bulamadım. Birçok insanla bir araya gelmek yerine, doğru tek bir insanı aramak gerektiğine inanıyordum, ama o hengâmede bu insanı bulmak da o kadar zordu ki!...

Komutan, hafta sonundaki iki günlük teftişe hazırlık sonunda pazar akşamı her yeri gezmiş, beğenmişti. "Böyle muhafaza edelim!" diye bir emir verdi. Askerlik hayatımın en garip emri oldu bu benim için. Bir eğitim kurumunda, daha birkaç hafta evvelki şiddetli hava muhalefetinde bile ara verilmeyen derslere, denetleme için binalar temiz kalabilsin diye ara verilmişti!..

Pazartesi ve salı günü öğrencileri oyalayacak, daha doğrusu onları binalardan uzak tutacak çareler arandı. Kış, kıyamet bir yandan, denetleme sonrası başlayacak sınav haftasının stresi bir yandan, öğrencilerde mecal bırakmadı. Dahası, temiz muhafaza edebilmek adına dersliklerin bulunduğu binaların kapıları zincirlenip asma kilitler ile kilitlendi. Denetlemeyi yapacak eğitim komutanlığı böyle bir şeyi duysa veya bilse, acaba bu denetlemeyi önemser miydi; yoksa denetlemeyi yapacak amiral de bir zamanlar böyle yollardan mı geçmişti?!.. İlk gün, öğrencilerden hasta olanlar veya sıcak bir yer bulabilme uğruna hasta gibi davrananlar çoğaldı. Hiç umulmayan bu tavır, revirdeki denetleme hazırlıklarının aksamasına yol açtı. İkinci gün spor salonu ve yemekhanede de her şey aksamaya başladı. En kötüsü de binalar kilitli olduğu için öğrencilerin kullanabileceği tuvaletler azalmış, kullanılır durumda olanlar da iğrenç bir hal almış, gerek personelden, gerekse öğrencilerden homurdanmaya başlayanlar olmuştu. Bahçedeki ağaç kuytularının tuvalet niyetine kullanılması ise faili meçhul hanesine yazıldı.

Öbek öbek, sineklenmiş insan pislikleri!

Çarşamba sabahı öğrencilerle birlikte pırıl pırıl sınıflara girdik. Çoğu zaten vaktiyle bu okulda görev yapmış denetleme heyeti bizim çiçek gibi sınıflarda ders anlatışlarımızı hayranlıkla izlediler. Okulun çıtasının yükseldiği, denetleme heyetinin gözlerinden okunuyordu. Okul komutanı albay, bu denetlemeden dolayı çok beğenildi. Hakkında övgü dolu raporlar yazıldığını da duyduk. Ama eğer okulun binaları değil de, Nakkaştepe sırtlarına yaslanan ağaçlarının altı denetlenmiş olsaydı, öbek öbek sineklenmiş insan pislikleri de kayda girecekti. Yazık ki şimdi o olanlar, 1986 kışında henüz öğrenci olan astsubayların hatıraları arasında bazen acı, bazen komik sayfalarda yazılıdır.

⁂

Askerlik için gerçekten prova çok önemlidir. Ancak bunun da abartılmışı askerliğe zarar verir. O yıl bunun da ilginç bir örneği yaşandı:

Öğretim yılı sonunda diploma töreni için hazırlıklar yapılıyordu. Günlerce, okulun orta bahçesinde öğrenciler tabur halinde diploma alma merasiminin provasını yaptılar. Mizansen gereği sınıf subaylarından biri sanki üst rütbeli komutanmış gibi (Dz. K.Komutanı, Dz. Eğitim Komutanı vb.) öğrencilere diploma veriyor, onlar da belli komutlar ile diploma almaya geliş, selamlama, diplomayı alış, tekrar selamlama ve ayrılış provasını yapıyorlardı. Prova süresince, diploma rolünde rulo halinde kıvrılmış bir karton parçası kullanılıyor, mizansen gereği sınıf amiri/komutan bunu öğrenciye veriyor, öğrenci de diplomasını alıp selamlamasını yaptıktan sonra geri dönüp giderken, bir sonraki öğrencinin provasında kullanılabilmesi için rulo kartonu sınıf amiri/komutana iade ediyordu. Bu senaryo, sıcak haziran ve temmuz güneşinin altında, tören kıyafeti içinde, kan tere batmış vaziyette o kadar çok tekrarlandı, öğrenciler diploma kartonunu o kadar çok alıp o kadar çok iade ettiler ki, tören günü geldiğinde, öğrencilerin yarısı, şartlı reflekse kapılıp Dz. K.Komutanı'nın elinden aldıkları diplomaları dalgınlıkla geri uzattılar.

⁂

86 yılı benim iç dünyam için tam bir çelişkiler yılı olmuştu. Her sabah üniformamı giydiğimde "İşte bir gün daha başlıyor!" diye hayıflandığım, her akşam çıkardığımda "Çok şükür bir gün daha bitti!" diye rahatladığım zamanlardı. İki kimlikli ve iki kişilikli yaşamaya başlamıştım: Asker ve bilim adamı olarak.

Askeriyeye girdiğim zamanki duygularım artık çok farklıydı. Geçen dört yıl içinde üniformayı çıkarmak ve bir daha giymemek için her türlü fedakârlığı yapabilecek konuma gelmiş veya getirilmiştim. Bu meslek gerçekten ruhuma aykırıydı, artık buna inanıyordum. Ne var ki önümde, bunun dışındaki bir hayat da görünmüyordu. Belki çok kişi bilmez; üniforma giymiş bir insan, TSK'dan istifa edebilmek için 15 yıl mecburî hizmeti yerine getirmekle, yani 15 yıl beklemekle yükümlüdür. Askeriye adına okumuş olup olmamanız bu gerçeği değiştirmez. Oysa benim mantığıma göre mecburî hizmet bir yatırımın karşılığı olmalıdır. Eğer bir kurum sizi okuturken harcama yapmışsa bunun karşılığında sizden belli bir mecburî hizmet isteyebilir. Kredi veya burs ile okuyan öğrenciler için de durum böyledir. Ben bütün eğitim-öğretim hayatım boyunca TSK adına hiç okumamış, yazın inşaatlarda çalışarak biriktirdiğim paralarla lise ve fakülte bitirmiştim. Teğmen olarak TSK bünyesine katılan bir insana ortaokuldan itibaren sekiz yıl yatırım ve harcama yapılıyor, bunun karşılığında da 15 yıl mecburî hizmet yükleniyordu. Ben ise teğmen olduğum gün ortaokuldan itibaren tam yedi yıl kendim kazanmış, harcamamı kendim yapmıştım. TSK veya devlete bir kuruşluk yüküm olmamıştı, dolayısıyla da herhangi bir borcum olmamalıydı. Muharip teğmen için devlet söz gelimi senede bin lira harcama yaparken ben her sene o bin lirayı cebimden vermiştim. Onun teğmen olabilmek için aldığı sekiz birime karşı, aynı dönemde ben zaten yedi birim kendimden vermiş oluyordum. Yani iki kere zarardaydım. Bu bakımdan teğmen olduğum gün yüklendiğim 15 yıl mecburî hizmet bir yatırımın karşılığı değildi; o halde ben de istediğim zaman istifa edebilme-

Üniforma giymiş bir insan, TSK'dan istifa edebilmek için 15 yıl mecburî hizmeti yerine getirmekle yükümlüdür.

liydim. Ama bu mantık sadece benim düşündüğüm ve düşündükçe tekrar üzüldüğüm bir mantıktı. Bunun hukuk önünde tek cevabı vardı: Teğmen olmasaydın!..

Çaresiz, mecburî hizmetle yükümlüydüm ve sevemesem de bu hayatı böyle sürükleyecektim. Yahut da bir suç işleyip ceza alacak, disiplini ihlal eden seri disiplinsizlikler yapacak, art arda gelen disiplinsizlikler dolayısıyla mahkeme edilecek, altı ay hapis yatacak, çıkınca da amirlerimin "Silahlı Kuvvetler'de kalması uygun değildir." kanaatini taşıyan bir belge ile ordudan ihraç edilecektim. Bunların dışında bir tek yol daha vardı; o da yabancı uyruklu bir kadın ile evlenmekti. Nitekim o yıllarda yabancı kadınlar ile evlenmeler artmıştı. Bu iş için bir piyasa bile oluşmuş, kâğıt üzerinde öz eşinden boşananlar sonra bir yabancı kadın ile yine kâğıt üzerinde evlenmiş görünüyor, evlilik cüzdanını Kuvvet Komutanlığı'na gönderip TSK'dan ihraç ediliyordu. Bu yolla ayrılanlar çoğalınca, yanılmıyorsam 1990 yılında artık bu yol da kapatıldı, yabancı kadınlarla evlenenlere "Tebrik ederiz, Allah mutlu etsin!" denilmeye başlandı. 1986 yılında ben ordudan ihraç edilmek üzere bu yolların ikisine de cesaret edemedim. Birinci yol kolaydı, disiplini bozacak birkaç davranış içine girebilir, gidip amirlerimden birini dövebilirdim. Ne var ki altı ay hapis yattıktan sonra zaten başka bir devlet kuruluşuna girme hakkım kalmadığı için çekiniyor, öğretim üyeliği veya öğretmenlik yapamayacak olduktan sonra bu yollara başvurmanın bir anlamının kalmayacağını düşünüyordum. İkinci yol ise benim için onur kırıcı bir yol idi ve hiç tevessül bile etmedim.

Aynı yılda güzel iki şey de oldu.

Askerlik ve bilim adamlığını birlikte yürütmek zorundaydım. Asker olduğumun daha dördüncü yılında, bunlardan birincisinin içini dolduran kişiler beni ne kadar sıkıyorsa ikincisinin içini dolduran satırlar o derece huzur verir olmuştu. Birincisi suratıma ve ruhuma çizikler atıyor, ikincisi hayatın yaşanılır olduğunu hatırlatıyordu. Birincisi idam fermanım, ikincisi af tezkeremdi. Birini yaşamadan öteki anlamsız kalıyordu. Pişiyordum, kemale eriyordum, ama yine de tarifi imkânsız bir duyguydu yaşadığım. Yıllar sonra şimdi bu satırları yazarken bile içimi ürperten günlerdi o günler.

Aynı yılda güzel iki şey de oldu. Ben onları, sıkıntılarımı dengelesin diye Taala'nın lütfu olarak yorumladım. Bunlar, kızıma bir kardeş daha gelmesi ile Ansiklopedik Divan Şiiri Sözlüğü'nün tamamlanmasıdır. O yılın 1 Ocak gece yarısında ilk ve 31 Aralık gece yarısında son cümlesini yazdığım bu kitap benim için bir şaheser, bir opus magnum sayılırdı ve ben onu tamamladığımda henüz 28 yaşımdaydım. Ama nasıl çalıştığımı ben bilirim. Hazırlık devresi yıllarca sürmüştü; öğrenciliğimden itibaren yığınla fişler ve bilgiler içerisinde harman harman üstüne zihnimde ihtilaller oluyordu. Nihayet yazıya dökme devresinde, hiç misafir kabul etmeden ve hiç misafirliğe gitmeden, hiçbir tatil gününde sokağa çıkmadan ve her gün üniformayı soyunur soyunmaz kapandığım odamdan gece saat ikilerde, üçlerde uykulu gözlerle çıkmak şartıyla tam 365 gün her hafta sonu ve her gece yazdım, yazdım, yazdım... Henüz bilgisayar hayatımıza girmemişti. Kaç düzine kalem tükettiğimi bilmiyorum. Yazıyordum, siliyordum, düzeltiyordum, beğenmezsem yeniden yazıyordum. Galiba bu benim için askerlik hayatımın sıkıntılarından bir kurtuluş, yanlış seçim sonucu girdiğim üniformanın içinden çıkış rehberim olmuştu. O yıl eşimin desteğini her zamankinden çok hissettim. Bazı günlerde yemeğimi çalışma masama getirir, sürekli çocuklarla ilgilenir, evin her ihtiyacını giderir, çalışmam için bana ortam hazırlardı.

Montesquieu, "Dünya üzerinde en güçlü silah, ateşlenmiş insan ruhudur," der. Gecelerim ile gündüzlerimin savaştığı o yılda, zaferi işte o silahla kazandığımı düşünmemi hoş görürsünüz sanırım...

VI. YIL 1987
"DEĞİŞ YA DA ÖL!..."

Eğer bir yerde küçük insanların gölgeleri büyüyorsa orada güneş batıyor demektir.

Çin Atasözü

Astsubay Hazırlama Okulu'nda sıkıntılı bir eğitim öğretim yılıydı... Boğaziçi Üniversitesi'ne yine haftada bir gün ders vermeye gidiyordum. Türkiye'de aydınlanma çağına ayak uydurma çabalarının hız kazandığı bir dönem yaşanıyordu ve piyasada, kültür/bilim dünyasına yönelik olarak birkaç ansiklopedi birden hazırlanmaya başlanmış, periyodik olarak fasiküller halinde yayımlanır olmuştu. Gelişim Larousse ve Ana Britannica bunlardan idi. Ben de bu ansiklopedilerin Divan Edebiyatı'yla ilgili bazı maddelerini yazıyordum. Gerek mesai arkadaşlarım, gerekse muharip subaylar arasında bu çalışmalarım dikkat çekmişti. Zaten Boğaziçi Üniversitesi'ne derse gidiyor olmam da muharip subaylar için ayrı bir kedi-ciğer muhabbetiydi. Bu muhabbette beni desteklemesi gereken öğretmenler ise neredeyse içten içe "Oh olsun!" diyorlardı. Doktora yapmış olmak, bir meziyet değil neredeyse bir eziyete dönüşmüştü. Adımın başına Dr. unvanımın yazılmasını istemiş olmanın doğurduğu bir sonuçtu bu. Ben bu konuda ısrar ederek onları güya manevi baskı altına almaya çalışıyor ve kendilerinden üstün olduğumu her fırsatta ihsas ettiriyormuşum. Belki de öyleydi; bilemiyorum. Şimdi düşünüyorum da, ne kadar saçma bir inatlaşmaymış meğer. Ama ne yaparsınız, gençlik de böyle bir şey olsa gerek. Zannediyordum ki, doktora yapmış bir insanın Deniz Lisesi'nden sonra Harp Okulu'nda görevlendirilmesi gerekirken, Astsubay Okulu'na atanmış olması bir tür ceza, belki bir tenzil-i rütbedir ve bunu içime sindirememenin acısıyla hem çevremdekileri, hem de kendimi kuru didişmelere sürüklüyordum. Sanırım saldırgan birine dönüşmüştüm. Lise'den Astsubay Okulu'na çıkartılan tayinimi belki de sakinliğe yormam gerekirdi ama elimden bir şey gelmiyordu, bu tavır, yaratılışımda vardı. Belki de tecrübesizliğin verdiği kibir ile kendimi körler ülkesine bırakılmış şaşı konumunda görüyordum. Ve yazık ki durumu değiştirmek için amirallerden bir tanesi bile akrabam veya aile dostumuz değildi!.. Muallim Naci'nin, dilime pelesenk olmuş bir beyti vardı, o günlerde üstadın bu beyti benim durumum için söylediğini zannederdim:

Bedbaht ona derler ki elinde cühelânın
Kahrolmak için kesb-i kemâl ü hüner eyler

* * *

Bir gün komutanın beni çağırdığını söylediler. Gittim. Masasının sol yanındaki koltuğu göstererek oturmamı söyledi. Aramızda, önce yumuşak bir sohbet ile başlayan şu türde konuşmalar geçti:

"Üsteğmenim! Çalışmalarını gerek biz, gerekse sıralı komutanlıklar takdirle karşılıyoruz. Boğaziçi'ndeki öğretim üyeliğin dolayısıyla Eğitim Komutanımız seni diğer kuvvetlerin Eğitim Komutanlarına örnek öğretmen olarak gösteriyor."

"Teşekkür ederim efendim, ben üzerime düşeni yapıyorum."

"Ama bir sıkıntı var. Bazı ansiklopedilere yazılar yazıyormuşsun."

"Doğrudur efendim, birkaç ansiklopedi için meslekî uzmanlık alanımla ilgili maddeler yazıyorum."

"İyi ama üsteğmenim, bunlardan komutanlığın haberi olması gerektiğini biliyorsunuzdur umarım. Asker kişilerin, üstlerinin bilgi ve izni olmadan yazı yayımlamaları, görüş bildirmeleri ve askerlik mesleği dışında bu yolla kazanç temin etmelerinin bir disiplin suçu olduğunu da bilmeniz gerekir. Bundan böyle yazdıklarını önce bize vereceksin, bizim onayımızdan geçtikten sonra yayımlayacaksın."

"Bundan böyle yazdıklarını bizim onayımızdan geçtikten sonra yayımlayacaksın."

Rahmetli babamın bir sözü vardır. Hayret edilmesi gereken bir fikir karşısında "Beynimden vurulmuşa döndüm!" derdi. Gerçekten de bu sözleri duyunca ben de beynimden vurulmuşa döndüm. Âdeta nutkum tutuldu. Önce kendime sakin olmayı telkin ettim. Sonra tane tane anlattım:

"Komutanım! Söylediklerinizde hakkınız vardır; ancak benim yazdıklarım askerî konularda veya komutanlığı ilgilendiren şeyler üzerine değildir. Ben ne gizli bir askerî sırdan, ne de stratejik bir plandan bahsediyorum. Ben TSK'nın sözcüsü olarak bildiri yahut açıklama da yapıyor değilim, yalnızca Divan Edebiyatı'yla ilgili küçük yazılar yazıyorum, hepsi bu. Üstelik o da benim mesleğim ve yazdıklarım sır olan şeyler değil, tarihî kaynaklardan araştırıyorum, buluyorum ve yazıyorum. Şair Fuzulî'nin hayatı hakkında yahut bir gazelin nasıl kafiyelendiği hususunda yazı yazmamın, askerî konularla ne alakası ve disiplini bozucu nasıl bir tarafı olabilir ki?!.."

O andan itibaren komutanın hem tavırları hem ses tonu değişti:

"Olsun üsteğmen, ben yine yayımlanmadan evvel kontrol edilmesini emrediyorum."

"Varsayalım ki ben buna razı oldum ve her hafta yazdıklarımı kontrol için size getirdim. Benim yazdıklarımı kim kontrol edecektir sayın komutanım?"

"Edebiyat öğretmeni yüzbaşı ve binbaşılar var, onlara göndereceğim.

"Komutanım lütfen!.. Benim yazdıklarım akademik yazılardır ve eğer bunları birileri mutlaka gözden geçirecek ise o kişi ancak bilimselliğini ispatlamış bir editör olabilir. Bildiğim kadarıyla TSK'daki doktora yapmış tek edebiyat öğretmeni benim. Eğer bir doçent edebiyat öğretmenimiz olsaydı, yazdıklarımın onun tarafından incelenmesini ben sizden dilekçelerle talep ederdim, emin olunuz. Burada söz konusu inceleme kurulu askerî paye ile değil ilim payesiyle ölçülür. Üstelik ansiklopedi fasikülleri haftalık olarak yayımlanıyor. Eğer benim her hafta yazdıklarımı incelemek için iki öğretmen tefrik etseniz, hiç iş yapmadan, hiç derse girmeden, yalnızca benim yazdıklarımı incelemeleri, doğru mudur, yanlış mıdır diye benim araştırdığım bütün kaynakları gözden geçirmeleri gerekir. Bilirim, bir yazının editoryal çalışması yazıyı yazmaktan daha çok zaman alır."

Bu mealde bir müddet karşılıklı görüşlerimizi söyledik; daha doğrusu edep dairesinde tartıştık. Komutanın dilinin ucunda meğer başka bir laf varmış, nihayet söyledi:

"Bana bak üsteğmen! Sen İslam Ansiklopedisi'ne, Türk Ansiklopedisi'ne de yazı yazıyorsun, bunu anlarım; ama Britannica ve Larousse sana nasıl yazı yazdırtıyor, işte bunu anlayamıyorum."

Bu cümleleri duyunca komutanın beni, hayatı algılama biçimimden dolayı sorguladığını anladım. Ona göre ben sağcı idim ve solcular tarafından yayımlanan bir ansiklopedide benim yazmama nasıl müsaade ederlerdi? Ona uzun uzun izah ettim. Masasındaki kül tablasını elime aldım:

"Şimdi komutanım, bu kül tablasını herhangi bir ansiklopedi için tanımlayacak olursanız ancak şunları söyleyebilirsiniz: 'Sigara küllerini dökmek amacıyla, camdan imal edilen, dört köşeli ve her köşesinde sigara için kertikler açılmış ev eşyası.' Bunu şöyle de düşünseniz, böyle de düşünseniz, işte bu cümleyle yazarsınız. Bilim objektif ve evrenseldir; bilgiler de asla insanların anlayış ve görüş ayrılıklarına göre değişmez. Bu alanda kim daha iyi biliyorsa onunki kabul görür."

"Yani bunu sen mi biliyorsun? O vakit şunu da bilmelisin ki asker kişiler ek kazanç temini konusunda ticari işler yapamazlar."

Bu cümle üzerine gerçekleri görmeye başladım. Komutan albay, belki de benim bu işten çok paralar falan kazandığımı sanıyordu ve birilerinin dolduruşuna geldiği kesindi. TSK adına albay rütbesine gelmiş bir insan, rütbesine yakışmayacak bir bağnazlık göstererek, benim birkaç perakende yazımı ticari bir maksat ile telif ediyordu ya. Ne diyebilirim!.. Ancak şöyle dedim:

"Sayın komutanım! Benim, mesleğimde daha başarılı ve önde olmam, elbette benim kadar okulumuzu ve Deniz Kuvvetleri'ni de olumlu etkiler. Sizin şu anda, benim çalışma ortamımda engellerim olup olmadığını bana soruyor olmanızı tercih ederdim. Bir amirin, astına rehber olması, destek vermesi ve çalışma imkânı sağlamasıyla ancak ilerlemeden, kalkınmadan söz edilebilir. Bilimsel ilerleme nasıl olur da disiplin..."

Sözümü kesti ve çok sert bir eda ile sordu:

"Üsteğmen!.. Ne kadar kazanıyorsun, sen onu söyle?!.."

Ne diyebileceğimi gerçekten şaşırdım. Kollarım yana düştü. Basit hesaplar arasında çıldıracak gibiydim. Odadan çıkıp gitmek geldi içimden. Ne ki üniformalı iken bunu yapamıyorsunuz. Birden şeytanca bir fikir çaktı zihnimde. Komutanım madem benim başarımı değil de aldığım üç beş kuruşu önemsiyor, o halde onu daha fazla kahredecek bir şey yapayım ve kazancımı astronomik rakamlarla ifade edeyim. Gerçekten de o yıllarda ayda 5-6 madde yazar ve hepsinin toplamı olarak maaşımın onda biri kadar cüz'î bir gelir elde ederdim. Meraklısı, zaten bu tür işlerin para kazanmak için yapılmadığını gayet iyi bilir. Ama ben kazancımı merak eden komutana, ansiklopedi maddeleri karşılığında maaşımın 6-7 katı bir gelir elde ettiğimi söyledim. Çıldırdı!.. Kendisinin otuz yıl çalışıp erişemediği bir maaşa benim henüz üsteğmen iken sahip olduğumu düşünüyor olmalıydı ki bana hem imrenerek, hem de yok edici nazarlarla baktı. Elinden gelse beni boğabilirdi. Kapıyı gösterdiği sırada öfkesi sesine yansımıştı:

"Üsteğmen!.. Ne kadar kazanıyorsun, sen onu söyle?!.."

"Bundan böyle her yazdığını komutanlık onayladıktan sonra yayımlayabileceksin. Yoksa sen bilirsin!.. Çık dışarı!"

Evet, ben bildiğim gibi davrandım, o da bildiği gibi davrandı. Maddeleri yazıyor ve ansiklopedilere gönderiyordum, arada sırada maddelerden birinin bir kopyasını da komutanlığa veriyordum. Ne inceleyen, ne inceleyebilecek olan vardı. Komutanın gönlü oluyordu...

***

Astsubay Hazırlama Okulu Kütüphanesi'ne kitap alımı yapılması için talepte bulunmak istiyordum. Uzun yıllardır kütüphaneye yeni kitap girişi yapılmamıştı. Daha doğrusu kütüphaneyi sahiplenecek biri gerekiyordu, bunu üstlendim. Yeni kitaplardan alabilmek için personele duyuru yaptım, kütüphanede bulunmasını istedikleri kitapları listelemelerini istedim. Birkaç liste hazırlandı. Bu arada öğretmenlerimizin istedikleri kitap listelerine bakınca kültür ve bilim hayatımız adına hayıflanmamak elde değildi. Listeleri iyileştirecek araştırmalar yaptım ve bununla yetinmeyip bir de resmî devlet kurumlarından kitap isteyen dilekçeler yazılıp gönderilmesini sağladım. TDK, TTK, Kültür Bakanlığı, Millî Eğitim Bakanlığı, Atatürk Araştırma Merkezi gibi bazı kurum ve kuruluşlardan ücretsiz kitap talebinde bulunduk. Bu kuruluşların bazılarından koliler halinde kitap geldi. Ne var ki komuta kademesinden birileri devlet kurumlarından gelen bu kitapların listelerini gözden geçirip içlerinden bazılarının kütüphaneye girmesinin sakıncalı olacağına karar vermiş. Çok ilginç bir durum ortaya çıktı. Türk Dil Kurumu ve Millî Eğitim Bakanlığı gibi kurumlarin yayınlarından bazıları, konuları yönünden "gerici" (Henüz o yıllarda irtica kelimesi yaygın değildi.) bulunmuş, kitapların yakılması istenmişti. Yakılmak istenen kitapların ortak özelliği, kapaklarında sarıklı veya Osmanlı serpuşu olan portrelerin yer alıyor oluşuydu. Sırf bu yüzden Farabi, Ali Kuşçu gibi bilim adamlarının hayatlarına dair kitaplar sakıncalı bulunmuş, imhası yoluna gidiliyordu. Hatta yanlış hatırlamıyorsam adında Atatürk geçen ve Atatürk'ün bilime verdiği önemi anlatan bir kitap bile vardı yakılacak kitaplar arasında. Kapağındaki resim birisinin hoşuna gitmemişti işte. Söz gelimi kitabın kapak kompozisyonunu hazırlayan tasarımcı yahut ressam, sanatının nelere sebep olduğunu duysa acaba ne derdi? Neye göre böyle bir portre çizdiğini nasıl izah ederdi?!..

Bütün bu arındırma faaliyeti yazık ki Atatürkçülük adına yapılıyordu ve garip olan husus, Atatürkçülük adına kitabı yakan makam, Atatürk'ün kurduğu bir kurumun, Türk Dil Kurumu'nun ve yine onun kurduğu Cumhuriyet'in Millî Eğitim Bakanlığı'nın kitaplarını da yakıyordu. Her ikisi de lağvedilmemiş olan bu iki devlet kurumunun kitaplarını topluca imha etmek, hem de 1986 yılında, hem de çağdaşlık ve ilericilik adına, Atatürkçülük adına, bilimsellik adına ne büyük utançtı. Sanırım ertesi yılın ilk aylarında bu kitap yakılma hadisesi haftalık İkibine Doğru ve Nokta dergilerinin manşeti oldu. Daha sonra bazıları bu haberi basına sızdıranın ben olduğumu düşündüler. Ah!.. Elimde belge bilgi olsaydı, bilimin haysiyeti adına ve kitabı yakılan değerli araştırmacıların emeğini korumak için, ben de gider, bunu basına verirdim.

Atatürkçülük adına kitabı yakan makam, Atatürk'ün kurduğu bir kurumun, Türk Dil Kurumu'nun ve yine onun kurduğu Cumhuriyet'in Millî Eğitim Bakanlığı'nın kitaplarını da yakıyordu.

* * *

Deniz Kuvvetleri'ne girdiğim yıl emirle yazdığım Türk Dil Bilgisi ve Kompozisyon kitabının basım işlemleri yürüyordu. Meğer, kimliğim yavaş yavaş ortaya çıktığı için olsa gerek bu kitaba da tıpkı ansiklopedi maddeleri gibi birkaç inceleme engeli konulmuş, hatta rütbeli edebiyat öğretmenlerinden hariç bir de üniversiteye gönderilip bilimsel yeterlilik konusunda rapor istenmiş, gelen raporun olumsuz olması beklenir ve umut edilirken çok olumlu bir inceleme ile, kitabın bir an evvel basılması ve hatta sivil liseler için de ders kitabı yapılmak üzere MEB'e teklif edilmesi doğrultusunda raporlar gelmiş.

Kitabın basılmasının aslında ideolojik bir bakış açısı yüzünden geciktiğini, Deniz Kuvvetleri'ne girdiğim günlerde tanıdığım ve Eğitim Komutanlığı'nda görevli Binbaşı Erdoğan Yılmaz tarafından sümen altı edildiği haberini alıyordum. Doğruydu yahut yanlıştı, araştırma olanağım yoktu. Çünkü Erdoğan Binbaşı benimle yıldızı barışmayan, vaktiyle sol ideolojik nedenlerle öğretmenlik mesleği dışına çıkartılmış, sonradan da kendisine itibar eden komutanlarla yine okullar dışında ama bu sefer eğitimi derinden etkileyecek mevkilerde ve öğretmenlerle dirsek temasında çalışmaya başlamış bir edebiyat öğretmeniydi. Onu hiç sevmemiştim. Zannederim o da beni sevmiyordu. Görünüşte çok zarif ve beyefendi, ağzı laf yapan, kıvrak, becerikli ama hakikatte içten pazarlıklı ve sinsi biriydi. Ben Astsubay Okulu'na geldiğimde o da binbaşı rütbesi ile bağlı bulunduğumuz Deniz Eğitim Komutanlığı'nda bulunuyordu ve bir yandan yüzüme gülerken diğer yandan beni uzaktan uzağa kontrol ve tedirgin etmeyi başarıyordu. En azından okullardan giden evrakın pek çoğu onun elinden geçiyor, edebiyatla ilgili bir işlem, yönetim kademesinde galiba ona sorulmadan yapılmıyor, onun takdimi ile bir konu ya müspet, ya menfi neticelenebiliyordu. Erdoğan Binbaşı o yıllarda neredeyse Deniz Okulları'nın Eğitim Komutanlığı'na açılan kapısıydı. O da bulunduğu yeri ideolojik bakımdan fevkalade etkili kullanıyor, bilhassa Eğitim Komutanları'nca hüsn-i kabul görüyordu. Ve elbette ki bu da benim aleyhime oluyordu.

Emirle yazdığım ama çok emek verdiğim kitabımın basımı gecikmeye başlamıştı. O kadar ki, sonunda komutanlığa dilekçe üstüne dilekçe veriyor, hazırladığım kitabın ya basılmasını yahut basılmama sebebini öğrenmeyi talep ediyordum. Nasıl olduysa, sonunda kitabımın basılmasına karar alınmış, hatta ilgili yazı bana ulaştığında Heybeliada Deniz Lisesi'nin matbaasında dizilmeye başlanmıştı bile. Ağustos ortalarına kadar hazırlıklar tamamlanmış, kitabın dizgi hataları ve düzeltmeleri için benim de matbaaya gitmem gerekmişti. Hayatımın bütün akışını değiştirecek günlerin arifesinde olduğumu henüz bilmiyordum. Eşim benim bilimsel çalışmalarımın bağlayıcılığı yüzünden bütün yıl boyunca evde sıkılmış olmalıydı. Dokuz aylık bir bebek, beş yaşında bir çocuk... Heybeliada'da biraz açılırlar diye onları da beraber götürmeye niyet ettim. Zaten yaz ortasındaydık. Pek çok kişi tatildedir, fazla göze çarpmayız, diye düşündük. Bütün isteğim ben bir yandan iş yaparken, eşime ve çocuklarıma küçük de olsa bir tatil imkânı tanımaktı. Yıllık izinlerimizde benim eve kapanıp yazı yazmam veya kütüphanelere koşturup araştırma yapmam yüzünden hiç tatil yapamıyorduk. Belki de tatil imkânımız oluşmuyordu. İşte bu yüzden, tatil niyetine, eşimle çocukları da Heybeliada'ya beraber götürme fikri bana masum bir talep gibi görünmüştü. İsterseniz sonrasını gerçek yazışmalardan takip edelim:

Dokuz aylık bir bebek, beş yaşında bir çocuk...

20 Ağustos 1987

Kıt'ası	:	Dz.Astsb.Hzlm.Ok.Komutanlığı
Sınıf ve Rütbesi	:	Öğ.Kd.Ütğm.
Adı Soyadı	:	Dr.İskender PALA
Baba Adı	:	Mehmet
Memleketi	:	Uşak

Doğum Tarihi	:	1958
Duhulü	:	21 Haziran 1982
Nasbı	:	30 Ağustos 1984
Sicil no	:	82-3
Özü	:	Motel hizmetleri hk.

KOMUTANLIK ÖNÜNE

17-20 Ağustos 1987 tarihleri arasında, basılmakta olan Türk Dil Bilgisi kitabının tashihlerini yapmak üzere Deniz Lisesi Komutanlığı'nda görevlendirildim. Aynı tarihlerde Dz.K.K. Şafak Dinlenme Tesisleri'nden yararlanmak üzere 15 Ağustos Cumartesi günü eşim ve iki çocuğumla birlikte Heybeliada'ya gittim. Şafak Motel'den 103 numaralı odayı beş günlüğüne adıma tahsis ettirdim. Ancak akşam yemeği için Şafak Gazinosu tesislerine gittiğimizde kamp müdürü Öğ.Kd.Ütğm.Necmi MAZMANOĞLU, eşimin başörtülü oluşu nedeniyle gazinoyu terk etmemiz gerektiğini tebliğ etti. Oysa şimdiye kadar eşimin aynı kıyafeti ile Harbiye, Fenerbahçe ve Kalender Orduevlerinden yararlanmak istediğimizde bu tür bir güçlük ve engelleme ile karşılaşmadık. Kanun ve yönetmeliklerde yer almadığı halde maruz bırakıldığımız tatsız durumun gerekçesini ve mağduriyetimiz hakkında gerekli işlemin yapılmasını arz ederim.

(İmza)

İşte benim hayatımı allak bullak eden, kâh iyi, kâh kötü yönlendiren, bazen acısını, bazen neşesini sunan, kimi imtihanını, kimi imanını yaşatan dilekçe bu idi. Türban kelimesi henüz siyasî literatürümüze girmemişti. Başörtüsü yasağı diye bir şey fazla bilinmiyor, ama bazı insanlar başörtülülerin çoğaldığını görüp bundan rahatsız olduklarını yeni yeni dillendiriyorlardı. İşte bu yüzden, yukarıdaki dilekçeye dökemediğim bazı duygularım vardı ki şimdi, bu satırları yazarken bile beni sarsmaya devam eder ve zannederim bu konuda uğradığım mağduriyetin tazminatını Karun'un hazineleri bile karşılayamaz.

Heybeliada'ya öğlen saatlerinde varmıştık. Motele yerleştikten sonra biraz Ada'da gezindik. Akşam üzeri iyice acıkmış, Şafak Gazino'ya (Askeriyede sosyal tesislere böyle deniyordu) yemek için gitmiştik. Daha kapıdan girerken 5 yaşlarındaki büyük kızım tavuk grill makinesini görmüş ve "Babacığım ben bu dönen tavuktan yemek istiyorum!" demişti. Ben de "Elbette kızım!" deyip bizim odaya tahsisli masaya oturduk. Önce garsonlar servis açıp bizden sipariş aldıysa da uzunca bir müddet hiçbiri yeniden masamıza uğramadı. Yanımızdan geliyorlar, geçiyorlar, ama hiçbiri bizim masaya bir bardak su bile koymuyorlardı. Neden sonra bir şeylerin ters gittiğini anladım. Üstelik çevredeki masalardan tek tük başlar da bize kaçamak bakışlar göndermeye başlamışlardı. O sırada kamp müdürü Necmi Üsteğmen'in beni çağırdığını söylediler. Necmi eski arkadaşımdı. Senli benli olduğumuz bir arkadaş. Yanına vardığımda zavallının alı al, moru mor idi. Dedi ki:

"İskender'ciğim! Buyur buradan evime gidelim, kaç gün istersen misafirim olun. Seni başımla bir tutar dostlukta kusur etmem; ancak okul komutanı telefon etti, eğitim komutanı gelecekmiş, eşini böyle görürse komutana fırça atarmış, ya başörtüsünü çıkarsın ya da şimdi gazinoyu, yarın da vapurlar çalışmaya başlayınca moteli terk etsin diyor."

Mesele anlaşılmıştı. Meğer Şafak Gazino'nun çay bahçesinde eğitim komutanının kızı oturuyormuş. O bizi görmüş ve sivilden davet ettiği, çoğunun Şafak tesislerine girme hakkı bile bulunmayan arkadaşlarına hava atmak ve otoritesini göstermek için orada bulunmak en tabii hakkı olan bizleri dışarı attırmak istemiş. O, okul komutanını aramış, okul komutanı da Necmi Üsteğmen'i.

Çok sıkıntılı bir durumdu. Necmi'nin haline de üzüldüm. Eşim başörtüsünü çıkaramayacağına göre tek çare kalıyordu, Şafak Gazino'dan çıkmak. Bunun resmen bir kovulma olduğunu oradan çıkıp gittikten, olayın şokunu atlattıktan sonra anladık. Ada rıhtımında üzüntülü ve dalgın yürürken beş yaşındaki kızım hâlâ benden tavuk grill istiyordu ve ben o akşam bütün Ada'yı dolaştım, hiçbir yerde tavuk bulamadım. Bunun bir baba için ağırlığını, bir aile reisinin bebeği kucağında eşine karşı yaşadığı böyle bir beceriksizliği ve mahcubiyeti, herkesin âdeta alay eden veya acıyan bakışları arasında bir restoranı aç karnına terk edip gitmenin ne demek olduğunu dakikalar ve saatler ilerledikçe daha şiddetli hissetmeye başladık. Olayın ağırlığı altında nefessiz kaldığımı hissediyordum. Ertesi gün motelden çıkmayarak tepkimizi gösterdik. Eğer kapımıza birisi gelip çıkın demiş olsaydı, kovacak ve yazılı emir isteyecektik. Ama bir kere ağzımızın tadı kaçmış, iki günlüğüne de olsa güya tatil ve dinlenme maksadıyla getirdiğim eşimle çocuğuma sıkıntı yaşatmıştım. Bebeğimiz de bundan etkilenmiş olsa gerek, durmadan ağlıyordu. Nihayet pazartesi günü alelacele işimi bitirip İstanbul'a döndük.

Herkesin âdeta alay eden veya acıyan bakışları arasında bir restoranı aç karnına terk edip gitmek...

Yukarıdaki dilekçeyi sıralı amirler yoluyla Astsubay Okulu Komutanlığı'na verdim. 8 Eylül 1987 gün ve PER: 3922-446-87 sayı ile "Kişiye Özel" bir cevap aldım:

ÖĞ.KD.ÜTĞM. İSKENDER PALA
(82-3)

İLGİ: 20 Ağustos 1987 tarihli dilekçeniz.

İlgi dilekçeniz tetkik edilmiş ve İç Hizmet Yönetmeliğinin 664ncü maddesinin 12nci fıkrası Her askerî gazinonun içişleri için hususi bir talimatı vardır. Bu talimat gazinoda asılı bulunur. Herkes bu talimata uymaya mecburdur hükmünü amirdir. Bu nedenle dilekçenizde belirttiğiniz konuda bu talimata istinaden uygulama yapıldığı kanaatindeyim.

Bilginizi rica ederim.

Özcan Özus
Deniz Albay
Dz.Astsb.Hzl.Ok.Komutanı

Cevabî yazının olayı geçiştirmek üzere hazırlandığı belliydi. Oysa benim içimdeki kırgınlık, aldatılmışlık, hakkı çiğnenilmişlik gittikçe büyüyor, kabarıyordu. Üstelik Şafak'ta, duvara asılı özel bir gazino talimatı yoktu, bize de kimse böyle bir talimat göstermedi, eğer olsaydı bile o yıllarda gazino talimatlarına başörtüsüyle ilgili herhangi bir şey yazılmazdı. Bu tür yerlere başörtülü girmenin yazılı emirle yasaklanması için daha on yıl geçmesi gerekiyordu. Bu furyanın ilk mağdurlarından, belki de ilk mağduru olmuştuk ve belki de bizim gibi kovulanlar çoğaldıkça yazılı emre dönüşme süreci yavaş yavaş tamamlanmış olacaktı. Çünkü kovulan kovulduğuyla kalıyor, sinmişlik ve ürkeklik içerisinde çareyi bir daha oraya adım atmamakta buluyor, hakkını arayan olmuyordu. Hoş, arasa ne çıkardı, rütbe sahibinin keyfine göre İç Hizmet Kanunu'nda bile olmayan bir güç kanunu uygulanıyordu. Nitekim başörtüsüyle ilgili açmazlar, ancak birkaç yıl sonra gündeme gelecek, doksanlı yılların ortasına doğru türban, siyasetin de merkezine yerleşecekti. Bu bakımdan benim durumum o günün şartları içinde tamamen keyfî bir uygulamanın göstergesiydi ve hakkımı aramak konusunda bütün hücrelerim isyanlardaydı. Günlerce ne yapacağımı düşündüm. Çevremde bu konularda akıl danışacak büyüğüm yoktu. Meslektaşlarım ise beni daha çok kendi hedefleri için alet etmek istiyorlar, kimisi şenlik olsun diye, kimisi ileride "oh olsun!" diyebilmek için, kimisi de gerçekten samimiyetle yol gösteriyorlardı. Şaşırmıştım. Eğer bu haksızlığa katlanacak olursam askerlik mesleği benim kişiliğimi zedelemiş olacaktı. Katlanmak için bir nedenim de yoktu ayrıca. Demokrasi denilen şeyin, birilerinin istediği biçimde uygulanan bir şey olduğunu henüz bilmiyordum!..

Astsubay Okulu Komutanı'nın kaçamak cevabı beni etkilemiş, sonucu ne olursa olsun hakkımı aramam gerektiğini telkin etmişti. Askerî prosedür gereği bu defa dilekçemi, verilen cevabı da ek yaparak bir üst makama, Deniz Eğitim Komutanlığı'na sundum. Günlerce sonra bana "özel" damgalı bir cevap verildi. "ÖĞ.KD.ÜTĞM.İSKENDER PALA(82-3)'NIN DİLEKÇESİNE UYARI MAHİYETİNDE CEVAP YAZISI" başlığını taşıyan bu yazı, dolu dolu altı sayfadan ibaretti ve içinde benim davamda haksız olduğumu gösterecek bir tek satır bile yoktu. Yorumlar ve alıntılar ile doldurulmuş altı sayfayı bir bütün olarak okuduğunuzda bile bir hak arama dilekçesi veren kişinin sanki suçlu gösterilmesi için olağanüstü bir çaba sarf edildiği, buna rağmen komik şeyler söylendiği apaçık görünüyordu. Sonuçta yine şaşılacak bir husus vardı: Ben hakkımı aramak için dilekçe vermiştim, ama haksız konuma düşürülerek uyarı alıyordum. Davacı iken davalı, masum iken suçlu olmuştum. Güç, adaleti bir kez daha kündeye getir-

Davacı iken davalı, masum iken suçlu olmuştum.

mişti. O gün gerçekten de üniformamdan soğuduğumu hissettim. Uyarı yazısının en mantıklı ve anlaşılır kısmı sonuç kısmıydı ve şöyle deniyordu:

(...)
8. Buraya kadar yapılan açıklama ve değerlendirmeler sonucu Şafak Özel Eğitim Merkezi ve Dinlenme Kampından çıkartılmanızı gerektiren durum;

a. Normal bir örtünmenin sınırlarını aşarak, son zamanlarda âdeta belirli bir politik görüş ve bu görüşe mensup gruplarca yürütülen çeşitli eylemlerin simgesi haline getirilmeye çalışılan bir kıyafetle askerî bir mahalle girilmesi ve siyasî mahiyette bir tartışma ortamı yaratılması,
b. Bu suretle aynı mesleğe mensup kişi ve ailelerin aynı duygu, düşünce, kanaat etrafında birleşerek bütünleşmesini zedeleyici bulunması,
c. Şafak Özel Eğitim Merkezi ve Dinlenme Kamp Yönetimi ile bu kampta huzur ve düzeni sağlamaktan sorumlu Deniz Lisesi Komutanlığı'nı müşkül durumda bırakması,
d. Her konuda ve her zaman önderimiz olan Yüce ATATÜRK'ün İlke ve İnkılapları ile direktiflerine uymaması,

nedenleriyle uygun görülmemiş ve ilgili komutanlıkça yapılan işlem yerinde bulunmuştur.

9. Ayrıca eğitim camiasının bir unsuru olarak Deniz Eğitim Komutanlığı'nın eğitim/öğretimle ilgili yoğun faaliyetlerini dikkate almadan, haksız ve geçersiz bir mağduriyet beyanı ile makamı boş yere meşgul etmeniz hayret ve üzüntü yaratmıştır.

10. Yukarıda belirtilen görüş, açıklama ve ilkeler doğrultusunda;
a. Kendinizi sür'atle yetiştirmenizi,
b. Yüce ATATÜRK'ün ifadeleri ile "*zaferleri ve mazisi insanlık tarihi ile başlayan, her zaman zaferle beraber MEDENİYET NURLARI taşıyan kahraman TÜRK ORDUSU*"nun bir ferdi olduğunuzu hiçbir zaman unutmamanızı,

c. Bundan böyle benzer tutum ve davranışlardan uzak durmanızı önemle hatırlatırım.

Attila TUZMAN
Tümamiral
Deniz Eğitim Komutanı

Bana yukarıdaki uyarıları yapan yazı, Deniz Eğitim Komutanlığı'ndan Astsubay Okulu Komutanı'na gönderilmiş "Kişiye Özel" damgalı aşağıdaki dilekçenin EK'i idi:

EĞT.YNT : 1800-1176/87 16 Ekim 1987
KONU : Dilekçe Hk.

DENİZ ASTSUBAY HAZIRLAMA OKULU KOMUTANLIĞI'NA

İLGİ: (a) Dz.Astsb.Hzl.Ok.K.lığı'nın 8 Eylül 1987 gün ve PER: 3922-446/87 sayılı yazısı

(b) Öğ.Kd.Ütğm. İskender Pala'nın 23 Eylül 1987 tarihli dilekçesi (HAY)

(c) Dz.Eğt.K.lığı'nın 5 Haziran 1987 gün ve EĞT.YNT.:1800-546/87 sayılı emri.

1. Öğ.Kd.Ütğm.İskender PALA (82-3) Heybeliada Şafak Özel Eğitim Merkezi ve Dinlenme Kampı'ndan eşinin kıyafeti dolayısıyla çıkartılması üzerine yaptığı müracaata İlgi (a) ile verilen cevabı yeterli görmeyerek İlgi (b) ile Deniz Eğitim Komutanlığı'na başvurmuştur.

2. Anılan subayın müracaatı üzerine durum incelenmiş ve hazırlanan cevap EK'te gönderilmiştir.

3. Bu emir ve EK'i Öğ.Kd.Ütğm. İskender PALA'ya uyarı mahiyetinde tebliğ edilecek, evveliyatı ile birlikte şahsi dosyasına konularak dosya fihristine işlenecektir.

4. Ayrıca İlgi (c) emir ek'inde gönderilen ATATÜRK İLKE VE İNKILAPLARI El Kitabı'nın muhtevasına hâkim olarak davranışlarını buna uygun şekilde düzenlemesi ve bu konuda öğrencileri için tam bir örnek teşkil etmesi hususunda dikkati çekilecektir.

5. Özellikle söz konusu kitabın baş emrinde yer alan *"hepimizin asli ödevi O'nun (ATATÜRK'ün) İlke ve İnkılapları etrafında her gün daha büyük bir bilgi ve bilinçle teçhiz edilmiş olarak birleşmek ve bütünleşmektir.... eğitici/öğretici personel bu konuda gerekli çabayı gösterecek ve örnek olacaktır."* İfadesi hatırlatılacak ve bu ifadenin düşünce, eylem ve görünüşüyle çağdaş uygarlığın gereklerini bir bütün halinde yerine getirmek anlamına geldiği vurgulanacaktır.

6. Deniz Astsubay Hazırlama Okulu Komutanlığı'nca;

   a. ATATÜRKÇÜLÜK VE ATATÜRK İLKELERİ EL KİTABI başemri'nin beşinci maddesi uyarınca yukarıdaki hususların takip ve kontrolü sağlanacak,

   b. Öğ.KD.Ütğm.İskender PALA'nın giydiği üniforma, taşıdığı sıfat, bulunduğu mahal ve temsil ettiği müessese ile te'lifi mümkün görülmeyen tutum ve davranışları tespit edildiğinde gerekli yasal işlemler yapılmak üzere Deniz Eğitim Komutanlığı'na bildirilecektir.

Rica ederim.

Attila TUZMAN
Tümamiral
Deniz Eğitim Komutanı

EKLER :

EK-A: (Öğ.Kd.Ütğm.İskender PALA'ya uyarı mahiyetindeki cevap)

Her şey çok anlamsızlaşmıştı. Dilekçemde sorduğum hiçbir soruya cevap olmayan ve kendisiyle de çelişen birkaç sayfalık yazıyı uyarı mahiyetinde tekrar tekrar okudum. İçinden çıkamadım. Önümde iki yol vardı: Ya bu uyarıya boyun eğip yaşamak ya da aynı dilekçeyi bir üst makam olan Deniz Kuvvetleri'ne, oradan olumsuz cevap gelirse bir üst makama (Genelkurmay), oradan olumsuz cevap gelirse Millî Savunma Bakanlığı'na, sonra Başbakanlık'a, sonra Cumhurbaşkanlığı'na dilekçe yazmaktı. Kime danıştıysam, askerî ve sivil hangi kanun adamına gösterdiysem herkes bana hak verdiler, ama davayı kazanabileceğim konusunda bir tanesi bile olumlu bir cümle söylemedi. Kızımın elinden tutup Heybeliada sokaklarında tavuk grill aradığım günün acısını kalbime gömdüm, eşimin o günkü gözyaşını da büyük günün hesabına bıraktım ve davadan vazgeçtim. Yenilmiş, yıkılmış ve incinmiştim. Sonraki yıllarda bu onursuzluk ile yaşamaya alışacaktım.

Bir üst makam olan Deniz Kuvvetleri'ne, Millî Savunma Bakanlığı'na, sonra Başbakanlık'a, sonra Cumhurbaşkanlığı'na dilekçe yazmaktı.

Yenilgime en çok sevinen meslektaşlarım, yazık ki öğretmenler oldu. Bereket versin, kısa sürede Astsubay Okulu'ndan alındım da her gün yüzlerine bakıp garip ve alaycı ifadeler okumaktan kurtuldum. Meğer öteki kuvvetlerin eğitim komutanlarına "Benim Boğaziçi Üniversitesi'nde ders veren öğretmenim var," diye övünen amiral Attila Tuzman, o öğretmenin eşinin başörtüsünden ürküp birdenbire bütün bilgilerimi unutmamı istemiş, beni öğretmenlik mesleğinin dışına itelemişti. Emir, 20 Kasım 87 tarihinde Boğaziçi'ne derse gittiğim bir gün tele-mesaj ile gelmiş ve bana derhal tebliğ edilmişti. Bundan sonraki atamalarımın pek çoğu mesaja dönüştürülmüş bir emir biçiminde, aciliyet içerir mahiyette "ivedi" damgasıyla gelecekti ve emrin ya altında, ya üstünde benimle birlikte başka isimler de yer alacaktı. Bu isimlerden pek çoğu, yolsuzluk, usulsüzlük, başarısızlık, arsızlık vb. suçlamalar nedeniyle görevlerinden el çektirilenler veya yüz kızartıcı suç işleyenler olurdu ki adımın bu tür insanlarla yan yana anılmasının da ileride benim kaderimin bir parçası olmasına tahammülüm kalmayacağı derecelere gelecektim. Mesaj emirde, Deniz Astsubay Hazırlama Okulu Komutanlığı Öğretim Başkanlığı Edebiyat Öğretmenliği'nden Kasımpaşa Deniz Hastanesi Baştabipliği, Hastane İdarî Amir Personel Subay Müdür Vekilliği'ne atamamın onayda olduğu ve emrin tebliğ edilerek ayrılış ve katılışımın tamamlanıp bildirilmesi yazılıydı. İki gün içinde her şey oldu bitti. Mesai adresim değişti, çok sevdiğim öğretmenlik mesleğine veda ettim.

Astsubay okulunda iken sıralı komutanlıklar nezdinde adımın başına Dr. unvanımın yazılması için o kadar mücadele etmiştim ki, okuldan ayrıldığım gün arkadaşlarım "Sonunda seni doktor zannedip Deniz Hastanesi'ne tayin ettiler işte," dediler. Meğer bu şakayı, tayinden önce Kuvvet Komutanlığı'nda, tayinden sonra da Hastane'de hakikat zannedenler olmuştu.

VII. YIL 1988
CEZA-YI SİNİMMAR

Bugün hayatınızın geri kalanının ilk günüdür.
Çin Atasözü

Anlatırlar ki bir zamanlar Babil'de, Belkıs'ın asma bahçelerinin olduğu yerde, ihtişamlı bir krallık kurmuş olan Numan oğlu Münzir, bu görkemin sembolü olmak üzere bir saray yaptırmayı arzulamış. Dünyanın neresinde bir ünlü mimar var ise bu sarayı yapmak için yarışmaya çağırtmış. Nihayet Sinimmar adlı bir mimarın projesi beğenilmiş ve işe başlaması emredilmiş. Sinimmar, yapacağı saray için önce uygun bir yer aramış ve Dicle'ye bakan yüksekçe bir tepeyi seçmiş. Günler ayları, aylar yılları kovalamış ve yedi senede dört katlı geniş ve muhteşem bir saray ortaya çıkmış. Münzir, adamlarıyla birlikte sarayını görmek için gelmişler. İlk katta harikulade döşenmiş ve duvarları nakışlanmış odalar, salonlar hepsinin gözünü almış, hayran kalmışlar. İkinci katta çiçeklendirilmiş bir salon ve ortasındaki fıskiyeli havuz insana "Bundan güzel bir bahçe olamaz!" dedirtiyormuş. Mermerleri somakiden, mukarnasları altın bezek bağadan imiş. Üçüncü katta hanımların rahatça eğlenebilecekleri mekânlar ve odalar ve bir de hamam yer alıyormuş. Kurnaları billurdan, suları gül kokusundan imiş. Bir kurnadan bal şerbeti, diğerinden şarap akıyormuş. Münzir ve adamları inanmışlar ki dünyada bundan daha güzel bir saray asla yapılamaz. Hepsi Sinimmar'ı kutluyorlarmış. Derken son kata çıkılmış. Pencerelerinden görülen manzara hiçbir yerde rastlanılmayan bir cennet bahçesi gibiymiş. Kale bedeni tarzında inşa edilmiş olan geniş terasa çıktıklarında ise hepsinin dilleri tutulmuş. Böyle mükemmel bir bahçe bugüne kadar hiçbir krala nasip olmamıştır, diyorlarmış. Saatler boyunca, Münzir ile adamları, Sinimmar'ın yaptığı sarayı geze geze ve öve öve bitirememişler.

Akşam olup da Münzir istirahat için kendi salonuna çekilirken Sinimmar'a "Dile benden ne dilersen!" demiş. O da "Eserimin sizin tarafınızdan beğenilmesi benim için yeterli ödüldür sultanım!" karşılığını vermiş. Münzir, bu alçakgönüllü mimarı çok beğenmiş ve ertesi sabah beraber kahvaltı yapmak ve orada kendisine madalyalar, hediyeler vermek için terasta hazır olmasını ferman buyurmuş. Sinimmar, hiçbir ödül kabul etmemeyi kafasına koyarak "Sultanımızla kahvaltı yapmanın şerefi bizim için yeterlidir!" fikriyle bu daveti kabul etmiş. O gece Münzir, kutlamalar için bir şölen tertiplemiş ve böyle bir saraya sahip olmanın dünyada adını ilelebet yaşatacağını düşünerek sevinmiş. Bu görkem çok geçmeden kendisine bir kibir de vermiş ve şeytan içine girip kulağına "Sinimmar, aynı sarayı veya daha güzelini ya başkası için de yaparsa!" diye fısıldayıvermiş. Bu şüphe, Münzir'in uykusunu kaçırmaya yetmiş. Ertesi sabah Sinimmar kahvaltı için terasa çıktığında Münzir onun koluna girip beden mazgallarına kadar götürmüş ve muhafızlarının yardımıyla aşağıya itivermiş. Sinimmar'ın bedeni Dicle'nin sularında parçalandığı o günden itibaren, ödül yerine ceza alan insanların durumunu anlatabilmek için "Ceza-yı Sinimmar (Sinimmar'a verilen ödül)" tamlaması bir deyim olarak anılmaya başlanmış. Ve ben, tarihin karanlık koridorlarında bu tür cezalara (karşılık/ödül) uğramış binlerce insan yaşadığını biliyordum; dahası, bu halkaya bir kişi daha eklenmek üzere olduğunu da hissediyordum. O, ben oldum.

TSK içinde daima iyi şeyler yapmış, başarılı bir subay idim ve görev bilincimi hiç yitirmemiştim. Astsubay okulunda iken sıralı komutanlıklar nezdinde verdiğim mücadelede Sinimmar ile kaderlerimiz bir kez daha birleşti ve Kasımpaşa Deniz Hastanesi'ne gönderildim. Gerçekten beni doktor zannedip bir hastaneye o yüzden tayin mi etmişlerdi, yoksa bu tayinin içinde benim okumamı istedikleri bir mesaj mı gizliydi, doğrusu düşünmeye değerdi.

Beni doktor zannedip bir hastaneye o yüzden tayin mi etmişlerdi?

Deniz Hastanesi'ni iyi tanıyor sayılırdım. Hem hekim arkadaşlarım, hem de lojmanlarda hastane personeli komşularım vardı. Üçüncü gün hastane komutanının karşısına çıktığımda ilk sorusu:

"Sen doktor musun?!" olmuştu.

"Hayır Efendim," dedim, "ben doktora yaptım; aslında edebiyat öğretmeniyim."

Komutan Ülkü Tulgar, tabip tuğamiral idi. Bilimin, bilimselliğin değerini bilen birisiydi. Aydın ve hoşgörülü bir insandı. Yarım saat kadar benimle sohbet etti ve sonunda,

"Evladım," dedi, "sana bir ofis vereceğim. Hastanemizde sana uygun bir iş yok. Sen odana kapanıp araştırmalarına devam edecek, bol bol kitap ve yazı yazacaksın. Göreyim seni, iyi bir bilim adamı ol!.."

Hayret!.. Üniforma giyip de böyle düşünebilen bir adamın artık yaşamadığına inanmaya başladığım bir dönemde hem de!.. Kader beni yine mi yanıltıyordu yoksa!.. Çünkü tam da o günlerde ansiklopedilerin ve dergilerin yazıları birikmiş, hazırlamakta olduğum birkaç kitap dosyası da masamın üzerinde boşalacak bir zamanımı veya izne ayrılmamı bekliyordu. Zaten o yıllarda biriken bilimsel çalışmaların hemen hepsini izne ayrılınca tamamlayabiliyordum ve âdeta çalışmak üzere yıllık iznime ayrılır duruma gelmiştim. Ülkü Paşa bunları biliyor gibi bana "Çalışmalarını tamamla!" diyordu. Ben de öyle yaptım ve odama kapandım, çalıştım, çalıştım... Doçentlik yabancı dil sınavı için İngilizce çalıştım, yarım kalan kitaplarımı tamamladım, ansiklopedi maddelerini bitirdim. Bereketli zamanlardı; bir yandan öğlenleri spor yapıyor, futbol oynuyor bir yandan işlerimi yoluna koyuyordum.

Deniz Hastanesi'ne personel subay yardımcısı olarak atanmıştım. İlk amirim de bir öğretmen albay idi. Ertan Arı. Çok iyi bir insandı. Bana bulunduğumuz ofiste iki kişilik iş olmadığını ilk söyleyen o olmuştu. Zannederim komutan amirali yönlendiren de kendisiydi. Beni geçici görev ile Dz. Hastanesi Bakım Onarım Kısım Amirliği'ne verdiler. Bakım Onarım kısmında astsubay arkadaşlar vardı ve zaten işler yürüyordu. Bana, göstermelik bir amirlik verilmiş ama iş verilmemişti. Zaman zaman rutin birkaç evraka imza atmam gerekiyordu, o kadar.

Hastanede sıcak bir dostluk anlayışı vardı. Okuldaki huzursuz mesai ortamından sonra şuursuzca tırnak yemeyi bırakmıştım. Yine de ordudan ayrılmak için her imkânı araştırdığım bir dönem idi. Hastanede iken belki çürük raporu alabilirim diye düşünüyordum. Hekim arkadaşlarım, benim zaten yardımcı sınıf subay olduğumu, kendilerince bana verilebilecek sağır, sakat vs. bütün sahte raporların bile işe yaramayacağını söylediler. Yabancı hanımla evlenmek yahut yüz kızartıcı suç işlemek yoluyla askerlikten çıkmak da benim için mümkün değildi. Bu iki yolu da kendime yakıştıramıyor, hele bu türden söylentiler, sivil hayattaki itibarımı alıp götüreceği için de elden geldiğince uzak duruyordum. Velhasıl suç işleyerek kendimi attırmayı izzet-i nefsime yediremedim. Üstelik suç işleyerek atıldığınız zaman bir daha devlet memuriyetine giremiyordunuz. Bense askerlik mesleğimden sonra bir üniversitede akademisyen olmak istiyordum. Yollar hep kapalı görünürken son umudum olan malulen emeklilik yolu da hastanede kapanmıştı. Bunu anlayınca kendimi yeniden üniformaya ısındırıp gayretle çalışmam gerektiğini anladım. O zamana kadar üniformanın üzerine leke konduracak hiçbir şey yapmadığım gibi o günden sonra da böyle bir şeyi asla yapamayacağımı anladım.

Üniformanın üzerine leke konduracak hiçbir şey yapmadığım gibi o günden sonra da böyle bir şeyi asla yapamayacağımı anladım.

Deniz Hastanesi'ndeki görevim bana birkaç ibretli sahne sundu. Bunlardan biri, sıkışan işlerimi tamamlamak için ihtiyacım olan zamana sahip olmamdı ve bunun için Astsubay Okulu'ndayken dua eder dururdum. Duam kabul olunmuştu. Ve ilginçtir, bütün sıkışık işlerimi bitirdiğim gün hastaneden yeniden tayinim çıktı. O zaman anladım ki hastanede geçen birkaç ay, bana bağışlanmış bir zaman idi.

İkinci ibret sahnesi, Astsubay Okulu'ndan olsun, Deniz Lisesi'nden olsun, o güne kadar aleyhimde bulunmuş, kuyumu kazmış her kimi biliyorsam, hastaneye gelip benden bir konuda yardım istemiş, kendisi yahut bir yakınının tedavisi dolayısıyla doktorlara aracı olmamı rica etmişti. Hasımlarımı kapıma döken Rabb'e şükretmekle birlikte asla onları kapımdan geri çevirmedim, istediklerini yapmak için elimden geleni ardıma koymadım.

Ve nihayet benim için en büyük ibret odur ki, hastanedeyken babama evlatlık hakkımın bir kısmını ödeme fırsatım oldu. Şöyle:

1983 yılında Kasımpaşa Deniz Hastanesi'nde mide ameliyatımı yapan Dr. Alb. Mahmut Çitilci beyefendi, babacan ve çok iyi bir insandı. Hastaneye tayinim çıkınca nezaketen odama ziyarete gelmiş, hoş geldin demişti. Anestezi yüzünden geç uyandığım için arada sırada bana takıldığı cümlesini tekrarladı: "Seni öldürüyorduk ha!.."

Kış ortasında babam ile annem bizi ziyarete gelmiş, babam aniden rahatsızlanmıştı. Hastanede muayene ettirdiğimde hekim arkadaşlarım safra kesesinde taş olduğunu, acilen ameliyata almak gerektiğini söylediler. Babam emekli olduğu için o yıllarda Deniz Hastanesi'nde tedavisi yapılamıyor, devlet hastanesine gitmesi gerekiyordu. Ertan Albay ile Mahmut Albay beni çağırdılar. Birisi babam adına hemen bir sağlık karnesi düzenledi, diğeri de ertesi gün ameliyata alacağını söyledi.

Ameliyat sonrası yoğun bakım iki gün sürdü. Bütün hastane personeli mesai arkadaşım olduğu için babamın bakımına azami ihtimam gösteriyorlardı. Sonraki gün babamı Hariciye Koğuşu'na naklettiler. O gün mesaiden sonra eve gitmeyecek ve gece yanında kalacaktım. Mesai biterken doktorlar sırayla babamı ziyaret edip geçmiş olsun dediler, bir ihtiyacı olup olmadığını sordular. Babam duygusal bir insandı. Bu ilgi gözyaşlarını boşandırıverdi ve bana binlerce dua etmeye başladı. Asıl ibret sahnesini gecenin geç bir saatinde yaşadım. Babam uyuyordu ve loş odada düşüncelerim eski zamanlara gitmişti. Birden fark ettim ki beş yıl önce benim ameliyat olup da yattığım yatakta şimdi babam yatıyordu ve o gün babamın oturup başımı beklediği sandalyede ben oturmuş onun başını bekliyordum. Gözlerimden yaş boşandı ve uzun süre başka bir dünyadaymışım gibi içim titredi, kendime gelemedim. Evet, öğretmenlikten alınmış, mesleğimden ayrılmış, eziyete uğramıştım ama Allah bana bir evladın babasına hakkını ödeyeceği fırsatı vermişti. Beş yıl önce de bu odada ikimiz sabahlamıştık, şimdi de beraber sabahlıyorduk. Beş yıl önce o benim alnımı okşayarak sabah etmişti, ben şimdi onun tuttuğum ellerinden enerji alarak uyanık kalabiliyordum. Doğruydu; zorluklarla beraber bir kolaylık da vardı ve zahmet ile rahmet arasındaki fark, yalnızca bir noktadan ibaretti.

* * *

Şimdi geriye dönüp baktığımda o yıl yaptığımız en büyük hatanın, lojmanlarda göze batar şekilde yaşamamız olduğunu görebiliyorum. Gerçi biz lojmana taşındığımızda eşimin başörtüsü biraz dikkat çekmiş, biraz da gizli işaretleşmelerle töhmet altında bırakılmıştık ama zamanla lojman muhitinde eşim gibi giyinenler çoğalmış, insanların gözleri alışmıştı. İster istemez bu hanımlar birbirleriyle tanışıp görüşmeye başladılar. Birileri sizi dışladığı zaman siz de ister istemez kendiniz gibi görünenlere sokulursunuz. Sözünü ettiğimiz hanımların çoğu benim eşim gibi herhangi bir işte çalışmıyordu. Gündüzleri sıra ile birbirlerinin evlerinde toplanmaya başlamışlar. Çaylar, börekler, derken gitgide günler, toplantılar artmış. Kısa sürede bazı başörtüsüz hanımlar da bunlara katılıp sayıları ve halkaları genişlemeye başlayınca göze batar olmuşlar. Beyler olarak bizler işin vahametinin farkına varamamışız. Hanımlar ise herhangi bir art niyet taşımadıkları için hanım sohbetlerinin halkası genişledikçe daha mutlu olmaya başlamışlar. Oysa dışarıdan görenler, bunların bir yerde toplanıp gizli bir şeyler çevirdiklerini, en kolay yakıştırmacayla tarikatçılık yaptıklarını söylemeye, hu çektiklerini duymaya(!), ispiyonlamaya, yazılı veya sözlü olarak üst makamlara bildirmeye başlamışlar bile. Bunu yapanların çoğu da yine lojmanlarda oturan hanımlar imiş ve gerek kocaları vasıtasıyla, gerekse bizzat karargâhlara giderek durumu şikâyet ediyorlarmış. Belki de bizim eşlerimizden öcü gibi korkmasalar, içlerine karışsalar, onlarla çay içip pasta yeselerdi kendilerinden farklı bir şey yapmadıklarını göreceklerdi. Yine de eşlerimizin bu tür ev sohbetlerinin hesapları bizden sorulmaya başlanıyordu. Asker olan biz idik, ama eşlerimiz de askermiş gibi onların sorumluluklarını yüklenmemiz isteniyordu. Bunun değişmekte olan konjonktür ile pekâlâ yakından ilgisi vardı.

Birileri sizi dışladığı zaman siz de ister istemez kendiniz gibi görünenlere sokulursunuz.

* * *

Deniz Hastanesi'nde toplam sekiz ay kadar kalmıştım. Aynı yılın Mayıs'ındaki genel atama emriyle Deniz Müzesi Komutanlığı'ndaki Gösteri Düzenleme Kısım Amirliği'ne atandım. Haziran sonlarında yeni görevime katılıp başladım.

Deniz Müzesi'nde görev yapmayı öteden beri istemiştim. Burada Tarihî Deniz Arşivi vardı ve ben de arşivcilik, kütüphanecilik işlerinden anlıyor, arşivde mevcut belgeleri okuyabiliyordum. Bu yüzden daha önceki yıllarda bu görevi isteyen dilekçeler bile yazmış ve hiçbir tayinime bu defaki kadar sevinmemiştim. Benim için hayat düzene girecek, işler düzelecek, yüzüme gülümseme gelecek diye umuyordum. Beni Deniz Müzesi'ne tayin edenler mutlaka daha önceden de benim bu görevi istediğimi biliyorlar ve benden istifade etmek istiyorlardı düşüncesindeydim. En azından bu iyi niyeti gösteren birileri olmasaydı hastaneden müzeye tayin edilemezdim. Ne var ki göreve başladığım daha ilk haftada, müzedeki görevimin, müzecilikten zaman bulup da arşivle ilgilenecek bir fırsat vermeyeceğini anladım. Müzecilik görevini de sevdim üstelik. Öğretmenlikten sonra huzur ile çalışılabilecek bir görevdi. Şehrin merkezinde, Beşiktaş'ta olması da ayrıca beni sevindiriyordu. Dahası, öğretmenlik süresince bir "memur" iken şimdi "amir" olmuştum. İlk defa idarecilik tecrübesi edinecektim. Komutandan sonraki ikinci adam konumundaydım ve benim astım olarak 6 astsubay, 25 kadar devlet memuru ve yüzün üzerinde de er ve erbaş mevcuttu. Astsubayların hepsi olgun, görevlerini bilen insanlardı. Nöbet tutmuyordum, ama gecem gündüzüme girerek çalışıyordum.

"Memur" iken şimdi "amir" olmuştum.

Deniz Müzesi Komutanlığı'nın gerek merkezî konumu, gerek daha sivil bir anlayışa fırsat vermesi, gerekse kültür ve sanat yönünden zengin ilişkilere kapı aralaması dolayısıyla taliplisi çok oluyordu. Özellikle emekliliğine bir veya iki yıl kalan albaylardan torpilli olanlar ile terfi sırasını geçirenler için bir tür taltif ve gönül alma yeriydi. O yılın 30 Ağustos'unda Oramiral Emin Göksan Deniz Kuvvetleri Komutanlığı'ndan emekliye ayrılmış, emir subayı olan Reha Gür Albay da Deniz Müzesi Komutanlığı'na atandırılmıştı. Bu albayın bahriyedeki şöhreti pek güzel değildi. Aritmetikteki ünlü bir sayıyı andıran üç harfli kötü bir lakabı vardı ve herkes onun adının başına bu lakabını koyarak anıyordu. Soyadı unutulmuş gibiydi.

Deniz Müzesi'ndeki güzel günlerim pek kısa, hemen Temmuz'dan Eylül'e kadar sürecekmiş meğer. Reha Albay gelince her şey allak bullak oldu. Bir türlü yıldızımız barışmadı. Beni ezmeye çalışıyor, müzecilik, arşiv, sanat, kültür vb. konularındaki kendi eksiğini bendeki birikimi reddederek örtmeye çalışıyordu. Ne de olsa komutan olan o idi, onun rütbesi benimkinden öndeydi ve kendi astı olan birinin yaptıklarını devamlı onaylamak durumunda kalması onu saldırganlaştırıyordu. Aslında istese ve beni kabullense işi çok kolay olacak, askerlik tabiri ile bu görevi tam bir "yatış" halini alacaktı. Ben de hatalı davranıyor, komutan idare etmeyi bilmiyordum. Henüz idarecilik tecrübem de azdı. Komutan bana müzecilik ve kültür sanat konularında amir olamayacağını anlayınca askerlik ve idarecilik konularını önemsemeye ve beni o hususlarda ezmeye başladı. Hiç istemediğim ve oyuna katılmadığım halde benimle savaşıyor oluşu müzeye çok şey kaybettiriyor, güzel projelerim sırf benden çıktı diye üst makamlara sunulmadan akim kalıyor, Kuzey Deniz Saha Komutanlığı'nın müzecilik ve sanat konularında doğrudan beni muhatap alması da komutanı çıldırtıyordu. Ama bütün bunların hiçbiri benim isteğim doğrultusunda gerçekleşmiyordu. Üstelik ben Kuzey Deniz Saha Komutanlığı'nın komutanı by-pass ederek benimle irtibatta olmasından rahatsızdım. Çünkü gerek kendi komutanımdan, gerekse üst komutanlıklardan görev üstüne görev geliyor, herkes kendi verdiği görevi önemsiyor ve hesabını ona göre soruyordu. Çok çalışıyor, yoruluyor ama işimi seviyordum. Ne var ki ben yine ilk yıllardaki hataya düşmüş, bildiklerimi yapmak veya uygulamak konusunda hastalığa tutulmuştum. Müze ve Arşiv için neler neler hayal ediyor, buraların gelişmesi ve tanınması için projeler hazırlıyor, yazılar yazıyordum. Çok biliyor olmanın (bilgiçlik ve ukalalık olarak algılandığı için) zarar getirdiğini bilmeme rağmen içimde bir iyi niyet vardı. İsteseydi Reha Albay benim yaptıklarımı sahiplenebilir, müzeye atılım yaptırtır, bunun sonucunda amiral bile olabilirdi. Ama o benimle kimlik mücadelesine girmeyi yeğledi ve yapılabilecek pek çok şey yapılamadı. Kuvvet Komutanı'nın eski emir subayı olmak dolayısıyla zaten pek çok amiral ve komutanın vaktiyle tepkisini çekmiş iken, şimdi bir de müzede saltanat sürmeye başladığı intibaı, onu üst komutanların oklarına hedef yapıyordu. Gitgide gündelik çekişmeler öne çıktı, memur ve memureler dedikoduya yöneldiler, astsubayların da askerin de huzuru kaçtı. Müzede sergileme usullerini yenilememiz, modern müzecilik gereklerine uygun düzenlemeler yapmamız, arşivi okuyucuya açmamız gerekiyordu. Müze komutanlığı himayesindeki Barbaros'un türbesini bakıma almamız, çevre düzenlemesi yapılması için başvuru yapmamız gerekiyordu. En önemlisi de müzeye bir imaj oluşturmak gerekiyordu, reklam gerekiyordu. Ama biz onunla mesela müzeye gelen araştırmacı mektupları hangi dilde yazılsın, onu tartışıyorduk ve tabii ki o komutan olduğu için ben boynumu büküp geri çekiliyordum.

Deniz Müzesi gerek sanat ve denizcilik, gerek tarih ve bilim konularında sık sık başvurulara muhatap oluyordu. Arşivden belge isteyen, araştırma yapma talebinde bulunan, müze objeleri içinde herhangi birisinin tarihiyle ilgilenen vb. sayısız yerli ve yabancı araştırmacının bu müracaatlarını değerlendiriyor, elden gelen yardımı kanun ve yönetmelikler çerçevesinde yapmaya çalışıyorduk. Ancak bürokrasi çok zaman elimizi kolumuzu bağlıyor, bir müracaatçı, çok basit bir araştırma için müzede çalışabilme müracaatına aylarca cevap alamayabiliyordu. Bunun sebebi her araştırma talebinde bulunan kişinin, askere alınır gibi güvenlik soruşturmasından geçirilmesiydi. Gariptir, bazen yabancı uyruklu araştırmacıların izin talepleri daha kısa sürede sonuçlanır, söz gelimi bir Yunan vatandaşı, Anadolu'daki bir üniversitede çalışan akademisyenden daha kısa sürede arşivimizdeki araştırma masasına oturabilirdi. Bu araştırmacı müracaatlarının bazılarına biz cevap veriyor, araştırmacının mektupla istediği bilgi, belge, vs. hakkında, onlar için araştırma yapıyor, sonucu yine bir mektup ile kendilerine bildiriyorduk.

Yabancı müracaatlara sağlıklı cevap verebilmek için öncelikle onların ne istediğini bilmek gerekiyordu. Bu amaçla İngilizce, Almanca, Fransızca, İtalyanca, Arapça vs. dillerini bilen kısa dönem erlerden yararlanmayı, her dönemde her dilden en az bir mütercim erin müzede istihdamının sağlanması için girişimlerde bulunduk. Arapça hariç diğer dilleri bilen erler gelmeye başladı. Bunların bir kısmı dil bilmediği halde komutanların yakınlarından olduğu için torpille buraya geliyorlardı. Hatta bunlardan bazılarını "idare etmek", yani akşamları evlerine gitmeleri için izinli saymak durumunda bile kalırdık. O dönemde çok düşündüm, bahriyede subay olmaktansa bir üst düzey dayının kısa dönem erlik yapan yeğeni olmak gerekirmiş diye. Müze bu bakımdan torpilli askeri bol bir birlik idi ve bu torpilli erler hafta sonunda da evci çıkmak istiyorlardı. Ben bu mütercim erleri müzede görevlendirdim, hepsine iş verdim, masa verdim, en azından müze objelerini tanıtıcı etiketlerin yabancı dillere tercüme edilmesini sağlamalarını istedim.

O arada komik bir şey oldu: Müzede pek çok âsâr-ı atîka eser yanında eski bahriyelilere ait alçı mankenler de yer alıyor, üzerlerinde de otantik bahriye kıyafetleri sergileniyordu. Kaptanpaşa vitrininde "Kaptanpaşa çıplağı" olarak bilinen bir manken dururdu. Çıplak kelimesi tarihsel terminolojide "koruma eri, muhafız" olarak biliniyordu. Müzenin kıyafetlere ayrılan salonunu dolaşırken gözüme şöyle bir etiket ilişti: "naked of capudanpasha". Bu "kaptan paşanın çıplak hali" demek oluyordu ve güya İngilizce bilen askerimiz "guard of admiral" demek istemişti. O etiketi kaç turistin okuduğunu ve üzerinde yalnızca bir cepken bulunan yarı üryan mankeni Barbaros'un soyunuk hali zannettiğini hep merak etmişimdir.

Müzede bu askerlerin en yararlı oldukları alan, araştırma amaçlı gelen mektupları tercüme edip bana getirmeleriydi. Ben de bu mektubu ve tercümesini beraberce alıp komutana çıkarıyor, gerekli talimatları aldıktan sonra araştırmaya başlıyor, ilgili konuyu birkaç gün veya hafta içinde tekemmül ettirdikten sonra gelen mektuba geniş bir cevap yazıyor ve bu cevabı resmî evrak formatında yine komutana sunuyordum. Böyle zamanlarda komutan ile aramızda genellikle şu minval üzere konuşmalar geçerdi ve bu tür konuşmalar bütün komutanlar zamanında aynı şekilde yinelenir dururdu. Komutan, söz gelimi İngilizce mektubun Türkçe tercümesini ve benim yazdığım cevabı okuduktan sonra derdi ki:

"Üsteğmenim! Güzel bir araştırma yapmışsınız, şimdi bu mektubunuzu İngilizce yazıp gönderiniz."

"Komutanım, isterseniz bunu İngilizceye çevirmeyelim, Türkçe olarak gönderelim?"

"Nedenmiş o?!"

"Komutanım, bunu birkaç açıdan değerlendirmek mümkün. Birincisi bu araştırmacı bize mektup yazarken kendi dilinden yazıyor, Türkçe yazmak gibi bir yola başvurmuyor. İkincisi o bizden bir şeyler istiyor ve biz onun gönlü olsun diye şu kadar gün, şu kadar zaman harcayıp araştırma yapıyor, istediğini hazır ediyoruz. Eğer biz ona cevabını Türkçe gönderirsek, belki mektubumuzu tercüme ettirmek üzere bulunduğu ülkenin Türk Büyükelçiliği'ne uğrar, Türkçe bilen birini arar, böylece bir Türk ile, hatta belki Türk kültürü ile temasa geçer, belki bizim hakkımızda bir bilgi edinir. Eğer kendi diline tercüme edip gönderirsek bizi kendisine hizmete mecbur ve mahkûm birisi zanneder, büyüklenir, millî onurumuz zedelenir. Gelin, onun gözündeki değerimizi düşürmeyelim, hiç olmazsa bu araştırma konusunda bize mahkûm olduğunu, ona iyilikte bulunduğumuzu kendisine hissettirelim."

"İngilizce bile bilmiyorlar mı dedirtelim yani?!"

"İngilizce uluslararası dildir, İngilizce bile bilmiyorlar mı dedirtelim yani?!"

"Ne alakası var komutanım, bu millî bir bakış açısıdır ve lütfen cevabımızı Türkçe gönderelim."

"Üsteğmenim, siz benim emrimi dinleyiniz, tercüme edip gönderiniz."

"?!.."

Emir demiri keser dedikleri işte budur! İngilizce bilmeden biliyormuş gibi davranmak!.. Ancak burada garip olan bir husus daha var idi ki o da, bu tür tartışmalar yaşadığım komutanlar, eğer aynı mektup söz gelimi Arapça yazılmışsa, karşılığını Türkçe göndermekte bir mahzur görmüyorlardı. Bu anlayış müzeyi ziyaret eden resmi heyetlerin ait oldukları milletlere göre de aynı biçimde uygulanırdı. Söz gelimi Fransız bir kuvvet komutanı, Arnavutluk savunma bakanı yahut Pakistan genelkurmay başkanı birer hafta ara ile müzeyi ziyarete gelecek olsalar, ilk hafta yapılan hazırlıklar ve ikram en muhteşem karşılamaya, ikincisi biraz daha düşük dereceli, üçüncüsü ise en alt kademe karşılama uğurlamaya zemin hazırlar, bu tavır bazen erlere kadar yansır, mesela sonuncuda erlerin pantolonlarının ütüsüz oluşuna pek de aldırış edilmeyebilirdi. Bu, bizim Batı anlayışımızın ve Batı karşısındaki duruşumuzun tipik bir göstergesiydi.

Bütün her şeye rağmen, 1988 yılının askerlik mesleğinde en mutlu olduğum yıl olduğunu söyleyebilirim. Şairin dediği gibi:

Geçmiş zaman olur ki hayali cihân değer

VIII. YIL 1989
ZORAKİ GEZGİN veya ÇAĞDAŞ EVLİYA ÇELEBİ

Yaşadığımız her an, kendi hakkını ister.
Goethe

Deniz Müzesi'ne geldiğim gün artık yerimi bulduğuma, burada çok verimli çalışmalar yapabileceğime, Deniz Kuvvetleri'nin de bunu takdirle karşılayarak beni emekliliğime kadar aynı görevde tutacağına inanıyordum. Gerçi daha önceden birkaç sıkıntılı yıl geçirmiş, birkaç tayin görmüştüm ama bu son iki tayinde, ikamet etmekte olduğum Levent-Ayazağa'daki lojmanlardan da çıkmamış, âdeta orayı benimsemiş, şimdi meslekî bakımdan da işlerin yoluna gireceğini umut eder olmuştum. Büyük kızım ilkokula gidiyordu. Eşim, lojmana taşındığımız ilk yıllardaki gibi arkadaşsız değildi. Bizim gibi düşünmeseler bile hassasiyetlerimizi anlayan komşularımız bile oluşmaya başlamıştı.

Deniz Müzesi bünyesinde Tarihî Deniz Arşivi adıyla bir birim daha vardı. Burası Dolmabahçe Sarayı'nın müştemilatından eski Arabacılar Dairesi'nde yedi milyon civarında tarihi belge ihtiva eden önemli bir arşiv idi ve araştırmacılara kapalı duruyordu. Müzecilik Şube kısmı Barbaros İskelesi'nin yakınında, vaktiyle gazetelerin çıkartıldığı, 60 ihtilali sonrasında müzeye verilen binada idi. Müze Binası olan eski Beşiktaş Vergi Dairesi ile arasında açık teşhir alanları ve bahçe vardı. Üç katlı, sefer tası gibi olan idare binasının üst katında komutan, orta katında Müze Şube Müdürü, alt katında da İkmal Subayı otururdu. Giriş katı yalnızca bir tek odadan ibaretti ve burası da Nöbetçi Subaylığı olarak kullanılıyordu. Sırtını, Nuri Demirağ'ın vaktiyle uçak hangarı olarak kullandığı Saltanat Kayıkları Galerisi'ne dayamış ilginç bir bina idi. Benim oturduğum Müzecilik Şube Müdürlüğü odasının manzarası ise pek muhteşem idi. Karşıda Üsküdar Sultantepesi ile Fethipaşa koruları, sağdan bakıldığında bütün Marmara, Kızkulesi, Sarayburnu ve açık havalarda Mudanya'ya kadar görünen bir ufuk, sola bakıldığında da bütün Boğaziçi göz mesafesinde duruyordu. Bir geminin kaptan köşkü gibi üç tarafı açık inşa olunmuştu. Buna ilaveten hemen önümüzdeki Barbaros İskelesi'nin hizasında kameriye dediğimiz bir deniz köşkümüz vardı. Burası şehrin orta yerinde gizli bir sayfiye sayılırdı. Gelen geçenin pek dikkatini çekmez, arada sırada resmî karşılama ve uğurlamalarda iskele olarak kullanılırdı. Bir de ötede Barbaros Türbesi vardı ve bu türbe ile sahildeki kameriyenin anahtarları, görev gereği bende duruyordu. Bunlardan birincisini şerefle taşımaya ahd ettim ve ona göre gereğini yaptım, rahmetli Barbaros'u öz dedem bildim. İkinci anahtar şehrin göbeğinde muhteşem manzarası ile gizlenmiş kameriyeye ait idi ve ben onu, Heybeliada'da Şafak tesislerinin eşimden ve çocuğumdan kıskanılmasına karşılık olarak Taala'nın bir lütfu olarak elime teslim edilmiş sayıyordum. Burasının sorumluluğu ve yetkileri bana ait olduğu için neredeyse tek başıma kullanıyor, misafirlerimi burada ağırlayabiliyor, hatta böyle bir yerin kullanımına sahip olduğum için de tanıdıklarıma hava attığım oluyordu. Ne var ki kameriye (mehtap seyredilen yer) adını müzedeki resmî kayıtlara geçirmiş olmama rağmen insanların buraya kamelya (Japon gülü denilen çiçek) demelerine bir türlü engel olamadım. Kamelyalı Kadın, Alexandre Dumas Fils'in ünlü romanının adı idi ve bu romanı okumayan, hatta okuma yazması olmayan erler bile kameriye kelimesini kamelya olarak telaffuz ediyorlardı. Bu, telaffuz kolaylığı yahut ses uyumundan öte bir şeydi. Bizim coğrafyamızın çiçeği olmamasına rağmen kamelyayı bilen bu toplum, yazık ki daha elli yıl önce ninelerinin, dedelerinin kullandığı kameriyeden uzaklaşmış, kopmuş, onunla birlikte başını kaldırıp mehtaba bakmayı da unutmuştu. Ben şimdi bu kameriyede, kovulduğumuz Şafak restoranından görülen deniz ve mehtap manzarasının yüz kat, bin kat müstesna olanına sahiptim ve bunu dostlarımla bile paylaşabiliyordum.

Kameriye adını müzedeki resmî kayıtlara geçirmiş olmama rağmen insanların kamelya demelerine engel olamadım.

Deniz Müzesi'nin askerî birlik olmak bakımından imkânları az idi, ama şehrin merkezî bir yerinde bulunması dolayısıyla herkesin gözü önünde sayılırdı. Birlik'te çok iş vardı. Mesai bitiyor, iş bitmiyordu. Bazen mesaiden sonra da çalışmak ve gündelik işleri toparlamak için ofisimde kaldığım olurdu. Deniz Müzesi'nde çalışırken öğlenleri yemek yememe alışkanlığı edinmiştim. Bunun üç nedeni vardı: Birincisi, iş yoğunluğu buna fırsat vermiyor, yemek yerine kayıntı ile geçiştirmeyi öngörüyordu. İkincisi, üniforma ile Beşiktaş çarşısındaki lokantalara gitmekten hoşlanmıyordum ve her öğlen sivil giyinmeye de üşeniyor, belki buna zaman bulamıyordum. Karavanadan da yemek yemiyordum, çünkü eğer görev gereği değilse, askerin istihkakından bir şey yemenin haram olacağını düşünüyordum. Değil mi ki maaşımda tayın bedeli diye bir hane vardı, o halde askerin ekmeğine el süremezdim. Zamanla öğle yemeği yememeye alıştım ve bu âdetimi tam on yıl sürdürdüm. Öğlenleri yemek yemeyince tuvalet ihtiyacım da olmuyor, böylece sabah evden çıkarken aldığım abdest ile eve dönebiliyor, yani öğle, ikindi ve bazen akşam namazlarımı kılabiliyordum. Bu yüzdendir ki müzede çalıştığım süre içinde benim cuma namazına gittiğim bilinirse de asla beni abdest alırken veya namaz kılarken gören olmamıştır. Kapımda bekleyen posta er buna dahildir. Ne var ki çok zaman bu posta erlerin iyi niyetinden ve masumiyetlerinden zarar görürdüm.

Bazen Anadolu'nun çok temiz kalpli ve saf delikanlıları askerim olur, bunlardan birine posta hizmeti verir, getir götür işleriyle birlikte kabiliyetine göre bazı görevler tertip ederdim. Öğlen yemeği için onu gönderdiğimde ben de kapımı içeriden kilitler, hemen alelacele namazımı kılar, buna rağmen asker kapımda bekliyorsa ve beni soran olursa on dakika kadar istirahat ettiğimi, kestirdiğimi, dinlendiğimi vs. söylemesini isterdim. Hatta posta askerim mutlaka kapıda bekleyecekse ona sıkı sıkıya tembih eder ve beni soran olursa:

"Komutanımı rahatsız etmeyin, içeride namaz kılıyor."

"Komutanım istirahat ediyor, yarım saat kimse rahatsız etmesin dedi, galiba uyuyor," falan demesini tembihlerdim.

Zavallı saf çocuk, herkesi kendisi kadar temiz kalpli sanıyor olmalı ki her sorana:

"Komutanımı rahatsız etmeyin, içeride namaz kılıyor," dermiş. Bir gün Reha Albay beni çağırıp namaz hesabı sorunca anladım bunu. Meğer beni çağırması için postasını göndermiş, bizimki de ona "Şimdi gelemez, namaz kılıyor," demiş, posta er de bunu komutana böylece arz etmiş. Elbette ki iyi niyetle...

Müzede güzel işler yapıyorduk. Özellikle Deniz Arşivi'nde hummalı bir faaliyet başlatmıştık. Çalışkan uzmanlarımız sayesinde çuvallarda, sandıklarda, dosyalarda tozlanmaya, rutubetlenmeye, çürümeye terk edilmiş tarihî belgeleri bakıma alıyor, temizliyor, tasnif ediyor, dosyalıyor, raflara kaldırıyor, konservasyon işlemini başlatıyorduk. Bu amaç doğrultusunda bazı modern teknik donanım ile nem cihazları vs. alınacaktı. Birkaç da personel alımı için müracaatta bulunmuştuk. Bütün bu işler konusunda Kuvvet Komutanlığı'ndaki ilgili birimleri bilgilendirmek için Mayıs ortalarında birkaç günlüğüne Ankara'ya gitmiş ve geri dönerken Düzce'de ağır bir trafik kazası geçirmiştim. Otobüsümüzde 16 ölü vardı. Ben kafatasımın sol yanında çatlama ve sol omzumda kırıklar ile kurtulmuştum. İki gün Düzce Devlet Hastanesi'nde yattıktan sonra Kasımpaşa Deniz Hastanesi'ne naklettiler. Birkaç zaman da orada yatıp eve çıktım. Kolum askıda ve başım sarılı idi. Evdeki ikinci günümde mutfakta düdüklü tencere patladı ve eşimin gözleri yandı. Birden evimizin içi hastaneye dönüverdi. O günün akşam üzeri müzenin personel işlerine bakan astsubay bir haber getirdi. 89 Yılı Subay Genel Atama Emri gelmiş, bana, müzede görev yapan herkesi hayrete düşürecek şekilde olağandışı bir tayin isabet etmişti. Bu seferki tayin yerim Ankara'da Genelkurmay'a bağlı Spor Okulu Komutanlığı'nın Personel Subaylığı imiş.

Gerçekten bizim için yıkıcı bir haber oldu. Üstelik komutan da raporum biter bitmez beni "postalayacağı"nı söylüyormuş. Hastalıklarla, sakatlıklarla boğuşuyordum ve tayin haberine incinmiştim. O hassasiyet ile olsa gerek içimdekileri olduğu gibi kâğıda döküp o zamanın Kuzey Deniz Saha Komutanı olan Koramiral Vural Bayazıt'a gönderdim. Elyazısıyla toplam dört sayfalık bu mektupta her şeyi olduğu gibi anlatmış, kendisinden yardım istemiştim. Kimliğim, inancım, aile yapım, yetişme çevrem, eğitimim, ideallerim, başarılarım, askerlik mesleğine karşı bakış açım vs. her şeyi anlatmıştım. Elimden gelse bir üniversitede bilimsel hayata dönmek istediğimi, tek bilimsel görev olan Deniz Müzesi Arşivi'nde çalışmanın benim için hayatî önem taşıdığını, burada başlattığımız faaliyetlerin durmasından endişe ettiğimi vs. açık açık yazmıştım. Bu mektubun şahsî dosyama gireceğinden adım gibi emindim. Yazdıklarımı okuyacak komutanlar beni olduğum gibi tanısınlar istiyordum. Dürüsttüm ve hep öyle kalmayı arzuluyordum. Yine de mektubumun son satırları TSK'dan ihraç talebimi taşıyordu. Gidip bir iş bulup çalışabileceğimi, ama artık asker kalmaya tahammülüm olmadığını bildiriyordum. Komutan bana ne bir cevap verdi, ne bir işlem yaptı. Fakat beni gerçeğimle tanıması yeterdi. Hiç olmazsa bir kişi benim hakkımda doğru şeyler biliyor olacaktı.

⁂

Bunca yılın ardından geriye dönüp baktığımda, Deniz Müzesi'ndeki görevim esnasında birkaç hata yaptığımı anlıyorum:

Müzedeki görevim, resmî ve gayriresmî sayısız misafiri kabul edeceğim bir tür protokol göreviydi. "Geçiyordum, uğradım!" diyen tanıdıklar ile herhangi bir müracaat veya iş için gelenler birbirlerine karışıyordu. Bunlar arasında eğer ofisime Libyalı bir araştırmacı yahut Suudlu bir turist de gelse benim özel ziyaretçim gibi göze battığını sonradan öğrendim. Buna dikkat etmeliymişim. Nitekim daha sonra gerek üniformalı iken askerî birliklerde kabul edeceğim özel ziyaretçilerin, gerekse askerlik sonrası akademik hayatımda görüşeceğim insanların kılık kıyafet ve tavırlarında seçici davrandım, başörtülü, sakallı, cübbeli, kappalı, pears kullanan, satanist, berduş vb. görünümlü ziyaretçilere mümkün mertebe işyerimin dışında bir yerde randevu verdim.

Deniz Müzesi'ndeyken cuma namazı için ekseriya sivil giyinip caddenin hemen karşısındaki Sinan Paşa Camii'ne giderdim. Bu cami Deniz Müzesi'ne en yakın cami idi ve cuma namazında yer bulabilmek biraz sıkıntılı olurdu. Görevlilerinden biriyle tanışırdık ve eğer bazı cumalarda iş yoğunluğu sebebiyle camiye üniforma ile gidersem cami müştemilatındaki odalardan birinde namaz kılma imkânını bana hazırlardı. Gerçi üniforma ile camiye gitmek henüz yazılı emirle yasaklanmamıştı, ama o yıllarda bazı askerlerin bundan rahatsızlık duymaya başladıkları hissettiriliyordu. Bunlardan birinin Deniz Müzesi Komutanı olduğunu daha sonra öğrenecektim.

* * *

Temmuz ayında tedavim bitmişti ve hemen akabinde Ankara'daki yeni görevime tıpış tıpış katıldım. Spor Okulu komutanı Tuncer Gürsoy isminde karacı bir albay idi. İlk haftada bana çok resmî davrandı. Belli ki benden evvel yine adım buraya gelmiş, bir buçuk yılda üçüncü defa tayin edilmemin gerçek sebebi ve suçum(!) öğrenilmiş, beni tartmak üzere mesafeli duruyordu. Bana Spor Okulu bünyesinde bir ofis ile yatıp kalkmak üzere, büyücek bir salonun köşesine sunta ile çevrilmiş bir odacık verdiler. Gerçi bu uygulama, benim güya kontrol altında tutulmam için bir zemin etüdü sayılabilirdi, ama öte yandan, Ankara'da ev kiralamak yerine kalacak bir yer bulmam açısından çok büyük bir

Umudum oydu ki benim bu seferki tayinim yanlışlıkla yapılmıştı...

nimete kavuştuğum söylenebilirdi. Böylece evimi taşımayacak, çocuklarımı Ankara'ya getirmeyecek, hafta sonlarında veya on beş günde bir İstanbul'a gidip gelecektim. Hâlâ umudum oydu ki benim bu seferki tayinim yanlışlıkla yapılmıştı ve en kısa sürede, belki ağustos atamalarında, olmazsa aralıkta düzeltilebilirdi. Zaten Vural Paşa'ya da mektup yazmıştım... Beklediğim atama bir hayal idi, biliyordum, ama yine de inanmak istiyor, eşime ve yakınlarıma böyle söyleyerek onları rahatlatmaya çalışıyordum. Çaresizlik işte!..

Spor Okulu'nda ikinci haftamdı. Okulun bütün resmî mektupları, evrakı ve yazışmaları Personel Subayı olmam dolayısıyla bana gelir, ben zarflarını açar, gerekli işlem yapılmak üzere ya komutana çıkarır, ya ilgililere tevzi ederdim. Bir perşembe günüydü. Genelkurmay Karargâhı'ndan posta er geç vakit (15.30 civarı) gelmişti. Beşiktaş Deniz Müzesi'nden gönderilmiş battal boy ve kalınca bir sarı zarf önümde duruyordu. Üzerine kırmızı kalem ile "İçinde şahsî dosya vardır!" notu düşülmüştü. Belli ki içinde benim gizli dosyam yer alıyordu.

Şahsî dosya içerdiği için zarfı hiç açmadan komutana teslim etmem gerekiyordu. Komutan o gün erken çıkmıştı. Üstelik yardımcısı da izinli idi. Mesai bitmek üzereydi ve tesadüf, okulda rütbesi benden daha büyük kimse kalmamıştı. Ertesi gün sabah komutana teslim etmek üzere dosyayı personel odasındaki kasaya kilitledim. Ne ki o gece şeytan beni uyutmadı. Okulda yatıp kalkıyordum ve geceleri geç vakte kadar çalışıyordum. Dosyaya bakarsam kimse bundan şüphelenmezdi. Gittim, kasayı açıp dosyamı elime aldım. Zarf üstten bantlanmış, üzeri imzalanmıştı. Ama alt kısmı imzalı değildi. Zarfı zedelemeden alt kısmını açıp bütün dosya muhteviyatını okudum. O güne kadar kimler, hakkımda neler yazmış, kimler ne ifşaatlarda(!) bulunmuş, kimler neler uydurmuş ve tabii kimler sicil notu olarak kaç vermiş hepsini gördüm. Pek çoğunun bir üst komutana yaranabilmek için yazıldığı hemen anlaşılan sicillere ve sicil değerlendirme cümlelerine bakıp bakıp kahroldum; acı acı güldüm.

Heybeliada'daki Şafak tesislerinden kovulmamızın tutanakları, komşularımızın bizim hakkımızda hayal ürünü anlatımlarla doldurup verdikleri raporlar, benim irticacı olduğumu keşfettiğini sevinçle anlatan imzasız ve isimsiz ihbar mektupları ve Vural Paşa'ya yazdığım mektubun fotokopisi... Hiçbir şeye dokunmadım, içinden bir tek evrak bile almadım. İstesem bütün olumsuz yazıları boşaltır, dosya muhteviyatını ona göre yeniden hazırlar, yeni komutana tertemiz bir dosya sunabilirdim. Ama o zaman kendime hesap veremezdim. Zaten kanunsuz bir iş yapıp dosyamı açtığım için bile vicdanım beni tir tir titretiyordu. Yalnız bir sayfa çok ağırıma gitti ve derhal yırtıp atmak, hatta çiğneyip yutmak istedim. Bu, Reha Albay'ın bana verdiği sicil notlarının bulunduğu sayfaydı. Ve bana, meslekî yeterlik (edebiyat öğretmenliği derecesi) hanesinde yüz üzerinden verdiği not altmış idi. Düşünsenize, meslekî yeterlilik konusunda doktora yapmış bir insan, muharip bir albayın ölçümlerine göre 100 üzerinden 60 alıyordu.

Neyse!.. Zarfı açtığım yerden yine itina ile yapıştırdım ve ertesi sabah komutana takdim ettim.

Spor Okulu'ndaki hayata yavaş yavaş alışıyordum. Çok geçmeden komutanın bana karşı tavırlarında değişiklikler hissetmeye başladım. Zamanla bana daha sevecen ve yakın davranır oldu. Karşılaştıkça bir ihtiyacım olup olmadığını soruyor, ne yeyip ne içtiğimi bile dostâne bir yaklaşımla merak ediyordu. Dosyamı okumuş olmalıydı ki zaman zaman ancak dosyamda olan bilgilerle beni sınıyordu. İki ay kadar beni her bakımdan incelediğini hissettim. Sonunda beni yanına çağırdı ve dostane bir tavır ile nasihat etti:

"Üsteğmenim!. Başkalarını boş otururken görürsem kızmayabilirim, ama seni boş otururken görmek istemiyorum; başkalarından isteyeceğim iş tamamen askerî prosedüre uygun olur, ama senden bilimsel eserler de bekleyeceğim. Doktora yapmışsın, kitaplar yayımlamışsın, araştırma yapıyorsun madem, bunlara burada da devam edeceksin.

Ben üzerime düşeni yapacağım, sen de üzerine düşeni yap!

Senin için okulun bütün imkânlarını seferber ederim. Geceleri burada kalıyorsun, istiyorsan hizmetine er tahsis edeyim, istiyorsan daktilograf vereyim, ama hiç durmadan yazacaksın; okuyacaksın ve yazacaksın. Eğer seni bunun dışında bir şeyle uğraşırken görürsem külahları değişiriz. Ben üzerime düşeni yapacağım, sen de üzerine düşeni yap.

Gözlerim dolu dolu, "Emredersiniz komutanım," diyebildim. Ama aslında boynuna sarılmak gelmişti içimden."

Ankara'yı o gün sevmeye başladım. Komutanım olması dolayısıyla benim ondan isteyeceğim şeyleri o benden istemişti. İşlerin kolaylaşacağını tahmin ettim. Hemen o hafta sonunda İstanbul'dan çalışma dosyalarımı ve bazı kitap hazırlıklarımı beraberimde getirdim.

Tuncer Albay ellili yaşlarına rağmen çok dinç, mükemmel voleybol oynayan, hayatını spor ile geçirmiş değerli bir insandı. Sık sık bilimselliğin önemini, ülkemizin siyasî ve politik sıkıntılarını, ekonominin açmazlarını sohbet konusu eder, okulundaki personele örnek olurdu. Demek ki insanoğlu çeşit çeşit idi. Kısa sürede tanıdığınız iki kişiden birinin içini dışına çevirdiğinizde diğeri karşınıza çıkabiliyordu. Hayat da bu insanlar arasında kendi kişiliğinizle var olmaktan ibaret değil miydi zaten?!..

IX. YIL 1990
TAŞ DÜŞTÜĞÜ YERDE AĞIR

Yiğitlik intikam almak değil, tahammül etmektir.
Shakespeare

Spor Okulu'ndaki tek sıkıntım gurbette olmamdı. Eğer ilanihaye burada görev yapacağıma emin olabilsem derhal çoluk çocuğumu da Ankara'ya getirmeye hazırdım. Çünkü burada üretebiliyordum ve yüzüm gülümsüyordu. Askerî görev bilincimde aksamalara neden olacak hiçbir şeyin yeri yoktu. Okul komutanına ve üniformama karşı görevimin sorumluluğunu her bakımdan yerine getiriyor, bunun için titizleniyordum. Öte yandan sivil hayatımda da gelişmelere kapı aralanmıştı. Bir yazarlar ekibiyle birlikte ortaokullar ve liseler için Türkçe ve edebiyat ders kitapları yazıyor, hazırlamakta olduğum bilimsel çalışmalarıma hızla devam ediyor, araştırmalar yapıyor, başkentte her kademeden dostlar ediniyor, insanlarla kaynaşıyordum.

Spor Okulu, Genelkurmay Başkanlığı'na bağlı olarak Bakanlıklar semtinde kurulmuştu ve her türlü sportif etkinliğe imkân tanıyacak şekilde planlanmıştı. Genelkurmay karargâhına ve bütün kuvvet komutanlıklarına yakın sayılırdı. Bünyesinde tenisten futbola, satrançtan haltere kadar her türlü spor imkânı sağlanmıştı. Silahlı Kuvvetler mensupları ile onların eş ve çocuklarının istifade edebilecekleri şekilde düzenlenmişse de genelde paşalar ile onların yakınları gelirdi. Bunu diğerleri spor imkânından yoksundu anlamında söylemiyorum; nedense amiral ve generaller spora daha düşkün idiler. Ayrıca TSK'ya ait çeşitli spor ekipleri ve takımlar burada oluşturulur, güreş, halter, atletizm, hentbol, futbol vb. antrenman ve çalışmaları yaptırılır, sonra dünya ordular arası müsabakalara ev sahipliği yapılır veya ekipler yurtdışına götürülürdü. Okulda görev yapan personelin çoğu da bu yüzden beden eğitimi öğretmeni olurdu. Söz gelimi mesai günlerinde saat 15'ten itibaren okul personelinin topluca spor yapması bir tür gelenek idi. Çoğunlukla voleybol veya basketbol oynardık. Ben saat 15'e kadar ofisin işlerini bitirir, sonra maça katılır, ardından duş veya saunaya girer, sonra yemeğimi yeyip çalışma masama otururdum. Bedenim kısmen yorgun, ama zihnim dinç olduğu için de çok verimli çalışırdım.

Spor Okulu'nun en kalabalık ve aktif olduğu saatler öğle tatiline rastlayan saatler olurdu. Özellikle nöbetçi subayı olduğumuz günlerde bu saatlerde çok dikkatli olmak zorundaydık. Çünkü Genelkurmay Karargâhı'ndan olsun, Kuvvet Komutanlıkları'ndan olsun pek çok general ve amiral spor yapmaya veya öğlen yürüyüşüne gelir, rütbelerine göre onların geldiğini gören bazı astların da birdenbire spor yapacakları tutar, hele kuvvet komutanı geldiği gün spor yapan subay sayısında artış olur, yürüyüş parkuru yahut tenis kortlarında sıraya girilirdi.

Bazılarının sırf bir hedefe ulaşmak, birilerine görünmek veya yaranmak için spor yaptığını anlardınız. Benim bulunduğum dönemde Genelkurmay Başkanı Orgeneral Necip Torumtay, Deniz Kuvvetleri Komutanı Oramiral Orhan Karabulut, Millî Güvenlik Kurulu Genel Sekreteri Korgeneral Sabri Yirmibeşoğlu, Genelkurmay Harekât Başkanı Korgeneral Doğan Bayazıt düzenli olarak spora gelirlerdi. O zaman korgeneral olan Çevik Bir'i de sık sık masa tenisi oynarken görürdünüz. Onların dışındaki general ve amiraller ile amirallik bekleyen albaylar için Spor Okulu'nun iyi ilişkiler adına önemli bir konumu olduğu düşünülürdü. Çünkü hangi kuvvet komutanı spor yapmaya gelmişse, o gün o kuvvetten spora katılımın daha çok olduğunu görürdünüz. Zannederim spor esnasında, yürürken, koşarken pek çok konudaki açmazlar daha kolay halledilebiliyordu.

O zaman korgeneral olan Çevik Bir'i de sık sık masa tenisi oynarken görürdünüz.

İlk nöbetlerimden birindeydi. Denizci işbaşı elbise ile nöbetçi subaylığı kemerini takmış, öğlen üzeri spora gelen komutanları karşılıyordum. İki yıldızlı, üç yıldızlı plakaların ardı arkası kesilmiyordu. Bir ara lumbarağzında (karacılar buna nizamiye diyorlardı) dört yıldızlı fors taşıyan bir mercedes durdu. Ben koşup gelen komutanı karşıladım. Araçtan çıkıp elimi sıkan komutan Oramiral Orhan Karabulut idi. Benim kadar o da şaşırmıştı. Deniz Kuvvetleri'nde işbaşı kıyafetiyle bir deniz subayının komutanı karşılaması pek nadirdir. Zeki bir insandı. Derhal yakama ve rütbe işaretime baktı. Sınıfımı öğrenmek istediğini anlamıştım. Kendimi rapor ettim. Teşekkür edip yürüdü ve sporunu yaptıktan sonra yine aynı şekilde kendisini uğurladım. Ertesi gün Spor Okulu Komutanı'nı arayıp benim hakkımda bilgi almış. Orada ne iş yaptığımı, neden buraya tayin edildiğimi, nasıl biri olduğumu vs. sormuş. Sonraki gelişlerinde birbirimize alıştık. Bana hal hatır soruyor ve arada sırada şaka yapıyordu. Hatta o yılın 30 Ağustos'unda yüzbaşılığa terfi ettiğim gün bana bir çift yüzbaşı apoleti ile bir takım yaldız düğme bile hediye etti. Unutamam, çok duygulanmıştım.

***

1989 sonlarında Divan Şiiri Sözlüğü adlı kitabım iki cilt halinde Kültür Bakanlığı yayınları arasında basılmış, edebiyat ve sanat dünyasında hayli de ses getirmişti. Özel televizyonlar henüz yoktu ama TRT 2'de kitabın tanıtımı yapılmış, gazetelerde haberler çıkmış, dergilerde kitabım hakkında pek çok değerlendirme yazısı neşredilmişti. Yazıların hemen hepsi böyle bir sözlüğü çok olumlu karşılıyor, başarılması zor bir işi başardığım için beni kutluyorlardı. Ancak ben bütün bunların dışında duruyordum. Bu kitabın ilgilileri arasında asker olduğumu fazla kimse bilmiyordu. Kitabın yazarı olmakla birlikte Deniz Kuvvetleri'nde görev yapan bir subay olduğumu duyanlar ise hayretler içinde kalıyordu. Divan Şiirinin Sözlüğü'nü bir askerin yazması onlar için gerçekten de hayret edilecek ve askerin başarısına delalet edecek bir şeydi. Ne de olsa, insanların zihninde kuvvetler ayrılığı diye bir prensip algısı vardı. Benimle ilgili bu gelişmeler zaman zaman üst rütbeli subayların da kulaklarına gitmekte; sevenim, sevmeyenim ona göre davranmaktaydı. Yine bir nöbetimde kendisiyle karşılaştığımızda Oramiral Karabulut beni kitabım için tebrik etti ve ertesi hafta benimle görüşmek, -onun ifadesiyle kahve içmek- istediğini söyledi. Çok sonradan öğrendim ki bu işlerin bir kısmını Spor Okulu komutanı olan Tuncer Albay kotarıyor, sık sık beni komutana övüyor, komutanın bana olan sevgisini lehimde kullanma yollarını arıyormuş. Hafta sonunda Deniz Kuvvetleri

Komutanlığı'ndan bizzat komutanın emir subayı beni arayıp randevu gün ve saatini verdi.

O gün, bir kuvvet komutanı beni neden çağırır diye düşündüm. Eğer bana nasihat edecekse bunu daha öncekiler gibi yazılı yapabilir, dikkatimi çekebilir, nöbetlerimde karşılaştığımda söyleyebilir veya maşa kullanabilirdi. Yok eğer gönlümü yapacaksa o zaman hazırlıklı olmalıydım. Muhtemelen dosyamı da okuyacak ve benimle öyle görüşecektir diye düşündüm. Ve yine muhtemelen kafasında bir kanaat oluşmuştur ve onu doğrulatmak isteyecektir.

"15 dakika görüşeceksiniz!" tembihiyle tam zamanında beni içeri aldılar. Komutan bırakmadığı için bir saat, sıcak bir sohbet ettik. Konuşmamızın sonucu ve can alıcı noktası şu idi:

"Evladım! Deniz Kuvvetleri olarak biz seninle ilgili bir hata yapmışız. Kusurumuza bakma! Şimdi her nerede vazife yapmak istiyorsan, derhal atamanı yapmak üzere talimat vereceğim. Çoluk çocuğun da İstanbul'daymış, ailenizi de bölmeyecek şekilde seni okullardan birine öğretmen olarak gönderelim. Mesela Deniz Lisesi öğrencilerine okutulan kitabının konularını kendin anlatmak istemez misin?"

Birkaç dakika, kelimeleri telaffuz edemeyecek derecede hıçkıra hıçkıra ağladım...

Asker olamayacak kadar duygusal ve sulu gözlü bir adam olduğumu orada anladım. Bu sözler üzerine birkaç dakika kelimeleri telaffuz edemeyecek derecede hıçkıra hıçkıra ağladım çünkü. Bir Kuvvet Komutanı alicenaplık gösteriyor ve gönlümü almak için başkalarının hatası yüzünden neredeyse özür diliyordu. Kalbim çok kırık olmalı ki hiç ummadığım böyle bir tavır karşısında dayanamadım ve mertliği falan bir yana bırakıp içimden geldiği gibi ağladım. Kahveler geldikten sonra kendimi toparlayıp dedim ki:

"Sayın Komutanım! Şu anda, isteyin, Fizan'a gidip görev yapayım. Ölmeye yemin ederek başladığım bu meslekte, siz nerede derseniz orada görev yapmaya da hazırım. Değil mi babalık yaptınız, evladınız olup kapınızı bekleyeyim. Ancak durumum sizce malum. Çok sevmeme ve istememe rağmen öğretmenlik mesleğine tekrar dönersem her şeye yeni baştan başlamam, acıları ve üzüntüleri yeniden yaşamam gerekecek. Orada okutulan kitabım yüzünden başıma gelmedik kalmadı. Zat-ı aliniz emekli olduktan sonra başıma gelecekler için de hazır olabileceğimi sanmıyorum. Malumunuz, eğitimim, niteliklerim ve birikimim Deniz Müzesi'ndeki Tarihî Deniz Arşivi'ne uygundur. Oradaki tarihî belgelere maalesef yeterince ilgi gösterilemiyor. Benim bu konuda etütlerim, projelerim de var. Müsaade buyurursanız beni Tarihî Deniz Arşivi'ne atandırınız. Dünyada bütün arşivler açılırken, Ermeni soykırımı meselesi tartışılmaya başladığı şu günlerde bizim arşivimizin kapalı tutulması yanlış olur. Lütfediniz, emrediniz, beni tarihin dehlizlerinde yalnız bıraksınlar.

"Ama bildiğim kadarıyla orada sana uygun kadro yok!"

"Doğru biliyorsunuz komutanım, kadro yok; ama masanızda telefon var!"

Önce güldü, sonra "Haklısın, telefon var!" dedi ve bir alt katındaki Personel Daire Başkanı'nı arayıp müzenin arşiv kısmına uygun bir kadro açılmasını, biraz sonra da beni kendisine göndereceğini, isteklerimin yapılmasının özel ricası olduğunu söyledi.

Komutanın odasından çıktığımda özel kaleminde bekleyen en az beş kadar amiral vardı ve hepsi de ben içeriden vaktinde çıkmadığım için kapıda beklemenin sıkıntısını o anda benden çıkartacak gibi bakıyorlardı. Ama suç bende değildi ki, ben on beş dakika sonra çıkmak istediğimde komutan kendi yüzbaşılık yıllarına ait hatıralarını ve o yıllarda çektiği benzer hasretlikleri anlatmaya yeni başlamıştı.

Personel Daire Başkanı amiralin yanına vardığımda, "Dile bizden ne dilersen!" tavrıyla karşılaştım. İki gün içinde kadronun açılabileceğini, bir haftaya kadar da tayinimin çıkartılacağını, daha önce arşiv için yaptığım etütleri derhal kendilerine ulaştırmamı, arşiv için ihtiyaç duyulan araç-gereç ve teknik donanım hakkında hemen emir verileceğini söylüyordu. Ben teşekkür ile birlikte kendi plan ve düşüncelerimi anlattım. Böyle alelacele yapılacak bir atamanın belki kendilerini ve hassaten Spor Okulu'nu zor durumda bırakacağını, ayrıca mesaj emriyle tayin edilmek yerine genel atama emriyle tayin edilmeyi tercih ettiğimi, bunun müzedeki albaya karşı daha ılımlı bir yaklaşım olacağını, aksi takdirde geçen yıl "postalanarak" gönderildiğim yere, neredeyse bir dayatma ve inat gibi mesaj tayiniyle geri dönmemin ilişkileri zedeleyeceğini, Mayıs ayına kadar iki ay daha bekleyebileceğimi, bu arada kadro ile alakalı düzenlemelerin daha kolay tamamlanacağını, kısacası acelemin olmadığını söyledim. O da rahatlamış olmalı ki teşekkür etti.

"O halde komutana biz böylece arz edelim ve genel atama döneminde seni Deniz Müzesi Tarihî Deniz Arşivi'ne gönderelim."

Sonraki günlerde Spor Okulu'nda başarılı iki ay geçti. Divan Şiiri Sözlüğü Türk Dil Kurumu "Edebiyat Ödülü"nü ve Yazarlar Birliği "Dil Ödülü"nü aldı. Deniz Kuvvetleri kadar Genelkurmay'ın da benim hakkımda iyi şeyler düşünmeye başladıklarını sanıyordum.

Bahar aylarında Ordu Millî Takımı Spor Okulu'nda kamp yapıyordu ve millî futbolculardan askerliğini yapmakta olanlar okulda kalıyorlardı. Ben de okulda yatıp kalktığım için bir müddet onların disiplin amiri oldum. O güne kadar "futbolcu" denildiğinde gözümün önünde serseri, ukala, şımarık tipler canlanırdı. Medyanın onlar hakkında yazdığı haberler insanlara böyle yansıyordu. Burada bazılarını yakından tanımak fırsatı buldum. Malatyasporlu Ünal, Beşiktaşlı Şifo Mehmet, Galatasaraylı Suat, Trabzonsporlu Lemi, Ankaragücülü Hayati, Kayserisporlu Mehmet ve diğerleri gerçekten efendilikleri olan gençlerdi, onları kendime yakın buldum. O kadar ki bunlardan bazılarıyla zaman zaman yine görüşür, haberleşiriz.

O güne kadar "futbolcu" denildiğinde gözümün önünde serseri, ukala, şımarık tipler canlanırdı.

Ankara'da geçirdiğim yaklaşık bir yıl, her bakımdan çok bereketli geçmişti. Sürecek dostluklara yenilerini ekledim ve Ankara'nın entelektüel çevresinde bir aşinalık edindim. Görevimi asla aksatmadan birkaç kitabın hazırlıklarını birden yürüttüm ve ders kitapları konusunda faydalı bir ekip çalışması yaptık. Kuvvet Komutanlığı'na ve Genelkurmay'a yakın durduğum için de işlerin nasıl yürütüldüğünü artık kavradım. Türk Dil Kurumu ile dirsek temasında durdum. O zaman Türk Dil Kurumu'nun başında Emekli Korgeneral Suat İlhan Paşa vardı. Cumhurbaşkanı Kenan Evren'in mesai arkadaşlarından olan Paşa, Genelkurmay İstihbarat Daire Başkanlığı da yapmış, millî duyarlılık sahibi, çalışkan bir insandı. 12 Eylül sonrasında her kurumun başına bir asker getirilirken Türk Dil Kurumu'nun başına da Suat İlhan Paşa getirilmişti. O dönem için isabetli bir atama olduğunu daha sonraki çalışmalarını görünce anladık. Gayretli, çalışkan, verimli bir insandı. Türk Dil Kurumu ödülünü aldığım zaman tanışmış, kitaplarımı ve çalışmalarımı gördükten sonra da beni sevmiş, asker olduğumu öğrenince de pek ısınmıştı. Ben de kendisini seviyor ve saygıda kusur etmiyordum. Bir ara beni geçici kadro ile Türk Dil Kurumu'na almayı teklif etti. Derhal kabul ettim. Yine asker kimliği taşıyacak, maaşımı asker olarak alacak; ama mesai için Türk Dil Kurumu'na gidecek, üstelik sivil giyinecektim. Bu benim için bilimsel bir hayat demekti, ama nedense bu proje gerçekleşmedi. Belki gerçekleşemedi. Kulağıma çalınan, Deniz Kuvvetleri, kendi bünyesinde bana ihtiyaç olduğu yolunda görüş bildirmiş, böylece TDK'nın gönderdiği resmî yazıya olumsuz cevap verilmişti.

17 Haziran 1990'da Spor Okulu'nun bütün personeli ile sabahlara kadar eğlendik. Bu benim için bütün askerlik hayatım ve bütün tayinlerim boyunca verilen ilk ve son veda partisiydi ve gerçekten de hüzünlü bir ayrılış oldu. Arada sırada oradaki günlerimi ve arkadaşlarımı özlediğim olur. Bazen bir şarkı, bazen bir yağmur, bana Ankara'da geçirdiğim hüzünlü günlerimi hatırlatır.

Ankara, seni sevmiştim!..

X. YIL 1991
BAVULUM HAZIR DURSUN!..

Yalnız yaptıklarımızdan değil,
yapmadıklarımızdan da sorumluyuz
Molière

Deniz Müzesi'ne yeniden gelişim sessiz sedasız olsun istiyordum, ama üst kademelerde bu gelişin spekülasyonlara kapı aralamasının önüne geçilemezdi. Artık adımı Deniz Kuvvetleri'nde hemen herkes biliyor; kimisi arkamda, kimisi karşımda durarak bazı tartışmalar yapılıyor, gelecek yılların kuvvet profili vs. benim üzerimden örneklerle değerlendiriliyor, zaman zaman da bu dedikodular benim kulağıma kadar geliyordu.

O yılın Ağustos atamalarında müzeye komutan olarak Tolon Çanga isimli bir albay geldi. Aynı dönemde kuvvet komutanlığını Orhan Karabulut'tan Oramiral İrfan Tınaz teslim almıştı. Orhan Paşa gitmeden benim hakkımda İrfan Tınaz ile konuşacağını ve arşiv ile alakalı gelişmelerin sürdürüleceğini söylemişti. Bunun gerçekleşip gerçekleşmediğini, eğer gerçekleştiyse İrfan Tınaz'ın bu konuya inanıp inanmadığını hiç test etme imkânım olmadı. Daha doğrusu, İrfan Tınaz denetlemeler dışında Deniz Müzesi'ne hiç gelmiyordu.

Müzenin yeni komutanı olumlu bir insandı. Müzeye tayin edilen bütün albaylar gibi o da müzeciliğe uzaktı ama iyi niyetliydi ve yapılacak işler konusunda müzedeki deneyimli personelden yararlanmak istiyor, bütün personel ile yakın duruyordu. Bir kötü huyu vardı, inisiyatif kullanmaktan azami ölçüde kaçınıyor, emredilenin hilafına hiçbir yetkiyi kullanmıyordu. Yani hemen her askerde var olan durumdan vazife çıkarmak alışkanlığı onda yoktu. Ben Arşiv Şube Müdürlüğü'ne atandırılmıştım ama Müzecilik Şube Müdürü olmadığı ve birinci öncelik de müzede olduğu için, işime bir yıl önceki bıraktığım yerden devam etmem gerekmişti. Yine de müzede ve arşivde iyi şeyler oluyor, yönerge değişiklikleri yapıyor, kuralları ve çalışma sistemini yeniliyor, teşhir ve sergileme etkinlikleri düzenliyor, sergiler açıyor, gazete ve dergilere müzeyi tanıtıcı yazılar yazıyor, hatta sempozyumlara katılıyor, özellikle de arşivi kurtarmaya çalışıyorduk. Önümüzdeki yıllarda da bu çalışmalara hız verilecek diye umuyor, ona göre yatırım yapıyorduk.

Türk gizli servislerinin dikkatlerini o yılda çektiğimi sanıyorum. Ve tabii askerî istihbaratın da...

O yıl benim sivil hayattaki etkinliklerim de birdenbire arttı. Divan Şiiri Sözlüğü ve ödüllerden sonra şimdi büyük bir arzu ile konferanslara ve seminerlere katılıyor, çağırıldığım her yere hiçbir ayırım yapmadan bilim aşkıyla gidiyordum. İdeolojiler çağının geride kaldığını düşünüyor sağın yelpazesinde yer alan her grup insanla iletişim kuruyor, solcu dernek ve kulüplerle dirsek temasında oluyor, bilimsel etkinlikler olunca kim olursa olsun, hangi fikri savunursa savunsun kapımı kapalı tutmuyordum. Türk gizli servislerinin dikkatlerini o yılda çektiğimi sanıyorum. Ve tabii askerî istihbaratın da... Çünkü çevremdeki insanların kültürel skaladaki seviyeleri değişmiş, entelektüel olmakla birlikte bazen kendisini eğitimci olarak tanıtan bir dinleyici, bazen elçilikte görevli olduğunu ama Osmanlı Arşivleri'nde de tarih araştırmaları yaptığını söyleyerek söze giren bir Amerikan vatandaşı, yahut görev sırasında Müze'yi ziyaret edip sırf benimle tanışmak istediğini söyleyen bir meslektaş profiliyle sık karşılaşmaya başlamıştım. Belli ki konuşmalarımda MİT yahut CIA yahut Askerî İstihbarat birimlerinin gözden kaçırmak istemedikleri bir şeyler oluyordu. İşin ilginç yanı bu kişilerle tanıştıktan sonra birkaç cümlelik sohbetler sonunda aslında hiçbirinin Divan şiiriyle ilgili birikimleri olmadığını anlayabiliyor ve asıl amacın başka olduğuna hükmediyordunuz. Bir de seminerlere katılıp da devamlı not tutan yahut fotoğraf çeken tipler vardı. Daha sonraları bunlar teknolojiye ayak uydurup kamera kullanmaya da başladılar. Bütün bunlara rağmen ben anlattıklarımın doğruluğundan emin idim ve nereye gidersem hep doğru bildiklerimi anlatıyor, çağırıldığım yerin kimliğinden ziyade söyleyecek olduğum doğruları ve gerçekleri önemsiyordum. Bunu da asla bir ideoloji kaygısıyla yahut cümlelerimi eğip bükerek değil, sırf Divan Edebiyatı'nın ve Türk kültürünün beni ilgilendiren kısmını layıkıyla anlatarak bilimsel ve kültürel sorumluluğumu yerine getirmiş olmak için yapıyordum. Konferanslar, seminerler, söyleşiler derken hemen her hafta bir yerde konuşmaya çağrılır olmuştum. Konum daima Divan Edebiyatı merkezli idi, ama Divan Edebiyatı bazılarına göre "gerici(!) bir edebiyat" olduğundan benim onu temsil ediyor olmaya başlamam, özellikle de bir bahriye subayı olarak yadırganıyordu. Bana bir aidiyet biçmeye çalışan kişiler bu çelişkiden dolayı çok zorlanıyorlardı. Nitekim yıllar sonra Genelkurmay istihbaratındaki dosyama "Her ideolojik ve dinsel grup ile ilişkisi vardır; hiçbir gruptan değildir" kaydı düşülecek ve bunu da bana, yeni tezkere almış bir asteğmen haber verecekti. Evet, doğru bir tespit idi. Ben hiç sakınmadan ve çekinmeden herkesi kabul ediyor, her teklife olumlu yaklaşıyordum. Hâlâ da öyleyimdir. Ne yapayım, bana itibar edenlerin ricalarını geri çeviremiyorum. Bu belki de benim kısmen megaloman eğilimimden ve pohpohlanmayı sevmemden de kaynaklanıyor olabilir. Askerlik mesleğiyle çatışma yaşadığım hususlardan biri de belki budur. Çünkü askerlikte rütbe "esas" iken ben, herkes bendeki cevheri görsün, takdir etsin istiyordum. Oysa yazılı olmayan üniforma kurallarına göre, eğer insanlar size muhalif ise takdirler rütbelere göre ölçülebilir, en büyük takdiri, rütbesi en büyük olan alabilirdi. Daha doğrusu bu parkurda yarışın böyle de bir kuralı vardı. O halde rütbe yarışının olduğu bir yerde, zaten dışlanmış konumdaysanız, hele de bilimsel başarılardan dolayı erken terfilerle rütbeler almış biriyseniz, kim neden sizi takdir etsindi ki?!..

Divan Edebiyatı'nın tanıtılması ve öğrenilmesi konusunda katıldığım etkinliklerde başıma en sık gelen olaylardan biri, kendimi ispat etme zorunluluğumdu. Üniforma taşıdığım için o yıla kadar -değişik nedenler ve çekincelerden dolayı- sivil insanların arasına pek karışmamıştım. Daha doğrusu ben onlara gitmemiş, gelenlere de git dememiştim. Ama şimdi benden bilimsel şeyler isteniyordu ve kendimi sakınmak şöyle dursun, çağrılmak, itibar olunmak hoşuma gidiyordu. Ne var ki insanlar benim İskender Pala olduğuma, Divan Şiiri Sözlüğü'nü benim yazdığıma pek inanmıyorlar, inanmak istemiyorlardı. Bir defa konu Divan Edebiyatı ise, kafalardaki şablona göre bunun ehli olan adam şöyle 50-60 yaşlarında falan olmalıydı.

Hatta gözlüğünün üstünden bakan, saçları dökülmüş ve biraz göbekli olması daha inandırıcı olacaktır. İnsanların beklentisi bu yönde iken Divan Edebiyatı anlatmak üzere karşılarına henüz otuzlarında bir adam çıkıyorsa, üstelik de bu adam spor giyimli, asker tıraşlı biriyse, dahası da kürsüye bazen üniforma ile geliyorsa -ki resmi kurumların davetlerine üniforma ile giderdim-, hiç kimse konuşanın İskender Pala olduğuna yahut kürsüdeki askerin Divan şiiri anlatacağına inanmıyordu. Üniformayla katıldığım bazı resmî kurumların etkinliklerinde konuşmamı bitirdikten sonra benim şahsımda Deniz Kuvvetleri'ni tebrik eden insanlar, biraz da bu aykırılığa hayretle denizcilerin kültür yelpazesindeki geniş donanımından dolayı bunu yapıyorlardı.

Kendimi ispatta zorlanıyordum dedim ya, buyurunuz:

Türk Ocağı'nın İstanbul Divan Yolu'ndaki şubesinde bir konuşma yapmak üzere çağrılmıştım. Sanırım "Divan Şiirinde Aşk" konulu bir sohbet olacak, sonunda soru-cevap bölümü bulunacaktı. Türk Ocağı'nın seri konferansları saat 19.00'da başlardı. Karlı bir gündü. Saat 18.45'te ocağa vardığımda kapıda iki delikanlının, yerlerinde hareket ederek ısınmaya çalıştıklarını ve muhtemelen gelenleri karşılamak üzere mihmandarlık yaptıklarına şahit oldum. Benim sırtımda asker tipi bir torba-çanta, ayağımda spor bir pantolon, üstümde de süeter ve mont vardı. Selam verip konuyu açtım:

Karlı bir gündü...

"Gençler, ben bu akşamki konferans için gelmiştim."

Sözümü tamamlama fırsatım olmadan yol gösterdiler:

"Geç abi içeri otur; biraz sonra başlarız."

Zannettim ki burada işler böyle yürür. İçeri girip oturdum. İçerdekilerden beni tanıyanlar var ama herkes birileriyle fısıltı halinde sohbet ediyorlar. İdarecilerden ve yöneticilerden de yazık ki salonda tanıdığım hiçbir kimse yok. Kapısı salona açılan başkan odasından sesler geldiğini duyuyorum ve muhtemelen ilgili ve yetkililerin orada oturduğunu düşünüyorum ama çağrılmadığım için yanlarına gitmeyi uygun bulmuyordum. Üstelik de kapıdaki gençler bana "İçeride otur," dedikleri için, belki özel toplantıları vardır diye başkan odasına girmek istemedim. On dakika sonra yerimden kalkıp kapıdaki gençlere tekrar müracaat ettim. Bu sefer sesimin tonu daha vurguluydu:

"Arkadaşlar, ben konferans için geldim!"

"İyi be abi, geç içeri otur işte; herif gelince başlayacağız!"

"O herif benim ama!"

"Dalga geçme be reis, şu soğukta zaten ayaklarımız dondu."

"Hayır hayır, dalga geçmiyorum. İskender Pala benim."

İkna işini bitirdiğimde beni başkan odasına götürmelerini söyledim. Ama odaya girerken sanırım delikanlılar hâlâ benim kendilerini aldattığımı sanıyor ve başkandan fırça yiyeceklerini düşünüyorlardı. Neyse ki ben içeri girip de herkesle kucaklaşınca rahatladılar.

* * *

1991 yazına kadar Deniz Müzesi'nde iyi kötü elimden geleni yaptım. Güzel ve verimli bir yıl olmuştu. Müze ve arşiv, gerek Kuvvet Komutanlığı, gerekse kültür ve bilim dünyasında önem kazanmaya başlamıştı. Bunların iyi sonuçları, ilgili komutanlara ve onların terfilerine de yansıyordu elbette. Bu yüzden şımarmış olmalıyım ki müzede sık sık yabancı resmî konukları ve heyetleri karşılayan ve uğurlayan subay olarak yabancı lisanımı ilerletmek üzere, her yıl subay ve astsubaylar için TSK lisan okullarında düzenlenmekte olan İngilizce kursuna gönderilmem konusunda bir dilekçe bile vermiştim.

Bir kez daha inanmıştım ki bundan böyle her şey yolunda gidecekti. Ve tabii bir kez daha yanılacaktım.

Üniformayı giydiğim günden itibaren yıllık 30 gün olan tatilimin tamamını hiç bütün halde kullanamamışımdır. TSK'da benim konumumda yıllık izinler, eğer göreviniz imkân tanımıyorsa veya ast rütbelerde iseniz, genellikle 15 gün yaz, 15 gün kış olmak üzere iki devrede kullanılır. Benim de hep böyle olmuş, ne zaman izne ayrılsam bilimsel çalışmalarım birikmiş olduğundan eve kapanıp 15 günü öyle geçirmiş olurdum. Yani benim izne ayrılmam demek, eve veya kütüphaneye kapanıp çalışmam demekti. Bu yüzden akademik hayatın içinde olan meslektaşlarımı hep kıskanırdım. Öyle ya haftada iki, üç gün işe gidiyorlar, yarıyıl tatilinde ve yaz tatilinde, arada sırada fakülteye şöyle bir uğruyorlar, bu arada araştırma bursuyla yurtdışına da gidebiliyorlar, kütüphaneye gitmeyi mesaiye dahil bir görev olarak yapıyorlardı. Ben ise askerdim ve imkânlarım hiçbir zaman onlarınki gibi değildi. Yine de onların yaptıkları çalışmalardan geri kalmamalıyım diye düşünüyor, ona göre çalışıyordum. Bunun için benim gecelerim ve yıllık izinlerim akademik mesai günleri gibi kitapların, araştırmaların arasında geçerdi.

O yıl eşime ve çocuklarıma ilk defa şehir dışında bir tatil yaptırayım diye düşünüyor, izin günlerime iş planlaması koymuyordum. Ağustos ortalarında Ayvalık'ta, geniş imkânları olan bir aile dostumuzun yazlığına misafir olarak gittik. Deniz, kum, güneş, balık, tekne gezintileri vs. İnsanların yılda bir ay dinlenmesi gerektiğine oraya varınca inandım. Ama bizim tatil birinci haftanın sonunda yine bir trajedi ile sonuçlandı:

Ağustos ayında olağan Yüksek Askerî Şûrâ toplanmış, üst düzey terfi ve atamalar belirlenmiş, bunlarla ilgili atama emri 19 Ağustos tarihi itibarıyla yayınlanmış, 21 Ağustos'ta Deniz

Müzesi'ne intikal etmişti. 23 Ağustos'ta müzenin personel astsubayından bir telefon aldık:

"Yüzbaşım, Karamürsel Deniz Eğitim Komutanlığı'na tayininiz çıktı. Komutan derhal birliğe dönmenizi ve bir hafta içinde yeni görevinize katılacak şekilde ayrılış yapmanızı emrediyor."

Çarnâçar geri döndük. Giderken bize cennet gibi görünen yerler gerçekten çekilmez bir dert yığını olmuştu. Yolumuz Karamürsel'den geçiyordu ve ben, belki taşınma ihtimali doğar diye eşime birliği göstermek ve imkânlarını tanıtmak için Eğitim Komutanlığı'na uğramayı düşündüm. Hatta orada görev yapan arkadaşlarımdan birinin kahvesini içip karargâhtaki lojman düzenini bile gördük.

"Komutan derhal birliğe dönmenizi emrediyor!"

Atama emrinde ayrılışların 1 Eylül'e göre düzenleneceği ve personelin yeni birliklerine 9 Eylül'de katılmaları gerektiği yazılıydı. Müze Komutanı, ihtimal ki 9 Eylül'e göre hesap yapmış, 15 gün yol izni kullanıldığı takdirde birlikten ayrılmamın en geç 26 Ağustos'ta olması gerektiğine karar vermişti. Ne ki araya hafta sonu tatili giriyordu. Cuma günü mesai bitiminde personel astsubayı evime getirip atama emrini ve Pazartesi günü için ayrılışımın yapıldığını tebliğ etti.

Ne yapacağımızı şaşırmıştık. Her yıl tayin edilir olmuştuk. Bu da neredeyse her yıl ev taşımak, her yıl çocuğumun okulunun ve tabii öğretmeninin değişmesi demekti. Daha önemlisi de moral değerlerimizde yıpranmalar oluyor, zaman zaman asabileşiyor, psikolojik yaralanmalara maruz kalıyorduk. Çocuklarımızın böyle bir ortamdan nasıl etkileneceğini, arkadaş ve çevre ile iletişimlerinde sorunlar çıkacağını biliyorduk. Mesai arkadaşlarımızın, komşularımızın, arkadaşlarımızın, hatta sivil dostlarımızın ve akraba çevremizin bile bize bakış açısı değişiyordu. İşin gerçeğini bilen biliyordu da, bilmeyenler için fotoğrafım potansiyel bir suçlu, geçimsiz ve dik başlı görüntüsü veriyordu. En yakınlarım bile durumu anlamakta zorlanıyor, "Bu kadar da olmaz, mutlaka sen bir şeyler yapıyorsundur, biraz uslu dur!" diyenler çıkıyordu. Bıçak kemiğe dayanmıştı ve ben söylenilenlerin aksine, bir şey yapmadığım için bu hallere düştüğüme karar verdim ve uslu uslu bir dava dilekçesi yazdım. Karamürsel'deki görevime giderken cebimde bu dilekçe vardı ve göreve başladığımın ertesi günü postaya verilecekti. Adını daha sonra sık sık duyacağım Askerî Yüksek İdare Mahkemesi'ne (AYİM) hitaben yazılmış bu dilekçede özetle kendimi tanıtıyor, yaptığım görevler ve niteliklerimden bahsediyor, özellikle Tarihî Deniz Arşivi'ne ilişkin çalışmalarımı anlatıyor ve beş yılda beş defa tayin edildiğimi belirtiyor, üstelik bütün bunları belgelendiriyor, her belgeyi ek olarak dilekçeye iliştiriyordum. Söz konusu tayinler görev katılış sırasına göre şöyleydi:

Bıçak kemiğe dayanmıştı...

20 Kasım 1987	: Kasımpaşa Deniz Hastanesi Personel Subay Vekilliği
22 Haziran 1988	: Deniz Müzesi Gösteri Düzenleme Kısım Amirliği
21 Temmuz 1989	: Genkur. Spor Okulu Personel Subaylığı
30 Mayıs 1990	: Deniz Müzesi Tarihî Deniz Arşivi Kısım Amirliği
20 Eylül 1991	: Deniz Eğitim K.lığı Doküman Hzlm.Şb. Md.Vekilliği

Sonraki yıllarda bu sıralamaya her defasında yenileri eklenecekti ve neredeyse 9-10 ayda bir tayin görmeye başlayacaktım. O günkü dilekçemin sonunu şöyle bağlamıştım:

(...)

Sonuç ve İstem:

1. Doktora yapmış bir edebiyat öğretmeni olarak titrime ve mesleğime uygun olmayan bir göreve atamamın yapıldığı,
2. Beş yıl üst üste tayin uygulamaları ile benim ve ailemin her yönden mutazarrır edildiği,
3. Kitabımın okutulduğu eğitim yuvasından uzaklaştırılmamın adıma ve şahsıma sürülmüş bir leke olduğu,
4. Hiçbir suça istinat etmeyen bu keyfi uygulamalara artık son verilmesinin askerlik mesleğine olan güvenimi pekiştireceği,
5. Osmanlıca her çeşit eski yazıyı okuyabilmek niteliğimle Tarihî Deniz Arşivi'ni Türk kültür hayatına kazandırabilecek bilâ menfaat vicdanî sorumluluk taşıyan bir personel olmam,
6. Tayin edildiğim görevlerin, mesleğim olan öğretmenlikle bir ilgisinin bulunmayışı,
7. TSK Atama ve Yer Değiştirme Yönetmeliği'nin 3. maddesinde "Atamalarda sınıf ve ihtisasların göz önünde bulundurulacağı"; 5. maddesinde ise "Personelin asgarî derecede yer değiştireceği" hükümlerinin getirilmiş olması,
8. Şahsımla ilgili uygulanan atamaların objektif ölçülere göre tespit edilmediği,
9. Herhangi bir disiplinsizliğimin bulunmayışı,
10. Atanmamı haklı gösterecek hiçbir yasa ve yönetmelik hükmü bulunmadığı,
11. Atamalarımda kamu hizmeti yararının göz ardı edilmesi,
12. Meslekî branş ve tecrübeden en müessir şekilde istifade edilebilecek mevki ve görevde istihdam edilmeyişim gibi sebeplerle, öncelikle tayin tasarrufumla ilgili yürütmenin durdurulmasını ve tasarrufun iptaline karar verilmesini arz ederim.

Dr.İskender PALA
Dz.Öğ.Yzb.

Şimdi, şu anda, bu satırları yazarken elimde tuttuğum dava dilekçesinin kopyasına bakıyorum da, meğer o yıllarda kullandığım sözcüklerde ne kadar da tutucuymuşum. Belki benim farkına varmadığım şekilde kullandığım o dil de beni zor durumda bırakıyordu, kim bilir!. Zannederim çevremdeki insanların bazıları kullandığım sözcükleri anlayamıyor ve sırf bu yüzden beni "gerici" diye itham ediyorlardı. İtiraf etmeliyim ki o yıllarda ben de bu tür sözcüklerle konuşmayı bir dava sadakati zanneder, bunlardan dönersem imanımda zedelenme olacakmış gibi düşünürdüm. Edebiyat Fakültesi'nde aldığım eğitim ve içinden geldiğim çevre bana bu bilinci kazandırmıştı. Hocalarımız belki iyi niyetliydiler ama dil konusunda yöntemin yanlış olduğunu ben ancak şimdi anlıyorum. Düşünsenize, beni anlayamayan insanlara anlamadıkları dilden dert anlatmaya çalışan biri, bütün bunlardan sonra bir de haklılık iddiasında bulunacak. Ne büyük hata!.. Oysa insan muhatabının anlayacağı dili konuşmalı değil mi ya?

* * *

Deniz Eğitim Komutanlığı'nı her bakımdan tanıdığım için yabancılık çekmeyeceğimi bilerek göreve katıldım. Levent Ayazağa'daki lojmanı boşaltmadım ve boşaltmaya da niyetim yoktu. Ben pazartesi sabahı 05-06 gibi yollara dökülüp otobüs, tren, vapur, minibüs, otostop vb. değişik yolları kullanarak Karamürsel'deki mesaiye yetişmeye çalışacak, cuma akşamları da aynı yol ile eve gelecektim. En azından mahkeme sonuçlanasıya kadar, kızımın okulunu üçüncü kez değiştirmemenin çarelerini arayacaktık.

Eğitim Komutanlığı'nda Doküman Hazırlama Şube Müdür Vekilliği'ne atanmıştım. Bu görevin yalnızca kadrosu vardı ve ne ofisi, ne de yapacağı bir iş bulunuyordu. Beni AR-GE Şube'sine verdiler. AR-GE'deki görevime başlayınca ne kadar aylakçı adam varsa hepsinin bir odaya toplandığını gördüm. Dört subay (üçümüz öğretmendik) karşılıklı oturuyor ve akşama kadar hiçbir araştırma yahut geliştirme yapmadan AR-GE'nin kapısına kilit vuruyorduk. Belli ki bencileyin işe yaramaz görülen adamlar için uydurulmuş bir şubenin adıydı AR-GE. Burada görevli subayların da öyle kapasiteli insanlar olduğu söylenemezdi. Birisi alkol bağımlılığı, birisinin ailevî sorunları, birisinin de siyasî takıntıları vardı. Benim bulunduğum üç ay içerisinde yalnızca dört araştırma yapıldı, onlar da birer veya ikişer gün sürdü. Diğer zamanlarda hep avamî konuşmalar, laflamalar... Leyleğin ömrü gibi yaşamayayım ve mesaideki boşlukları dolduraym diye ikinci hafta yanımda İngilizce kitabı ile mesaiye gittim. O yıllarda doçentlik yabancı dil sınavı merkezî sistemle yapılıyordu ve geçer not 70 idi. Ben yılda iki defa bu sınava giriyor, ama çalışmaya fırsat bulamadığım için 68, 69, 67 gibi notlar alarak sınavı kıl payı kaybediyordum. Aklıma koymuştum, bir sonraki sınava kadar İngilizce meselesini halledecek ve Karamürsel'den eli boş dönmemiş olacaktım.

"Yüzbaşım, burada kişisel işlerinizi yapamazsınız!"

O günü hiç unutamam. Pazartesi sabahıydı. Mesai başlamış, ama iş olmadığı için AR-GE üyelerinden kimisi günlük gazeteleri okuyor, kimisi tost ve çaydan oluşan kahvaltısını yiyordu. Ben de İngilizce gramer kitabını açtım, çay eşliğinde bir şeyler okuyorum. AR-GE Şube Müdürümüz içeri girdi. Benim önümdeki kitabı alıp inceledikten sonra;

"Yüzbaşım, burada kişisel işlerinizi yapamazsınız, bundan böyle özel çalışmalarınızı ofise getirmeyiniz."

"Emredersiniz komutanım, ancak şu anda yapacağım bir iş yok. İş verilirse yahut iş olursa zaten ben özel çalışmalarım yüzünden onları aksatmam. Bugüne kadarki meslek hayatımda mesai saatleri içinde asla özel çalışma yapmadım. Ne var ki burada boş oturmaktan sıkılıyorum. Ya bana yapılacak iş veriniz, ya bir şeyler okumama müsaade ediniz."

"Hayır efendim, iş verirsek yaparsın, ama özel işini asla yaptırmam."

Anladım ki âmirim bir yerlerden talimat almış, beni tedirgin edecekti. Çaresiz, kitabı kapattım. Hayatımda en zor geçen bir hafta işte o hafta oldu. Bana işkence etmek isteyenler bulunduğum odadaki kitapları ve kalemleri yok etsinler, yeterdi. O hafta nefes alamadığımı, oksijenimin azaldığını hissettim. Gazete okumama izin vardı, boş oturmama da izin vardı, hatta sohbete de katılabilirdim, ama İngilizce çalışmak yahut bir şey yazmak yasaktı.

Artık iyice anlamıştım; nereye tayin olursam, adım benden önce oraya gidiyor, insanlar önyargılarla bana önceleri vahşi bir yamyam yahut cani imişim gibi tavırlar takınıyor, beni tanımaya başladıkça biraz daha yakınlaşıyor ve en sonunda benim, hiç de öyle söylendiği gibi bir insan olmadığımı kendiliklerinden itiraf ediyorlardı. Burada da aynı şey oldu ve birkaç hafta sonra amirim ile birbirimizi tanımaya başladık. Kaldığım misafirhanede de tanıdığım insanlar vardı ve akşamları yemek veya çay faslında karşılaştığım subaylar bana yavaş yavaş alışıyorlardı. Gazino kısmında oturup sohbet etmek, arada sırada iddialı tavla partileri düzenlemek, iyi film gelmişse haftada bir sinemaya gitmek, tekdüze hayatın renkleriydi. Geceleri bir yandan yabancı dil çalışıyor, diğer yandan Fuzulî'nin Leyla ile Mecnun mesnevisinden yalınlaştırarak bir kitap yazıyordum. Leyla ile Mecnun tutkusu bana Karamürsel'in hatırasıdır ve yüreğimin en ezik olduğu zamanların duygusallığını taşır.

Öte yandan, dava dilekçemin nasıl bir sonuç getireceğini merak ediyor, bana haksızlık yapıldığını düşünerek her şeyi Allah'a havale ediyordum. Gittikçe içime kapanmış, geceleri yalnız kaldığım odamda kendimle konuşmaya başlamıştım. İçime doğru yolculuklar yapmaya, kırık bir kalp ile derunîleşmeye yöneldiğimi hissettim. Bir müddet sonra çalıştığım veya ikamet ettiğim yerin önemi kalmadı gözümde. Âdeta naz ehli olmuştum. Dua ettiğimde kabul ediliyordu, bunu hissediyor, görebiliyordum. Ruhen büyük bir arınma içindeydim. Yunus'un diliyle hamdım, pişmek için yanıyordum. Kendi gök atlasımda kendi kanatlarımın sesini duyuyordum. Sıkıntı içinde mutlu, şiddet içinde ferah yaşıyordum. Şimdi, o birkaç ayın derunî güzelliğini geri alabilmek için pek çok şeyin feda edilebileceğini düşünüyorum ama yazık ki gittikçe daha fazla dünyevileştiğimi de hissediyorum. İnsanın kalbi kırıksa ve bütün kapılar yüzüne kapatılmışsa, açık olan tek kapıya ilticası daha fazla oluyor ve o vakit her şey birden değişiyor. Bu hâli bir kez de ihraç edildiğim ve uzun süre iş bulamadığım sıkıntılı dönemde yaşadım. Böyle zamanları yaşamış olmak insana çok şey öğretiyor.

AYİM'den beklediğim cevap Ekim sonlarında geldi. Tayinim konusunda oy birliği ile "YÜRÜTMENİN DURDURULMASI" kararı alınmıştı. Ben gayet safça bavulumu toplamaya başladım. Ne ki çile asıl ondan sonra başlayacaktı. Bu, tam bir strateji ve sinir savaşı idi. Benim davayı kazanmam birilerinin hoşuna gitmemişti elbette ve bunun acısını benden çıkartmak istiyorlardı. Bunun en kolay yolu da lojman konusunda beni sıkıştırmak olacaktı. 15 Kasım'da lojmanda oturma sürem bitiyordu. Mahkeme kararı 22 Ekim tarihini taşıyordu. Ben, ister istemez Kuzey Deniz Saha Komutanlığı'ndaki ilgililere mahkeme kararını gösteriyor, zaten geri gelmek üzere olduğumu, eğer şimdi çıksam bile geri geldiğimde yeniden lojman talebinde bulunacağımı, bu yüzden bana müsaade edilmesini istiyordum, onlar da bana haklısın, böyle olmalı demekle birlikte konutun tahliyesi için yazı üstüne yazı gönderiyorlardı. Bu yazılar da genellikle ev adresine geliyor, benim Karamürsel'de olduğum zamanlarda eşime tebliğ ediliyor, o da tedirgin oluyor ve o yılların zor telefon imkânlarıyla, gözü yaşlı, morali bozuk, beni arıyordu. Karamürsel'den birkaç resmî yazı ile Kuzey Deniz Saha Komutanlığı'na müracaat ettim ve taahhütlerde bulunduysam da bana "Şimdi lojmanı boşalt; tayinin geri geldiğinde yeniden girersin!" mealinde öğütler veriliyordu. Belli ki tembihli idiler. Oysa Kasım ayında, zemheri günlerinde, kendim Karamürsel'de görevde iken İstanbul'da nasıl ev arayıp nasıl ev bulabilirdim. Kış kıyamet bir yana, lojmandan çıkarsak kızımın okulunu yeniden değiştirmek zorunda kalacaktık. Bu arada her gün posta yolu gözlüyor, tayinim için bir mesaj gelecek diye bekliyordum. Çünkü mahkeme kararının bir kopyası benimle aynı günde Personel ve Atama Şube'ye de tebliğ edilmişti. Korkum oydu ki ben lojmanı boşaltacaktım, ertesi gün tayinim geri gelecekti.

"Şimdi lojmanı boşalt; tayinin geri geldiğinde yeniden girersin!"

İnat ettim, lojmandan çıkmayacaktım. Kasım sonunda yine eşime bir tebligatta bulunup bir haftaya kadar lojmanı boşaltmadığımız takdirde asker marifetiyle eşyaların sokağa bırakılacağı bildiriliyordu. O hafta geldiğinde eşimin kapıyı kilitleyip evden gitmesini, kızımızın da bir komşuda kalması ve okula oradan gidip gelmesini kararlaştırdık. Çarenin bu olduğunu sanıyorduk. Şimdi düşünüyorum da, acaba biz bütün bunları konuşurken çocuklarımız bundan nasıl etkileniyorlardı, ilkokul dördüncü sınıftaki bir çocuğun komşuda kalıp okuluna oradan gidip gelmesinin onun ruhunda nasıl çizikler bırakacağını kim bilebilirdi? Tahribatın büyük olacağına şüphe yoktu. Acaba komşularımız bize o günlerde hangi gözle bakıyorlardı? Meslektaşlarım arkamdan neler söylüyorlardı? Hepsi ayrı birer facia idi. Biliyordum ki başımıza gelecekleri şenlik niyetine seyretmek isteyenler vardı.

Son çare olarak Kuzey Deniz Saha Komutanı'ndan randevu alıp bu durumu kendisiyle görüştüm. Koramiral Mustafa Turunçoğlu komutan idi ve onunla aramızda gizli bir dostluk oluşmuştu. Bana "Tayfa!" diye hitap eder ve bunu söylerken de bana olan sevgisini herkese aşikâr edecek tarzda söylerdi. Bunun nedeni de müzenin yakınındaki metruk Avustro-Türk Tütün binasının beş yıldızlı otel yapılmak istenmesiydi. Bu amaçla birtakım şirketler ve bu arada Tekfen'in ilgilileri Deniz Kuvvetleri'ne ilgili müracaatı yapınca bu bina ile alakalı bilgilendirmeyi ben hazırlamış, burada bir otel yapımının müze için azıcık olumlu, ama çok çok olumsuz neticeler vereceğini madde madde anlatmış, bu vesile ile komutanın güvenini kazanmıştım. Herhalde lojman talebime karşı bunları hatırladı ki, emri uygulamayı birkaç gün geciktireceğini, ama benim de kurallara uymam gerektiğini söyledi.

Kanunlar, davalı idarelerin, mahkeme kararlarını, kararı takip eden 60 gün içinde uygulayacağını amirdi. Ben bu süreçte önceliği birinci güne veriyordum. Mahkeme kararının Deniz Kuvvetleri'ne ulaştığı gün üzerine "Altmışıncı günün gecesinde uygulansın!" notunun düşüldüğünü bilemezdim! Gerçekten de lojmandan çıktık çıkamadık kavgasıyla yıl kadar uzun günler geçti ve 30 Aralık '91 günü, yani mahkeme emriyle altmışıncı günün son saatlerinde mesaj tayinimiz geldi. Lojmandan çıkmamıştık, ama keşke çıksaydık ve bir daha gelmeseydik. Çünkü çok yıprandık ve daha da yıpranacaktık. Fakirliğin gözü kör olsundu. İstanbul'da bir evimiz olsaydı!..

XI. YIL 1992
"YÜZBAŞI!... BİZİ MAHKEMEYE VERİRSİN HA?!.."

Senin bardağını kırdıkları vakit, komşunun bardağı kırıldığı zamanki kadar sakin olmalısın.
Epiktetos

Eylül'de Arşiv Kısım Amiri olarak ayrıldığım Deniz Müzesi'ne Ocak ayının ilk günlerinde mahkeme kararıyla Tarihî Deniz Arşivi Şube Müdürü olarak döndüm. Meğer mahkeme sürecinden sonra Deniz Müzesi'nin personel kadrosunda değişiklikler olmuş, benim hazırladığım kadro etütlerine göre arşivde yeni bir uzman yapılandırması yapılmış, işin ilginci de ne daha önce bulunan, ne de benim istediğim kadroda yer alan iki subay birden müzeye atanmıştı. Bunlardan biri Deniz Binbaşı kadrosuyla Müzecilik Şube Müdürlüğü'nde, diğeri de Ordonat Teğmen kadrosuyla Arşiv Kısım Amirliği'nde göreve başlamışlardı. Teğmenin soyadı Alpagut idi. Alpagut soyadı bana ünlü deniz tarihi araştırmacısı Ali Haydar Alpagut'u hatırlattı ve tanıştığımız gün kendisine, aralarında bir bağ olup olmadığını sordum. Torunu olduğunu söyledi. Meğer Müze'deki görevi de böyle bir soru üzerine gerçekleşmiş. Kuvvet Komutanı İrfan Tınaz bir denetleme sırasında geminin lumbarağzında kendisini karşılayan teğmenin "Teğmen Alpagut! Emir ve görüşlerinize hazırım komutanım!" şeklindeki rapor edişinden sonra kendisine benim sorduğum soruyu sormuş, sonra da rahmetli Ali Haydar Bey'in vaktiyle kendisine hocalık ettiğini, ona ve bilgisine hayranlık duyduğunu, tarih konusunda şimdi onun bıraktığı boşluğu dolduracak rütbeli insan bulunamadığını falan anlatıp "Teğmenim! Sen dedenin yolundan git ve tarih araştırmacısı ol!" emrini vermiş. Ondan sonra olanlar çok ilginç. Ahmet Teğmen bir hafta içinde muharip sınıftan ordonat sınıfa ayrılmış (ki gerçekte sınıf değiştirmek çok zor şartları yerine getirmeyi, sağlık raporlarını, malül gaziliği vs. ile uzun bir süreci gerektirir), sonra Deniz Müzesi'ne bir kadro açılmış, teğmenin tayini çıkartılmış, kendisi için bir ofis hazırlanmış ve göreve başlamış. Görev tanımı şöyle: Üniversiteye hazırlık test kitapları alınıp çalışılacak. Üniversite sınavına girilecek ve tarih bölümü kazanılacak. Bu bölümde TSK adına okunacak ve tarihçi olunacak, sonra da Deniz Arşivi'nde araştırmalar yapılacak.

İnanılacak gibi değildi. Kimse bu delikanlıya "Tarihçi olacak mısın?" diye sormamıştı. Bu mesleği sever miydi, kimsenin umurunda değildi. Bu sene ÖSS'yi kazanamazsa durum ne olurdu? Kazansa ve tarih bölümünü tuttursa bile acaba bu yaştan sonra başarılı bir öğrenci ve tabii başarılı bir tarihçi olur muydu? Tarih bölümünü bitirmek tarihçi olmak demek değildi. Araştırmacı olmak başka bir şeydi. İki yıl sonra bu komutan gittiği vakit bu teğmenin durumu ne olurdu? Harp Okulu'nda okuması için bunca emek sarf edilmiş birini başka bir alan için sıfırdan yola çıkarmak acaba ne kadar doğru, ne kadar israftı.

Teğmeni tanıyınca bütün bunları düşünüp hüzünlendim. Hazır yetişmiş bir araştırmacı iken Deniz Arşivi'nden uzak tutulmak istenen bir yüzbaşı ile zoraki tarihçi olması istenen bir teğmen, şimdi beraber çalışacaktık. Ben buraya mahkeme kararıyla geliyordum, o ise torpille. Ben, benden yararlanmadıkları için üzülüyordum, o ise gemiden kurtulduğu için seviniyordu. Bir yerde bir terslik vardı ama neydi, kestiremiyordum. İkimiz de maaş alıyorduk ama ikimize de başka nedenlerden maaş ödeniyordu.

Bir yerde bir terslik vardı ama neydi, kestiremiyordum.

Teğmen aslında iyi niyetli bir insandı. O yıl üsteğmen oldu ve evlendi. İki yıl, meslektaşları ve devre arkadaşlarının gıbtasını üzerinde taşıyarak yaşadı. Üniversite sınavı için hiç kimseye hesap vermeden çalıştı, ama olmadı. Kuvvet Komutanı İrfan Tınaz'ın komutanlık dönemi bitince de aynı işlemler yeniden tersine işledi. Önce sınıf değişikliği yapıldı, sonra gemilere tayini çıktı. İsraf edilen bir teğmenin iki yılı değil, Teğmen Alpagut'un hayatı oldu. Tabiatından çıkarılmış bir hayatı kaldıramadı, kendisini bekleyen günleri yaşaması gerektiği gibi değil, sorumluluk hissiyle yaşadı ve sosyal düzeni bozuldu.

Deniz Müzesi, Müzecilik Şube Müdürlüğü'ne atanan diğer kişi bir binbaşı idi ve gerçekten katıksız bir denizciydi. Adı Faik Cenap idi. Muharip sınıftan olmanın rahatlığıyla iş görüyor, emir veriyor, yönetiyor, idare ediyordu. Daha önce Kuvvet Karargâhı'nda istihbarat subayı olarak çalışmış, değişik görevlerden sonra gemi komutanlığından Deniz Müzesi'ne gelmişti.

Müze'ye katılışımı yaptığım ilk gün, komutan odasında karşılaştığımızda beni içten pazarlıklı bakışlarla süzdüğünü gördüm. Zannederim tam da o sırada komutana benimle ilgili bir şikâyeti bildiriyordu. Birkaç gün içinde tavırlarından anladım ki hep beni takip ediyor, açığımı yakalamaya çalışıyor, bana sık sık gözünün üstünde kaşın var diyordu. O günlerde tamamen tesadüfe dayalı bir istihbarat da ben edindim. Daha önceden bir uzman ile birlikte hazırladığımız "*Osmanlı Bahriyesi Gemi İşaret Kod Kitabı*" adlı bir kitap basım işi sebebiyle Deniz Harp Okulu'nda çalışıyor, arada sırada kitabın eski yazı kısımlarını tashih etmek için Tuzla'ya gidiyordum. Orada eski arkadaşlarım, meslektaşlarım vardı. Bir çay saatinde birkaç kişi konuşuyorduk. Konu, Harp Okulu'nda görev yaparken müzeye gelen Faik Binbaşı'dan açıldı. Benim kim olduğumu ve nerede çalıştığımı bilmeyen bir subay, ondan bahsederken, "Deniz Müzesi'nde ordudan atılması gereken biri varmış galiba, onun sicilini bozmak için gönderdiler!" deyiverdi. Hiç bozuntuya vermedim, üzerime alınmamış gibi yaptım. Ama bundan böyle daha tedirgin bir hayat süreceğime üzüldüm. O gece uzun uzun düşündüm ve "Asla!" dedim, "Asla olduğumdan farklı bir tavır içine girmeyeceğim. Eğer öyle olursa sonunda kendime izah edemeyeceğim tavizler vermeye başlarım. O beni, ben olduğum için tanısın, görsün, ne gerekiyorsa öyle davransın!"

"Deniz Müzesi'nde ordudan atılması gereken biri varmış..."

Tarihî Deniz Arşivi, Dolmabahçe Sarayı'nın müştemilatından eski Arabacılar Dairesi'ndeydi. Dolayısıyla Beşiktaş Meydanı'na bakan Müze binasına pek uğramıyordum. Böylece Faik Binbaşı'dan uzak durmuş oluyordum. Ne ki zaman zaman çağırıp hem bir şeyler soruyor, hem de ağzımı aradığı oluyordu. Yakından tanımaya başlayınca onun aslında iyi bir insan olduğuna, görev gereği yapması gereken işi de ciddiyetle yaptığına şahit oldum. Karar verdim ki ondan çekinmeme gerek yoktu. Zannederim o da benim hakkımdaki kanaatlerini değiştiriyordu. Her zaman olduğu gibi o beni tanıdıkça gerçek yüzümü görüyor, tevatürlerin, önyargıların benimle taban tabana zıt şeyler olduğuna kanaat getiriyordu.

Teftiş zamanı gelmişti. Siyah elbiseleri henüz çıkarmamıştık. Bir bahar günüydü. Provalar, ön hazırlıklar, derken Kuvvet Komutanı İrfan Tınaz birliği teftiş için büyük bir ekip ile geldi. Ben teftiş taburunda kendimi rapor ettim, "Yüzbaşı Pala! Arşiv Şube Müdürü!" Komutan dik dik gözlerimin içine bakıyordu. Bir müddet beni öyle bekletti ve elini uzatmadı. Sonunda alaylı bir şekilde güldü:

"Yüzbaşı! Bizi mahkemeye veriyorsun ha!"

"Estağfurullah komutanım, ben kimseyi şahsen mahkemeye vermedim. Yalnızca bir haksızlık var ise hakkımın görünmesi için müracaatta bulundum."

Arkasında söyleyeceklerini not almak üzere hazır bekleyen emir subayına ve denetleme ekibine döndü ve işaret etti:

"Bakın bir de cevap veriyor, haddini bildirin buna!"

Teftişin sonraki dakikaları tam bir iğneleme harbiyle geçti. Personel Başkanı amiral ve daha birkaç kişiye birliği teftiş amacıyla dolaştırmak görevi bana düşmüştü. Başkan, yürürken, dururken, dolaşırken maiyetindekilere de tahakküm halinde gittikçe daha iğneleyici tarzda beni tahrik ediyor, tahammül sınırımı ölçüyorlardı. Belki de tahriklerden bir netice almayı umut ediyor, bu yüzden benimle âdeta alay ediyorlardı. Hiçbiriyle yalnız kalmıyor, heyet halinde yürüyorduk. Bir ara Personel Başkanı amiral yine tahrike başladı:

"Bizi mahkemeye vermenin ne demek olduğunu göstereceğim sana."

"Komutanım! Ben sizi tanımam, sizi niye mahkemeye vermiş olayım ki?"

"Ben sana kendimi tanıtacağım, sen göreceksin."

Gerçekten de kendisini tanımıyordum. "Ama ben sizi tanımam," ifadesindeki vurguyu "Sen de kim oluyorsun?" anlamında telaffuz ettiğimi hatırlıyorum.

Teftiş bitti. Sıkıntılı bir dönem başladı. Komutan dâhil herkes tedirgin idi. Devlet memurları bile bu teftişin olumsuz atmosferinden birbirine düşmüş, kavgalar, dedikodular, diklenmeler birbirini kovalıyordu. Bu arada Faik Binbaşı'nın benim hakkımda yazdığı aylık raporlar da üst kademelerin hoşuna gitmiyor olacak ki tayin dönemi geldiğinde binbaşı da huzursuz olmaya başladı. Öyle ya, Deniz Müzesi'ne belli bir görev için gönderilmiş, kendisine beni harcaması söylenmişti, ama o vicdanının sesini dinlediği için şimşekleri üzerine çekiyordu. Onun durumuna da üzülmeye başlamıştım. Neyse ki subay atama kitabında onun adı yer almıyordu. 7 Haziran tarihini taşıyan emirde benim adım dâhil müzede görev yapan bütün subay ve astsubaylara tayin gelmişti. Bu benim, altı yılda yedinci tayinimdi.

Son yılların tayin kitaplarında adımın daima yer alıyor olması artık birilerine mesaj değeri taşımaya başladı. Denilmek istenen cümle, "Deniz Kuvvetleri'ne sadakatle boyun eğmeyen, itaatinde sakatlık görünen insanı işte böyle yaparız!" idi. Özellikle de öğretmen sınıfından olanlara benim durumum büyük bir tehdit unsuru oluyor, eğer benim gibi düşünenler var ise ayaklarını denk almaları isteniyordu.

Bu sefer tayinimi kim planladıysa kılıfını da hazırlamıştı. Daha önceki dava dilekçemde meslekî ilgimin dışında çalışmaktan şikâyet etmiş, mesleğimle ilgili bir iş olursa vatan toprağının her karışını kutsal sayacağımı söylemiştim. Şimdiki tayin yerim İskenderun'da I. Deniz Er Eğitim Alayı Komutanlığı Er Meslek Kurslar Komutanlığı Kurs Öğretmenliği idi. Yani hangi uyanık personel subayı bunu planlamışsa beni öğretmen olarak atandırıyordu. Bu, doktora yapmış, doçentliğini almaya ramak kalmış bir Türkçe öğretmeninin okuma yazma bilmeyen erlere alfabe öğretmek için istihdam edilmesi demekti ki örneği ancak bizim ülkemizde görülürdü. Bu tayine gülmekten başka bir şey gelmedi elimden. Hani eşya haddi aşınca tersine inkılap edermiş ya; hani araba tekerleği hız limitini aşınca tersine dönüyormuş gibi görünür ya, hani çok gülen insanın gözünden ağlamanın işareti olan yaş gelir ya, benim de kederlerim haddi aşmış, tersine dönmüş gibiydi. Elemler o kadar üst üste geliyordu ki son gelene gülmekten başka çare bulunamıyordu.

Elemler o kadar üst üste geliyordu ki son gelene gülmekten başka çare bulunamıyordu.

Atama kitapçığında tayinlerin ilgili subay ve astsubaylara en geç 15 Haziran'a kadar tebliğ edileceği, Ağustos başında da herkesin yeni görev yerlerine katılacağı emredilmişti. Ben emri tebellüğ ettiğimin ertesi günü yeni bir dava için mahkeme evrakını yeniden hazırladım. Daha önceki dilekçeme yeni iki madde ve yeni iki EK koymam yeterli olmuştu. Bunlardan birisi eşimin hamile oluşu ve Ağustos'un ilk on gününde doğum yapacağı ile bakıma muhtaç olduğuna ilişkin hastane raporu; diğeri de daha önceki mahkeme kararının hiçe sayıldığına dair iddiam ve karar örneği idi. Yine kamu yararından bahsetmiş, meslekî birikimden yararlanılmadığını söylemiş, bu işin inada bindiğine dair olumsuz bir kanaat edindiğimi ifade etmiş ve altına adımla birlikte yeni görev yerimin adresini yazarak imzalamış, harç pulu ve posta pullarını da evvelki davanın neticesiyle birlikte bana iade edilen pullarla tamamlamıştım.

Aradan birkaç gün geçince Faik Binbaşı ağzımı aramaya başladı. Ne zaman ayrılacağımı, ne zaman yola çıkacağımı, lojmanı ne zaman boşaltacağımı vs. soruyor, bunun haricinde bir niyetim olup olmadığını öğrenmeye çalışıyordu. Adını koyamıyordu ama asıl sormak istediği benim yeniden mahkemeye başvurmayı düşünüp düşünmediğimdi. Ben onu aksi yönde rahatlatmak istedim ve mahkemelerle uğraşmaktan yorulduğumu, Deniz Kuvvetleri'ndeki belli kişilerle dik gitmenin artık yarardan çok zarar getirdiğini, bunun bazı kişisel kinleri kışkırtmaktan başka bir işe yaramadığını, eşimin çocuğunu ruhen sağlıklı bir ortamda doğurmasını istediğimi falan söyledim.

Herkes benim mahkemeden vazgeçtiğime inandı ve ne zaman ayrılacağımı hesaplıyordu. Komutan ayrılış tarihimi 15 Temmuz olarak kesinleştirmiş, böylece 1 Ağustos'ta yeni görevimde olmamı planlamıştı. Ne ki ben 15 Temmuz'da ayrılmaya niyetli değildim. Emri tebellüğ etmeme rağmen sağlık raporu, eşimin sağlık durumu derken Kuzey Deniz Saha Komutanı'na çıkıp durumu anlattım. Kendisi beni sever, çalışmalarıma da itibar ederdi. Zaten üst komutanların çoğu ile aram hep iyi olmuş, dirsek temasında görev yapmıştım. Bunun en önemli sebeplerinden biri, hangi komutan ne zaman bir dış ülkeye görev, ziyaret yahut seyahat amaçlı yolculuk yapacak olsa beni arar, o ülke ile ülkemiz arasındaki tarihî ilişkilerin neler olduğunu, kokteyllerde veya özel sohbetlerde anlatılabilecek tarihi anekdotları vs. ister, ben de gecemi gündüzüme katar, bu gayriresmî görevi en iyi şekilde hazırlar, ilgili dokümanları ve bilgileri dosyalayıp kendisine takdim ederdim. Özellikle de Kuzey Deniz Saha Komutanları ile vaktiyle Kuzey Deniz Saha Komutanlığı yapan Donanma ve Deniz Kuvvetleri Komutanları bu konuda beni sık sık ararlardı. Şimdiki Kuzey Deniz Saha Komutanı da beni bunun için yakından tanıyordu. İlk çocuğunun doğumunda gemiyle İtalya'da olduğunu, ikinci çocuğunun doğumundan iki hafta sonra ancak bebeği görebildiğini falan anlatarak söze başladı. Sonunda da "Ben çocuğum doğduğu zaman eşimin yanında değildim diye sen de böyle olmak zorunda değilsin evladım! Çocuğun doğduğu günün ertesi gününe kadar ayrılışını geciktirebilirsin!"

Öyle de oldu. Müze Komutanı bu emri alınca eski tebellüğ tutanağını yırtıp attı. Bu onun için bir risk sayılırdı, ama zaten tayini çıktığı için o da birilerine kızıyordu. Zannederim en zor durumda olan Faik Binbaşı idi. Üst kademelerden birileri kendisinden hep icraat istiyorlardı ama o dürüstlükten ayrılamıyordu. Üstelik tayininin çıkmamış olması da kendisini tedirgin etmiş gibiydi. Bir gün kendisini teselli ettim, görev henüz tamamlanmadığı için tayinin bekletildiğini söyledim. Ne demek istediğimi anladı ve mahcup oldu. Benim bazı şeyleri bildiğimi, anladığımı hiç düşünmüyordu zannederim.

10 Temmuz günü evime bir telefon geldi...

10 Temmuz günü evime bir telefon geldi. Ankara'dan Personel Şube'den arıyorlardı ve benim ayrılış yapıp yapmadığımı soruyorlardı. Ben henüz ayrılmadığımı söylediğimde ahizenin öteki ucundan büyük bir rahatlama sesi geldi. Sonra telefon kapandı. Ben olayı ancak ertesi gün mahkeme kararı elime ulaşınca çözdüm. Ankara'da Personel Şube'deki herkes ben dava açacak mıyım, açmayacak mıyım diye tartışırken birden son atamamla ilgili 30 Haziran tarihli yürütmeyi durdurma kararını masalarında buluvermişler. Tabii böyle bir durumda beni geri tayin etme mecburîyeti doğuyordu ki eğer ayrılışımı yapmış olsaydım katılışımı yapar yapmaz geri tayin emrim yazılacaktı. Bu da bir yandan benim gidişte 15, gelişte 15 gün yol izni kullanmamı, ayrıca İstanbul-İskenderun arası uzun mesafe gidiş ve geliş yol harcırahı almamı gerektirecekti ki doğrusu bu durum, beni mağlup etmek isteyen birilerinin üst üste kündeye gelmesi anlamı taşıyacaktı. Meğer telefonun öbür ucundaki kişi bunun için oh çekiyormuş. Nitekim ayrılış işle-

mim başlatılmasın diye derhal ilgili komutanlıklara emir verilmiş. 22 Temmuz tarihinde artık iki tarafın da alıştığı bir mesaj emri ile İskenderun'dan yine Deniz Müzesi'ndeki aynı görevime tayin edildim.

Ertesi günlerde tayin beklemedik değil. Eğer bir kez daha tayinim çıksaydı bu sefer kişilere yönelik davalar açacak ve tazminat da isteyecektim. Kim benimle uğraşıyordu, kim bu kadar inatla üzerime geliyordu? Artık bunu bilmeye hakkım oluşmuş, bu tayinlerin inatla beni sindirme amaçlı olduğu gün yüzüne vurmuştu. Meğer o günlerde tayinimin çıkmasına mahkemenin devam eden safahatı engel imiş. Benim açtığım davaya karşılık MSB'den istenen savunma 5 Ağustos, savunmanın reddi kararı 12 Ağustos tarihini taşıyordu. 20 Ekim tarihli nihai karar metnini yazan hâkim doğrusu zehir gibi bir metin hazırlamış ve neredeyse bu tür saçma tayinler ile ne insanları, ne de mahkemeleri uğraştırıp durmanın görevi kötüye kullanma demeye geleceğini 7 sayfalık bir hukuk metni örneği ile ortaya koymuş. Bütün bunlar olurken Ağustos'taki Yüksek Askerî Şûrâ'nın yeni terfileri ve atamaları ile İrfan Tınaz gitmiş, yerine Oramiral Vural Bayazıt Deniz Kuvvetleri Komutanı olmuştu.

Ağustos tayinleriyle birlikte müzeye de iyi niyetli bir komutan geldi: Albay Ereş Akyıldız. Bu dönemde Müze'deki konumumu sürdürmemde biraz da Vural Bayazıt Paşa'nın etkisi olduğunu düşünüyordum. Müze komutanının benim hakkımda art niyetli olmayışını önceleri buna bağlamıştım. Kısa zamanda beni sevmeye başlayan Ereş Albay'ın, ilerleyen günlerde insaniyeti had safhada bir İstanbul beyefendisi olduğunu gördüm. Bir ara Faik Binbaşı'yla birlikte ailecek görüşelim kararı aldılar. Zannederim sıra bizim aile düzenimizi incelemeye gelmişti. Kabul ettim ve önce komutanın evinde olmak üzere rütbe esasına göre misafirlikler başladı. Bize içki ikram ettiklerinde nazikçe geri çeviriyor, ama asla kırıcı olmuyorduk. Eşimi ve beni tokalaşma konusunda da denediler. Olduğumuz gibi göründük, göründüğümüz gibi olduk.

Yine de bütün bunlar odama dinleme cihazı yerleştirilmesine mani olmadı.

O yılda iyi bir şey daha oldu: Oğlumuzun doğumu. Artık üç çocuğumuz vardı.

XII. YIL 1993
İYİ İNSANLAR, KİTAPLAR VE BELGELER ARASINDA

Tarih yazmak, tarih yapmak kadar önemlidir.
M.K. Atatürk

Ereş Albay Müze Komutanı, Faik Binbaşı Müzecilik Şube Müdürü, ben de Arşiv Şube Müdürü olarak bir ekip oluşturmuş gibiydik. Gayretle ve canla başla çalışıyor, Müze'yi modern anlayışlara göre yeniliyorduk. Barbaros Türbesi'nin içinin ve dışının restorasyonu için girişimlerde bulunduk ve bazılarının neticesini aldık.

O yıldan itibaren kendimi Barbaros'un öz evladı gibi hissetmeye başladım. Türbenin anahtarları bendeydi ya, çok geceler rüyama da giriyordu. Varisi olarak üzerime düşeni yapıyor, türbesinden yana baktığımda içimin titrediğinin farkına varıyordum. Aramızda bir bağ oluşmuş gibiydi. O kadar ki geceleri haziresinde şarapçılar birikip asayişi bozmasınlar diye zaman zaman kontrol ediyor, gerektiğinde birkaç asker ile temizliğini yaptırıyor, kandil gecelerinde de içeri girip başında Yasin okuyordum.

Kendisi de bir ressam olan Vural Bayazıt'ın Deniz Kuvvetleri Komutanı olması müze için çok şey ifade ediyordu. Koramiral Salim Dervişoğlu da Kuzey Deniz Saha Komutanı idi ve o da Vural Bayazıt kadar müzecilik, sanat ve kültür çalışmalarına önem veriyordu. Kuvvet Komutanı Müze'yi ilk ziyaretinde, Arşiv'in bulunduğu Dolmabahçe Sarayı Arabacılar Dairesi'nin ahır kısmını bir sanat galerisi yapılmak üzere tahsis etti. Burası bir sinema salonu kadar genişlikte sütunsuz bir düz alandı. Müze'nin âsâr-ı atîka ambarı olarak kullanılıyor, içinde artık hurdaya yüz tutmuş tarihî eserlerin parçaları bulunuyordu. Bir tarihî fayton, birkaç gemi parçası, saltanat çadırları ve otağ-ı hümayun, Sultan Abdülaziz'in Toulon'u ziyaretinde kullanılan Sultaniye yatına ait sandık sandık billur trabzanlar, saltanat kayıklarının mefruşat ve aksesuvarları, Atatürk'ün Savarona Yatı'na ait piyano vs. burada tabaka tabaka yığılmış; örümcek ağlarının, tozun, pasın içinde yıllarca kapalı kalmış, hurdalaşmıştı. Önce işbaşı elbiselerimizi giyip, paçalara camadana vurduk ve tepeden tırnağa bir tasnif işlemine giriştik. Uzmanlar çağırdık ve kurtarılabilecek olanları tahrip ve restorasyon derecelerine göre ayırdık. Bakım ve onarım için gerekli ne varsa yapılmak üzere müze ambarlarına kaldırdık. Boşalan alanda inşaat ve sanat galerisi olarak düzenlemeler başladı. Bütün bu çalışmalarla Kuvvet Komutanı Oramiral Bayazıt bizzat ilgileniyor, zaman zaman İstanbul'a geldikçe uğrayıp yapılan işlemleri yerinde görüyordu. Bana karşı çok samimi ve babacan davranıyor, fikirlerime itibar ediyor, mümkün gördüklerini uygulamaya koyduruyordu. Belli ki vaktiyle yazdığım mektuptan dolayı beni unutmamış, samimiyetime inanmıştı.

Arşiv kısmında görevlendirilmek üzere yeni uzmanlar ve memurlar alınmasını sağlamıştım. Artık belgeler hızla okunuyor, tasnif edilip katalogları yayımlanıyordu. Bu arada arşiv çalışmalarını tarih araştırmaları ile de desteklemeye karar verdik. Kuzey Deniz Saha Komutanlığı'nın Kasımpaşa'da bir matbaası vardı. Eğer lüks baskı ve renkli resim istemezseniz güzel kitap da basabiliyordu. Burada, ünlü deniz tarihçisi Süleyman Nutkî'nin *Muharebât-ı Bahriyye-i Osmâniyye* adlı eserini Latin harflerine çevirip *"Osmanlı Deniz Savaşları"* adıyla yayımladık. Uzman arkadaşlarımla ortak çalışma ortamı oluşturmuştuk. Bir ara komutan Arşiv'in kütüphanesindeki kitaplarla ilgilenirken kendisine Barbaros'un hatıralarını içeren elyazma nüshaları sunduk. Bunları da yalınlaştırarak yayımlamayı teklif etti. Nüshalardan en kapsamlı olanını derhal çalışma masama indirdim. O arada Ali Rıza Seyfi'nin *Turgut Reis* isimli mükemmel biyografisini de arşiv uzmanlarıyla birlikte çevirdik. Safvet Bey'in *Bahriyemiz Tarihinden Flasalar* adlı şık bir kitabı vardı. Bazı müteferrik makaleleri içeriyor ve çok akıcı bir üslupla anlatılıyordu. Onu da tezgâha koyduk. Kasımpaşa'daki matbaa neredeyse yalnızca bize çalışmaya başladı. Bir de "*Osmanlı Bahriyesi Gemi İşaret Kod Kitabı*" yayımladık. Telsiz haberleşmesinin henüz icat edilmediği zamanlarda gemilerde işaret sancaklarıyla haberleşme imkânı tanıyan bu kitabı Osmanlıca orijinali, Latin harfli okunuşu ve İngilizce tercümesiyle birlikte Tuzla'daki Deniz Harp Okulu Matbaası'nın imkânlarıyla yayımlamıştık.

Gece gündüz demeden çalışıyor, akşamları evime güler yüzle gidiyordum.

Gece gündüz demeden çalışıyor, üniformalı hayatımda ilk defa yaptığım işten memnun oluyor, akşamları evime güler yüzle gidiyordum. O kadar ki hiç prensibim olmadığı halde eve iş götürmeye başlamıştım. Oysa daha önceki yıllarda ne devletin mesaisini kendi özel işim için, ne de özel zamanımı mesai adına kullanırdım. Yaptığım işin yarısı da mesleğimi ilgilendirmeye başladığından olsa gerek artık müzenin işlerini eve getirip evde de çalışmaktan bahtiyarlık duyuyordum. Bu arada Türkiye Gazetesi'nde müstear isimle bir şiir-edebiyat köşesi hazırlıyor, çeşitli dergilere edebî makaleler yazmaya devam ediyordum.

Öte yandan, doçent olabilmek için yabancı dil sınavını bir türlü aşamıyordum. Gerçekten de senede iki defa bu stresi yaşıyor ve her defasında kıl payı kaybediyordum. Artık, "Bu işte bir bit yeniği var mı acaba!" diye düşünmeye başlamış, kendimce komplo teorileri üretir olmuştum. Öyle ya, Deniz Kuvvetleri'nden ÖSYM'ye gidecek bir tek yazı, benim bu sınavı sittin sene geçememem anlamına gelebilirdi. Kaldı ki bunun tersi durumların olduğu da, sınava girdiği halde geçemeyen doçent adayları arasında tevatür olarak dolaşıp duruyordu. Nihayet bu yıl yeniden kursa gitmeye karar verdim. Mesai bitiminden sonra sırf KPDS'ye yönelik bir yabancı dil kursuna kaydoldum. Zira ben İngilizce biliyordum, ama sınavı geçemiyordum. Çünkü sınav, adayların yabancı dil bilgisinden ziyade yabancı dil üzerindeki tasarrufunu ölçüyordu. Ben pekâlâ kendi uzmanlık alanımla ilgili İngilizce bir kitabı okuyup anlayabiliyordum, ama bu merkezî sınavda tıp, hukuk, iktisat, işletme vs. alanların literatürünü de bilmek zorunda kaldığımı hissediyordum. Nisan dönemindeki sınava iyiden iyiye hazırlandım. Sonuçta başarılı bir sınav verdim ve başarılı olduğum sonucunu öğrendiğimde heyecandan bayılayazdım. Dile kolay, tam on yılda, onca sürgünlerin, mahkemelerin, tayinlerin arasında neredeyse yirmi defa başarısız olduğum bir sınavı kazanmıştım. 93 yılının sonbaharında da bilim sınavına girdim ve üstün başarı ile doçent oldum. Deniz Kuvvetleri bana bir yıl kıdem verdi ve takip eden Ağustos'ta binbaşılığa terfi ettirildim. Kendi akranlarım henüz kıdemli yüzbaşı oluyorlardı.

Doçent olduğum gün sınavdan sonra hocalarımdan biri bana "Bu güne kadar pek çok şey yazdın ve doçent unvanını çoktan hak ettin. Ama bundan sonra söyleyeceğin her şey bu sahanın kanunu hükmünde olacaktır, bilesin!" demişti. Çok çok sorumluluk isteyen bir cübbeyi, bilim cübbesini giymiştim. Bunu Deniz Kuvvetleri için yaptığım çalışmalarda da uygulamak zorundaydım. Vural Bayazıt gibi bir komutan var iken köklü bir çalışmaya başlanabilirse devamı gelir diye düşündüm ve bir proje geliştirdim: Deniz Kuvvetleri Komutanlığı Ansiklopedisi.

Böyle bir ansiklopedide Türk denizcilik tarihinden günümüze kadar olaylar, kişiler, kurumlar, gemiler, savaşlar, zaferler, yenilgiler, objeler, binalar, limanlar, tersaneler vs. alfabetik sıra ile ansiklopedi maddesi olarak bulunacak ve her fasikül veya cilt, bütün bahriye mensuplarına ücretsiz, bilim ve kültür dünyasına da cüz'i bir ücret karşılığı dağıtılacaktı. Fikrimi her kime açsam bunun çok önemli bir atılım olacağını ve derhal başlamak gerektiğini söylüyorlardı. Ne var ki etüdü hazırlayıp da sunduğum zaman aynı ilgiyi görmedi. Böyle bir ansiklopediye ödenek, personel, teknik donanım, araştırma ortamı vs. lazım olduğu için geri çevrilmedi teklifim, hayır; beş yıl ön hazırlık altıncı yılda dört cilt yayımlanması şartı yüzünden akim kaldı. Ne yazık ki bahriyede bazı insanlar kendi görev döneminde iken semeresini görebileceği ve nimetlerini toplayabileceği projelere sıcak bakıyor, hazırladıkları andıçlarda kısa vadeli çözümlere öncelik veriyorlardı. Kim bilir ansiklopedi projesini Kuvvet Komutanı'na kim, nasıl sundu ki, daha önce yapalım diye istekli görünmesine rağmen bir türlü yapılamadı.

93 Ağustos'unda Ereş Albay emekli olmuş, Faik Binbaşı'nın da tayini çıkmıştı. Ben bunu, yerimin sağlamlaştığı biçiminde okumuştum. Ne de olsa Vural Bayazıt benim her şeyimi eskiden beri biliyordu. Kendime çok güvenmiş olmalıyım ki rahat bir araştırma ortamında olduğumu hissediyordum.

Vural Bayazıt benim her şeyimi eskiden beri biliyordu.

O yıllarda bir yandan kredili eğitim, bir yandan yabancı dille eğitim, ortaöğretimdeki insicamı bozmuş, büyük şehirlerdeki okullar suç çetelerinin cirit attıkları yerler hükmüne girmişti. Bunu devletin resmî organları da doğruluyor, televizyonlara ve gazetelere hiç durmadan şiddet, uyuşturucu, tecavüz haberleri yansıyordu. Bu yüzden İmam-Hatip Liseleri ve orta kısımları bazı aileler için emin ve huzurlu bir eğitimin verildiği yer haline gelmiş, dinî duyarlılıkları olmayan aileler bile çocuklarını bu liselere kaydettirmek için yarışır olmuşlardı. Ben de o yıl ilkokulu bitiren kızımın İmam-Hatip Lisesi'nde okumasını bu yüzden istedim. Eyüp'teki İmam Hatip Lisesi oldukça başarılı bir okuldu. O kadar ki öğrencileri önce sınav yapıp sonra başarılı olanları kaydediyorlardı. Bu da iltimas demekti, torpil demekti, yüklüce bir bağış demekti. Çok şükür ki kızımız sınava giren bin kişi içinde ilk yirmide yer alacak bir derece yaparak yüz suyu dökmemi de, torpil için adam aramamı da, hatta bütçemin eksiye gitmesini de önledi. Artık Eyüp İmam-Hatip Lisesi'nin orta kısmında okuyacaktı. Sevindik, çok sevindik...

Şimdiki gibi düşünüyor olsaydım kızımı belki de İmam-Hatip okuluna göndermezdim. Hele de okul servisinin lojman bölgesinden kendisini alıp bırakmasının çekeceği şimşekleri de göğüslemezdim. Birkaç yıl sonra İmam Hatip okullarının kapatılması için yapılan operasyonlarda bu kararımızdan dolayı çok ziyana da uğradık.

Ben o dönemde İmam-Hatip okullarının kapatılmasından yanaydım. Bir şartla ki ortaöğretimin her okulunda, isteyen her öğrenciye köklü bir dinî eğitim verilebilsin. Özellikle de İmam Hatip okullarında okuyan kız çocuklarımızın daha sonraki yıllarda gerçekleştirilen İmam Hatip operasyonlarından zarar görmeleri, o günlerde düştükleri hazin durum ve büyük mağduriyet yanında halen devam eden acıları, vs. derken aslında bu kadar kız çocuğunu İmam-Hatip okullarında okutmanın büyük hata olduğunu düşündüm. Maalesef Hıristiyan misyonerlerin cirit attığı Müslüman ülkemizde, dindar ile dinciyi, din ticareti yapan ile dine hizmet etmek isteyeni aynı kefeye koyan bir yobaz/laikçi anlayış vardı. Kur'an ayetlerine yahut dinî bilgilere, İncil cemiyetlerine tanınan haklar kadar bile hak tanınmayan bu ülkede din eğitimi hep problem olmuştur ve bunun tek çaresi devletin din eğitimine ciddi biçimde eğilmesidir. Böylece İmam-Hatip okulları siyasî arka bahçe olmaktan kurtulur, İmam-Hatip okulu çıkışlı olduğu için kovuşturma geçiren devlet memurunun kendine güveni gelir.

Kızımı İmam-Hatip okuluna yazdırmamın istihbarat raporlarında yer alacağını bilmeliydim.

Kızımı o yıl İmam-Hatip okuluna yazdırmamın daha sonraki istihbarat raporlarında yer alacağını ve İmam-Hatip fobisiyle yatıp kalkan bir Güven Erkaya'nın hoşgörüsüzlüğüne takılacağını, üstelik de okul servisini lojman nizamiyesinden geçip kapımıza kadar getirtmenin bedeli olduğunu bilmeliydim.

Güven Erkaya'yı Donanma Komutanı olduğu zamanlardan tanımıştım. Gölcük'te Donanma'yla alakalı kitaplar hazırlatıyordu ve benden de sık sık arşiv araştırmaları istiyordu. Bu vesileyle zaman zaman yüz yüze geldiğimizde görevle ilgili konuşur, arada sırada da bana bazı telkinlerde bulunurdu. Bunlardan biri de onun, gelecekte Türkiye'yi kaplayacak olan İmam-Hatip mezunu insanlar fobisi idi. Daha Donanma Komutanı olduğu yıllarda kafasındaki bir hesaplamaya göre, eğer İmam-Hatip okulları bu hızla öğrenci almaya ve mezun vermeye devam ederse, 2005 yılında devlet memurlarının bilmem şu kadarı, bürokratların şu kadarı, iş dünyasının şu kadarı vs. devletin çeşitli kademelerinde toplam %70 civarında İmam-Hatipli görev başında olacaktı ki bu durumda laik Cumhuriyet'in yıkılma tehlikesi vardı. Bu yüzden İmam-Hatip okullarının önü kesilmeliydi. Bana bu fikirlerini daha o zamanlar söylerdi de ben bunu sivildeki bazı etkili ve yetkili kişilere söylediğimde ziyadesiyle vurdumduymaz davranıyorlardı. Bilindiği gibi bu tez Amiral Güven Erkaya'nın 28 Şubat sürecinde savunduğu ve uygulamaya koyduğu temel fikirlerinden birisi idi.

1993 yılında, bir başka hatam da eski yazı ile olan bağımın herkes tarafından görülmesine aldırış etmemem olmuştu. Bu konu çok eskiden beri başımı ağrıtır dururdu. Daha fakülte yıllarında iken elimde eski harfli kitap görenler, benim Kur'an okuduğuma hükmeder ve derhal irticacı, dinci, İslamcı gibi damgaları alnıma konduruverirlerdi. Türkiye'de bu öyle büyük çaplı bir hastalıktır ki hâlâ kendilerini entelektüel sanan bazı yobaz kafalı herifler eski harfli bir kitap görmeye tahammül edemezler. Antikacılar, sonradan görme zenginler, sanatçılar bile eski yazılı kitaplara, tablolara, taşlara sahip olmak için can atarken bu zavallı entel tipler, söz gelimi bir üniversitenin amfisinde ders gereği elif-ba ile yazılmış bir şiire, bir fıkraya tahammül göstermezler.

Bahriyede eski yazı belgeler, kitaplar, yayınlar ile uğraşırken dokuza çıkan adımı sekize indirmeye çalışmam boşuna imiş. Çalışma masamda eski harflerle yazılmış bir kitabı görenlerin çoğu meğer bunun bilimsel bir çalışma olduğuna inanmıyorlarmış. Denetlemelerde yahut sıradan ziyaretlerde bazı komutanlar odama girdiklerinde ne okuduğuma bakar ve bir şey söylemeden giderlerdi. Ben onların susmalarını kötüye yormaz, çalışmalarıma devam ederdim. Oysa pek çoğunun, masamda duran kitabı Kur'an zannederek aleyhimde düşünceler geliştirdiğini sonradan öğrendim. Hatta içlerinden bazılarının müze komutanlarına çıkışıp "Herif içeride Kur'an okuyor, siz uyuyorsunuz!" kabilinden sitemlerde bulunduklarını bile duydum. Elimde Nasreddin Hoca fıkralarına ait bir kitap yahut bahname (Osmanlı pornografisi) bile olsaydı, kitap eski harflerle olduktan sonra bu bakış açısı değişmeyecek, o da Kur'an zannedilecekti. O halde önümde duran kitabın harfleri, benim dinci olduğumu göstermeye yeterdi. Oysa bu yüzeysel görüş ile hareket edenler bilmiyorlardı ki daha çok değil, 70 yıl evvel kendi babaları, dedeleri da bu harflerle yazıp okuyorlardı ve Atatürk, Nutuk adlı eserini bu harfler ile yazmıştı. Ben Nutuk'u ilk okuduğumda orijinal nüshasından okumuştum ve ondan sonraki hiçbir Nutuk çevirisi bana Atatürk'ün dilindeki o akıcılığı, belagati ve sürükleyiciliği veremedi. Yazık ki benim akademik kimliğim ile eski yazı arasında kopmaz bir bağ vardı ve ben, eski yazıyı daha iyi araştırdıkça bilimsel olarak ilerlediğimi sanıyordum. Meğer birtakım önyargılı askerler nazarında battıkça batıyormuşum da haberim yokmuş.

1993 yılında hata üstüne hata işlemişim vesselam!..

XIII. YIL 1994
DEDİKODULAR... ASILSIZ MEKTUPLAR...

Taş da yumurtanın üstüne düşse
yumurta da taşın üstüne düşse
olan yine yumurtaya olur.
Rum atasözü

Kitaplar, araştırmalar, arşiv katalogları derken bir buçuk sene içinde yaptığımız yayınların sayısı 10'u bulmuştu. 94 yılı bu tempo ile devam ediyordu. Bir farkla ki bu sefer komutan Ahmet Denizli adında çıkar kaygıları taşıyan bir albay ile Müzecilik Şube Müdürü olarak çok eski arkadaşım -aynı zamanda çok eski ideolojik rakibim- Öğretmen Binbaşı Erol Mütercimler ile çalışmaktayız. Herkes, üzerine düşen görevi yapmakla birlikte komutanın müzecilikten de, arşivcilikten de uzak oluşu işleri yavaşlatıyordu. Üstelik de bütün yetkiler kendisinde toplansın isteyen bir mizacı vardı.

Deniz Müzesi'nin adı duyuldukça ve itibarı yükseldikçe bilhassa öğretmen subaylardan müzeye tayin olmak isteyenlerin sayısı çoğalmış, müze bir zamanlar sürgün yeri görülürken birdenbire kıymete binmişti. Biraz şehrin merkezinde olması, biraz da sivil hayatla dirsek temasında bulunması, üniformayı takım elbise ile ortaklaşa giymek isteyen subayların iştahını kabartıyordu. Erol Binbaşı fizik öğretmeniydi ve Osmanlıca bilmezdi. Buna rağmen deniz tarihiyle alakalı çalışmalar yapıyordu ve öğretmenler içinde müzede istihdama en layık olanlardan biriydi. Ama onu Müze'ye gönderenler zannederim kendisinden tarih araştırmaları yanında benim hakkımda raporlar yazmasını da istiyorlardı. Başlangıçta kendisiyle geçinemeyeceğimiz endişesini duymakla birlikte aklıselim ile düşündüğümde müzeye atandırılmasında isabet de görmüştüm. Binaenaleyh o da bencileyin Deniz Kuvvetleri'nden müşteki ve bir bakıma mağdur idi. Yine de aramızdaki düşünce ve görüş ayrılığı bizi taban tabana zıt iki insan yapıyordu. Ne var ki onun da eli kalem tuttuğu için ilimle uğraşan insandan zarar gelmeyeceğini düşünüyordum. Acı tatlı günler geçirdik, bazen kırdık birbirimizi, kavga ettik, bazen sevindirdik, çay içtik ama fikrî temellerimizi daima saygıyla kabullendik.

1994 yılı ülkemizin bir yandan telekomünikasyon ve televizyon yayıncılığında atak yaptığı, diğer yandan bütün ekonomik, askerî ve siyasî birikimini cani terör örgütü PKK ile mücadeleye hasrettiği yıldı. Özel televizyonlar kurulmaya başlanmış, ben de sık sık ekranlarda edebiyat ve sanat konularında boy gösterir olmuştum. Bunun bazı malum çevreleri hem hasetlendirdiğini, hem de diş bilemelere sebep olduğunu biliyordum. Ne var ki bu da benim hoşuma gidiyordu, beğenilmek, takdir edilmek istiyordum. Öte yandan terör dağlar kadar şehirleri de vurmaya başlamıştı. Gerçekten de insanlar üzerinde bir kâbus gibi baskı unsuru oluşturuyordu. Başta jandarma olmak üzere bütün Mehmetçikler bir savaş psikolojisi taşıyorlardı. Üstelik dünyanın pek çok yerinde de savaşlar sürüyordu. Somali'ye Türk askeri gönderilmiş, Avrupa'nın göbeğinde Bosna'da katliamlar yaşanır olmuş ve medeni dünya buna ses bile çıkartmamıştı. Bütün bunlar ülkenin stratejisini de etkilemiş olmalıydı ki komutanlık süresi 1994 Ağustosu'nda dolan Vural Bayazıt'ın görev süresi bir yıl daha uzatıldı. O sıralarda Deniz Müzesi uzmanlarından biri *Kaptan-ı Derya Çeşmeleri ve Sebilleri* adlı bir kitap hazırlıyordu. Kitabın tamamlanması ve kotarılması zor görünüyordu. Bir defa çeşme ve sebil kitabelerinin yerinde okunması gerekiyordu. Kitabı hazırlayan kişinin böyle bir becerisi yoktu. Komutan bu işler için beni görevlendirdi ve uzunca bir müddet sokak sokak, semt semt İstanbul'daki çeşmeleri ve sebilleri dolaştım. Sonra da kitabın baskı işlemleri için Çubuklu'daki Seyir Hidrografi ve Oşinografi Dairesi Matbaası'na taşındım. Yaz sıcaklarında kitap kapağa girdi, komutanın eline ulaştı. Komutanın özel tebrik ve teşekkürleri geldiği gün bir arkadaşım, "GİZLİ" damgalı bir yazı fotokopisi verdi bana. Yine Vural Bayazıt imzalı "irticaî faaliyetler" konulu bu yazıya göre aşırı sağ (irticaî) faaliyetlerde bulundukları yönünde duyumlar alınan birtakım subay ve astsubaylar hakkında ne tür işlem yapılacağı, nasıl kontrol ve takibe alınacakları, haklarında işlem yapılması gerekenlerin nasıl ayırt edileceği ve işlemin türü vs. yazılmış, bir de ek oluşturulup bu subay ve astsubayların isimleri ayrı ayrı listelenmişti. Listede benim adım yoktu ve bunu bana getiren arkadaş kendi adının olmasına ama benim adımın olmayışına hayret ediyordu. Şüphesiz bu tamamen komutanın inisiyatifi sayesinde oluyordu. Komutan benim yaptığım çalışmaların yararlı olduğuna inanıyor ve belki de vaktiyle bütün samimiyetimle kendimi tanıttığım o

İrticaî faaliyetler birinci derecede tehdit unsuru kabul edilip de...

mektup yüzünden benim hakkımdaki ihbarların asılsız olduğunu biliyor, ona göre davranıyordu. Mamafih bunun alt kademelerde bir yerde, mesela personel veya istihbarat şubedeki birilerinde olumsuz birikim yaptığını da hissediyordum. Ülkedeki siyasî konsept gereği irticaî faaliyetler birinci derecede tehdit unsuru kabul edilip de bölücü yıkıcı faaliyetlerle aynı kefeye konulmaya başlayınca asılsız ihbar mektuplarının da sayısı birkaç misli artmıştı. Herkes kendisine rakip gördüğü insan hakkında imzasız bir ihbar mektubu yazıyor, kaleminden ne dökülürse veryansın ediyor, "Çamur at, tutmazsa da izi kalır," politikası güdüyordu. İlk zamanlarda bu mektupların pek çoğu iş de gördü. Ancak sonra başa çıkılamaz olunca belli kişiler aleyhine yazılanlar haricindekiler çöpe atılmaya başlandı. Bu mektupların çoğunda uydurma ihbarlar olur, söz gelimi "*Yüzbaşı falancayı, Pazar günü İstiklal Caddesi'nde sakallı birisiyle beraber yürürken gördüm,*" cümlesi yer alır, bu da resmî evraka dönüşünce "*Aşırı sağ faaliyetlerde bulunduğundan şüphelenilen Yüzbaşı falancanın Fatih semtinde sakallı ve cübbeli birisiyle samimi olarak yürüdüğü duyumu alınmıştır,*" oluverirdi.

Yazık ki o yıllarda pek çok istihbarat subayı bu tür mektupları ciddiye almış, göz önünde karalanmak istenen birisi var ise derhal senaryolar hazırlanmıştır. Daha kötüsü de birliklere irticaî faaliyet var ise bildirilsin emri gittikten sonra her komutan en az birkaç irtica şüphesini bildirmeye kendini mecbur hissetmiş, bildirmeyenler sanki irticaa destek veriyor gibi algılanmış, hatta amiralliğe yükseltilmelerde pek çok albayın irtica avı(!) yapmış olmalarının sicillerine olumlu puan olarak yansıdığı söylentileri yayılmıştı. Nitekim aynı yılın sonlarında irtica avı birlik komutanları arasında bir yarışa dönüştü ve pek çok insan tedirgin edildi. Hatta bazı birlik komutanlarının personel subaylarını çağırıp "Siz de bulun birkaç irticacı subay/astsubay!" diye zorlama yaptıkları da tevatür olarak yayılmamış değildi.

Bütün bunlar, o dönemde, yazık ki büyük bir psikolojik sindirme harekâtının parçası gibi uygulanmıştı. Askeriyede görevli dindar insanlardan geçtim, dinî konularda biraz bilgisi olanlar bile o bilgiyi unutmak için can atar duruma gelmiş, pek çok personelin üretim gücü ve çalışma azmi düşmüştü. Potansiyel suçlu gibi görüldüğünü sanan bir insan, velev başkaları onu öyle görmese bile, içine bu şüphe girdikten sonra nasıl normal bir insan gibi davranabilirdi ki? O yıl askerî okullara alınan öğrencilere sorulan mülakat sorularına bakanlar, bu politikanın ne büyük bir moral yıkıma sebep olduğunu ve etik değerler adına TSK mensuplarını nasıl yıprattığını görebilirler.

Bir gün durup dururken Kuzey Deniz Saha Komutanı Kurmay Başkanı'nın beni çağırdığını haber verdiler. Gittim. Bildiğim kadarıyla görüşmemiz gereken herhangi bir konu yoktu. Emir astsubayı benim geldiğimi söyleyince beni içeri aldı. Sonra birden bir şey hatırlamış gibi "Binbaşım, bana bir dakika müsaade eder misin!" diye kapıyı gösterdi. Çıktım. Gerçekten de 30 saniye sonra beni tekrar içeri çağırttı. Anladım ki benim geldiğimi haber verdiklerinde dalgınlığına gelmiş, beni görünce aslında kendisinin çağırttığını hatırlamış ve konuşacaklarımızı kayda almak için beni bir dakikalığına dışarı çıkartıp çekmecesindeki gizli teybi çalıştırmıştı. Yine de sorduğu sorulara dosdoğru cevap verdim. Bana bir yığın mektup gösterdi. Bunlardan kimisi benim irticacı olduğumu, kimisi müzede ne dolaplar çevirdiğimi, kimisi Cuma namazına gittiğimi ve bunu da gösteriş ve propaganda yapar gibi algıladığımı yazıyordu. Hatta içlerinde aşk mektubu bile vardı. Belli ki müzedeki memurlarımdan bir veya ikisi bunları yapıyor, üstelik de mektupları değişik kalemlerle, değişik kişilere yazdırtıyorlardı.

Kurmay Başkanı'yla uzun uzun konuştuk. Bunların her daim olageldiğini, eğer itibara alırlarsa beni derhal ihraç etmeleri gerektiğini, ama eğer itibara almazlarsa benden gerçekten emin olmaları lüzumunu, benim böyle şeylere zamanımın olmadığını, her daim olduğu gibi yine işimi yapmaya bakacağımı vs. söyledim. En sonunda da "Bütün bunları dosdoğru kayda girsin diye anlattım," dedim. Herhalde Kurmay Başkanı bu sohbetin son cümlesini silerek komutana dinletmiştir.

XIV. YIL 1995
MUTLU VE TEDİRGİN

Her şeyi hareket ettirenin şanı, bütün kâinata işler
ve bu yanda daha az, öte yanda daha çok ışıldar.
Dante
(İlahi Komedya)

Müzede her şey rutine bağlanmış, kitaplar, belgeler, araştırmalar, yazılar ve bu arada karşılama ve uğurlamalar derken aylar akıp geçti. Bir de baktık, Ağustos yaklaşmış, Vural Bayazıt'ın kuvvet komutanlığından ayrılması ile müzedeki işlerin yine eskiden olduğu şekle dönmesi korkusu içimi kaplamıştı. Son olarak Barbaros Türbesi'nin restorasyonuyla ilgili bir etüt daha hazırlayıp kendisine sundum. Bu arada benim de mecburî hizmetim yavaş yavaş sona yaklaşıyordu. Şunun şurasında bir buçuk yıl kaldı, diyordum kendi kendime ve teselli oluyordum. Giderayak manevi atam Barbaros'un da ruhu şad olsun istedim. Bu vesile ile son kez Vural Paşa ile konuştuk ve kendilerinden sonra benim durumum ne olur dediğimde, merak etmemem gerektiğini söyledi. Aynı soruyu o yıl Kuzey Deniz Saha Komutanlığı'ndan terfian Donanma Komutanlığı'na gidecek olan Koramiral Salim Dervişoğlu'ya da sordum, o da aynı güvenceyi verdi.

Ağustos'ta bütün kadrolar değişmişti. Müze Komutanı Albay Abdurrahman Muhlis Ergil, Kuzey Deniz Saha Komutanı Koramiral İlhami Erdil, Deniz Kuvvetleri Komutanı da Oramiral Güven Erkaya olmuşlardı. Biz, Erol Binbaşı ile ikimiz yerimizde kaldık. Mamafih yılbaşında Erol Bînbaşı daha fazla dayanamayıp, mecburî hizmeti dolar dolmaz istifa etti ve Avustralya'ya gitti. Benim de yapmak istediğim aynı şeydi. Mecburî hizmetim dolduğu gün istifa dilekçemi masaya koyup şapkamı da üzerine kapatıp üniversitelerden birine çekip gitmek!.. Zaten pek çok üniversiteden teklifler alıyordum. Meslektaşlarımın veya idareci konumundaki akademisyenlerin birçoğu "Askerlikte ne işin var, gel beraber çalışalım!" diyorlardı. Bunların bir kısmının jest olsun diye söylenmiş sözler olduğunu biliyordum. Ciddi olarak teklif getirenler de benim 15 yıllık mecburî hizmet yükümlülüğüm olduğunu bilmiyor, bilenler de doldurduğumu zannediyorlardı. Oysa mecburî hizmetimi doldurmuş olmayı ne kadar da isterdim.

İki subaydan birimiz cenazeye gitmek zorunda kalınca...

O yıl PKK ile mücadelenin hızlandığı bir yıl idi. Bu nedenle sık sık İstanbul'a şehit cenazeleri geliyor ve Levent Camii'nde namazı kılınıp şehitliğe askerî tören ile götürülüyordu. Eskiden beri gerek eceliyle ölen bahriyeliler, gerekse şehitler için cenaze merasimi yapılacak olursa birliklere bir emir yayınlanır ve personel mevcuduna bakılmaksızın her deniz birliğinden en az bir subay, bir astsubay katılımı istenirdi. Bu hususta Müze Komutanlığı olarak biz haksız rekabete maruz ve bundan dolayı da çok zor durumda kalırdık. Müzede mevcut iki subaydan birimiz cenazeye gitmek zorunda kalınca işler aksar ve söz gelimi en az otuz subayın görev yaptığı diğer birliklerden sıra ile gelen arkadaşlar her defasında bizi gördükleri için artık yüzümüze karşı "cenaze subayı" diye takılırlardı. Yazık ki o yıl şehitlerin sayısında artış vardı ve neredeyse ayda iki üç defa Levent Camii'ne yolumuz düşüyordu Ben eskiden beri kenarda beklemek yerine şehitlerin cenaze namazını kılmak üzere cemaate katılır ve bunun hem askerlik mesleğim, hem de vatandaş olmam hasebiyle boynuma borç olduğunu düşünürdüm. Son birkaç yıl içinde ülkedeki siyaset ortamından irtica söylem ve söylentileri her tarafa yayılınca üniformalı kişilerin cenaze namazına katılmaları da zihinlerde sorgulanmaya ve yasaklanmaya başladı. Ben henüz bu konuda yazılı bir emir almadığım için şehitlerin cenaze namazını kılmaya devam ettim. En azından şehit yakınlarının o acılı gününde üniformalı birilerini de cenaze namazı kılarken görmekten hoşnut olacaklarını, buna da hakları olduğunu düşünüyordum. Çünkü cami bahçesinde yer alan yüzlerce üniformalı insandan hiçbirisinin cenaze namazına iştirak etmemesinin onları derinden derine inciteceğini, hatta çocuklarının ne uğruna ve kimlerin ardında şehit olduğunu sorgulamaya başlayacaklarını biliyordum. Anadolu insanında hâlâ bu hassasiyet vardı ve şehitlerin çoğu da din algılayışı, cenaze namazı kılma anlayışı bahriyelilerden farklı konumda olan ailelerin çocukları idiler.

O günkü şehit, karacı bir teğmen idi ve pek çok askerî birlikten izdiham derecesinde katılım olmuştu.

Bir yaz günüydü. Müzede işler ucu ucuna yetişiyordu. Bahçedeki asâr-ı atîka nitelikli objeler üzerinde çalışmalar yapıyorduk. O gün şehit cenazesine gidilecekti ve öğlen namazı vaktine beş-on dakika kalmıştı. Üzerimde kısa kollu üniformam vardı. Uzun kollu elbisemi giymek için ofisime çıksam merasime yetişemeyecektim. Hemen araca atlayıp Levent Camii'ne gittim. O günkü şehit, karacı bir teğmen idi ve pek çok askerî birlikten izdiham derecesinde katılım olmuştu. Tabii ben yine her zamanki gibi aziz şehidimizin namazı için saf tuttum ve cenaze namazı kıldım. Meğer ne büyük bir gaf yapmışım(!). Bahçede biriken yüzlerce üniformalı çehrenin bana çevrildiğini gördüğümde anladım bunu. Hepsinin gözünde "Sen bittin!.." ifadesini taşıyan ateşli bakışlar vardı. Galiba bir insanlık görevini yerine getirmem, şehit teğmenin annesi ve acılı ailesi hariç hiç kimsenin hoşuna gitmemişti. Ben cenaze namazı kılarken bizi seyredenler arasındaki ilgililer tarafından hakkımdaki karar verilmiş olmalıydı. Çünkü müzeye döner dönmez aynı gün, mesai bitmeden komutan elime sarı bir zarf tutuşturdu. Törene kısa kollu üniforma ile katılmak(!) suçundan savunmam isteniyordu. Bu, gözünün üstünde kaşın var anlamına geliyordu. Çaresiz, suçu(!) kabullendim ve iki ay süren işlemlerden sonra 7 günlük göz hapsi cezası aldım. Aslında bunun oda hapsi olması gerekiyordu ama müzede işler devam edebilsin diye göz hapsi olarak verilmişti. Cezamı çekmek için 7 gün boyunca müze sınırlarının dışına çıkmamam gerekmişti. Sahildeki kameriyeye yatak serildi. Geceleri üstüm yağmur altım deniz, uyuyordum; yemeğim ayağıma geliyor, ne istersem nöbetçi astsubay ve erler tarafından yerine getiriliyordu. Benim hapislik, sahilde 5 yıldız konaklama gibiydi. Üstelik akşamları da bazen çocuklarım, bazen arkadaşlarım konuğum oluyorlardı. Ama ilginç olan taraf şu idi ki ben cenaze namazına katıldığım için ceza çekerken konjonktür değişmiş, subay ve astsubayların cenaze namazlarına iştirak etmeleri gerektiği tartışılır olmuştu. Nitekim birkaç yıl sonra, halk ile asker arasında oluşan anlayış kutuplaşmasını bertaraf edebilmek ve halkın askere bakış açısını olumlamak için bu konuda yazılı emirler yayınlanacak, bizzat kuvvet komutanları ve üst düzey rütbeliler, televizyon kameraları önünde cenaze namazlarında saf tutacaktı.

⚓⚓⚓

Adım Deniz Müzesi ile birlikte anılmaya başlayınca pek çok birlik komutanı müzecilik veya deniz tarihiyle ilgili yapılacak çalışmalar konusunda beni arıyorlardı. Bu arada Güven Erkaya da daha Dz.K.K.lığı Kurmay Başkanlığı zamanında beni yakından araştırıp öğrenmişmiş. Donanma Komutanı olduğu dönemde benimle birkaç defa görüşmüş, bunlardan ikisinde çıkacağı yurtdışı ziyaretleri için bilgi belge toplayıp kendisine sunmamı, diğerinde de Cumhuriyet Dönemi'nde Donanma Komutanlığı yapmış amiraller hakkında yapılan bir kitap çalışmasının dosyasını incelememi ve varsa katkılarımı istemişti. Bazen de çok samimi ve dostça mektuplar yazarak istediği özel araştırmalar, denizcilik tarihine ilişkin bilgiler olurdu. Elbette hiçbirisini geri çevirmedim. Daha sonraki zamanlarda Deniz Müzesi'ne sık sık gelmeye ve tarihî konularda fikrimi ve bilgimi istemeye başlamıştı.

Güven Erkaya ne düşündüğü konusunda renk vermeyen bir adamdı...

Güven Paşa'nın yakın tarih hakkında zengin bir birikimi vardı. Siyasî hayatın da, uluslararası politikaların da tarih bilmekle kazanılabileceğini düşünürdü. Boğazların yakın geçmişini çok iyi bilir, ülkemizin denizcilik politikası(zlığı)nı sık sık eleştirirdi. Ne düşündüğü konusunda renk vermeyen bir adamdı. Jest ve mimiklerini okumak zordu. Bir ara bana tezgâhımda hangi çalışmaların olduğunu sordu. Anlattım ve bir de projemi arz ettim. *Kaptan-ı Derya Çeşmeleri ve Sebilleri* hazırlanmış, güzel bir kitap olmuştu. Şimdi de *Kaptan-ı Derya Türbe ve Mezarları*'nı hazırlamak gerekirdi. Bu teklife sıcak baktı ve hazırlıklara başlamamı emretti. Desteksiz attığımı sonradan fark ettim. Çünkü kaptan-ı deryaların pek çoğunun mezarı veya türbesi yurtdışında idi ve beni yurtdışına göndermeyecekleri malumdu. Üstelik kaptan-ı deryalık yapmış bazı Osmanlı paşalarının mezarları terör bölgesinde ve deniz birliklerinin olmadığı bölgelerde bulunuyordu. Bütün bunlar araştırma için iaşe ve yolluk hizmetlerinde aksamalara yol açıyor, harcırah alarak da araştırma yapmaya sıcak bakılmıyordu. Sonunda Marmara Bölgesi'nde metfun kaptan-ı deryaların mezar ve türbeleri üzerinde çalışmama karar verildi. Benim gibi sakıncalı(!) bir adamı, taltif eder gibi, kaptan-ı deryaların mezarlarını araştırsın diye yurtdışına gönderecek değillerdi ya!..

O günlerde, Vural Paşa zamanında başlamış kitap çalışmaları hızla devam ediyordu. Bahriye ressamlarından Hüsnü Tengüz'ün yegâne nüshası Deniz Müzesi'nde bulunan bir resim albümü vardı. Bu albümde Türk bahriye tarihinin önemli hatıralarının resimleri yer alıyordu. Albümü yayımlamak gerektiğini Kuvvet Komutanı'na arz ettim. Derhal yayımlayalım dedi. Albümün her bir resmine ait araştırmalar yaparak her resim için ayrı ayrı birer deneme veya öykü yazdım. Böylece bir okuyucu veya izleyici, resmin karşı sayfasında o resimle ilgili bilgiyi bulabilsin istedik. *Osmanlı Bahriyesinin Mazisi* adıyla güzel ve derli toplu bir çalışma da ortaya çıktı. Zannederim bu çalışma, Deniz Kuvvetleri adına benim hazırladığım ve komutanların üst düzey ziyaretlerde konuklara iftiharla hediye ettikleri sekizinci kitap idi. Ne var ki Kasımpaşa'daki matbaa bu resimli kitabın baskısında çok zorlandı. Ardından yine bir sanat kitabı olmak üzere *Türk Düğmeciliği ve Bahriye Düğmeleri* adlı kitabım yayımlandı.

Bahriyeye girdiğim yıllardan itibaren bahriye üniformalarında kullanılan antika düğmeleri toplamaya başlamıştım. Bazen bitpazarında, bazen bedestende, bazen bir eskicideki kıyafetin üzerinde bahriyeye ait düğmeler buldukça topluyor, bunlar hakkında bilgi ediniyor, kullanıldıkları dönemleri belirliyor, kısacası düğme koleksiyonu yapıyordum. Müzeye tayinim çıktıktan sonra bendeki düğmeleri müzedeki kıyafetlerin üzerindekilerle karşılaştırdığımda bazılarının müzede bulunmadığını gördüm. Orada bulunmayanları Müze koleksiyonlarına ilave ettim. Bu noksanlık, müzedeki kıyafet koleksiyonunun eksik olduğunu gösteriyordu. Yıllarca araştırdıktan sonra yalnızca bahriyemize değil, topyekûn Türk Silahlı Kuvvetleri'ne ait tam ve yegâne üniforma koleksiyonunun Newyork Metropolitan Müzesi'nde bulunduğunu öğrendim. Tanzimat'tan günümüze kadar her türlü kıyafetin yer aldığı bu koleksiyonu bir Amerika seyahatimde görmek istediğimde yetkililer henüz teşhire açılmadığı gerekçesiyle beni geri çevirdiler.

Düğmelere olan ilgim, komutanlığı sırasında Vural Bayazıt Paşa'nın ilgisini çekmişti. Kendisinde de altın kaplama tarihî düğmeler vardı. Hatta bunlardan bir takımını bizzat elbisesinde kullandığını gördüm. Bir görüşme sırasında düğmelerle ilgili bir araştırma yapmakta olduğumu söyledim. Bunu bir makale olarak yayımlamayı düşünüyordum. Ama araştırmaya başlayınca anladım ki küçücük bir düğme üzerinde koskoca bir Osmanlı İmparatorluğu'nun tarihinin tabakalanıyordu. Makalenin boyutu arttı ve birdenbire görsel bir kitaba dönüştü. Çalışıp çabalayıp kuşe kâğıda, eldeki imkânları kullanarak güzel sayılabilecek bir baskısını yaptık. Adı "*Türk Düğmeciliği ve Bahriye Düğmeleri*" konulmuştu. Kitap çıktığı zaman önce Müze Komutanı'na sundum. Sonra sıralı üstlere gönderilecekti. Abdurrahman Albay, ellisinde ikinci evliliğini yapmış, bel fıtığından mustarip yaşayan bir adamdı. Kitaba ve araştırmaya meraklıydı ama bunun öyle birdenbire kazanılıverecek bir meziyet olmadığını bilmiyordu. Çıkarlarını da hep korurdu.

Abdurrahman Albay kitabı eline ilk aldığında, daha adını bile okumadan sayfa sayfa resimlerine baktı. Kitap iki ana bölümden oluşuyordu. Düğme hakkında genel bilgiler ile Türk düğmeciliğinin geçmişiyle ilgili başlıklar birinci bölümde, yelkenliler devrinden ilk üniformaya geçiş ile madeni düğmenin kullanıldığı II. Mahmut devrinden itibaren padişahların tahtta oturdukları dönemlere göre bahriyedeki kıyafet ve düğmelerle ilgili başlıklar da ikinci bölümde yer alıyordu. Son devir olan Cumhuriyet Dönemi ile günümüzün üniforma ve düğmeleri bahsinde görsel malzeme olarak neyi kullanacağımı düşünmüş, en uygununun bir subay üzerinde üniforma fotoğrafı olacağına karar vermiştim. Öncelikle birkaç resim aradımsa da bulamamıştım. Mahmut isimli fotoğrafçı bir astsubayımız vardı. Çekim işlerinde bana yardımcı olurdu. Ağustos günlerinde idik. Henüz uygun bir subay veya astsubay fotoğrafı bulamamıştık. Ertesi günü fotoğraf makinesiyle birlikte evinden haricî siyah üniforması ve beyaz üniformasını getirmesini istedim. Ben de aynı şekilde yaptım. Sonra Arşiv'in bahçesinde yazlık ve kışlık elbiselerimizi giyinip sırayla birbirimizin fotoğraflarını çektik. Böylece elimizde hem siyah, hem beyaz subay ve astsubay üniformalarının resimleri ve bunlar üzerinde düğmelerin yerleri gösterilmiş oluyordu. Abdurrahman Albay elindeki kitabın sayfalarını çevirirken birden bu tanıdık fotoğraflarla karşılaşınca duraksadı. Önce yüzüme baktı ve "Bu resimlerdeki sensin," dedi. Sonra Mahmut astsubayın da resmini tanıyınca biraz bozuldu. Aramızda şöyle bir konuşma geçti:

"Binbaşım, bu birliğin komutanı olarak burada benim de resmim yer alsa olmaz mıydı?"

"Şüphesiz haklısınız komutanım, hata etmişiz! Ancak yaz gününde size siyah üniforma giydirip terletmek istememiştik."

"Olsun, terlerdik. Bundan sonra böyle konulara dikkat et!"

"Emredersiniz komutanım! Bir sonraki çalışmada da sizin resminizi koyalım."

"Bir sonraki çalışmanız hangisidir?"

"Kaptan-ı derya türbeleri ve mezar taşları!.."

"?!.."

Aslında söylediğimi boş bulunup söylemiştim, ama sonradan gülmemek için dilimi ısırmak ve hemen odayı terk etmek zorunda kaldım.

* * *

Güven Erkaya'nın boyu çok uzun idi. Kuzey Deniz Saha Komutanı İlhami Erdil ise tam tersi kısa boylu bir adamdı. Ne zaman Güven Erkaya denetleme yahut bir vesile ile müzeye gelse neredeyse yarım saat önce lumbarağzında hazır olur, komutanı bizzat kendi karşılardı. Elinde daima küçük bir kayıt cihazı olur, Güven Paşa ağzını açtığı anda suratına uzatırdı. Bir masa etrafında otururken kayıt cihazı pek garip kaçmazdı da yolda yürürken konuşmalarını ve direktiflerini kaçırmamak için elindeki cihazı Güven Erkaya'nın ağzına yakın taşıması bana, vaktiyle İtalyan komedi ustaları olan Yavru ile Kâtip'in halini hatırlatır, dışarıdan görenleri de gülümsetirdi. Düşünürdüm ki bu tavır, komutanın emirlerini atlamamak bakımından belki önemliydi; ama mikrofon tutan bir kolda koramiral rütbesi pek hoş durmuyordu.

1995 yılı, ülke siyasetinde ve gündeminde asker ile sivil ayrımının belirginleşmeye başladığı bir yıl oldu. PKK terörü nedeniyle de askerî birliklerde sıkı önlemler alınmış durumdaydı. Bu görüntüyü kırmak ve sivil asker kaynaşmasını sağlamak için TSK bir çalışma başlattı ve askerî birliklerin bazılarını sivillerin ziyaretine açtı. Müze zaten sivillere açık bir askerî kurum idi ama artık bazı millî günlerde Beşiktaş açıklarına demirleyen muhripler de halkın ziyaretine açılıyor, bizim kameriye önündeki iskeleden ziyaretçilerin intikali sağlanıyordu. Bu siyasî havaya kendimi kaptırıp bir gün Barbaros Türbesi'nin de halkın ziyaretine açılması için bir etüt hazırladım. Buna beni Hızır Hayrettin Reis ile olan gönül bağım yönlendirmişti. Gerekçe olarak da türbenin ziyarete açılmasının, gündemdeki sivil-asker bütünleşmesi söylemine uygun düşeceğini ve Deniz Kuvvetleri'nin olumlu propagandası olacağını gösterdim. Hatta bu projemi destekler mahiyette sözlü olarak da 27 Eylül Preveze Deniz Zaferi'ni Anma Günü dolayısıyla Barbaros'un ruhuna bir mevlit okutulmasını teklif ettim. Tabii benim bu tekliflerim üst makamlara irticaî faaliyet olarak yansıdı, hatta kendilerinin de irticaa alet edilmek istendiği sonucu çıkartıldı. Ne de olsa yıllardan 1995 idi ve ülkede irticadan daha önemli bir gündem yoktu. Hatta PKK terörü bile... Gerçi bende de hata yok değildi. Be adam, mevlit okutacaksan bul birkaç hafız, kandil gecesinde okut mevlidini, neyse üç beş kuruş masrafını karşıla, olsun bitsin!. Deniz Kuvvetleri'nin halk ile bütünleşmesi projesinden sana ne? Üstelik de zaten kritik bir durumdasın!. Salaklık işte!.

Güven Erkaya'nın boyu çok uzun idi. İlhami Erdil ise tam tersi kısa boylu bir adamdı.

Acaba mı?!..

Belki de atanın ve vatanın sevilmesi!..

XV. YIL 1996
"HA!.. SİZ BİZİM İSKENDER'DEN BAHSEDİYORSUNUZ!.."

Bm. "Her zamanın yazılmış hükmü vardır."
Kur'an, Ra'd, 38

Soğuk bir geceydi. Saat 21 sıralarında evime bir telefon geldi ve ertesi sabah mesai başlangıcında Ankara'da Kuvvet Karargâhı'nda bulunmam emredildi. Sebep sorduğumda hiçbir şey söylenemeyeceği belirtildi ve telefon kapandı. Yola çıkmak için iki saatim ve zihnimde de bin bir soru vardı. Eşime şu yolda tembihlerde bulunup yola çıktım:

"Yarın sabah en geç saat dokuza kadar seni telefon ile aramamış olursam derhal çocukları al ve annenin evine git. Benden bir haber alasıya kadar da asla lojmana gelmeyin. Küçük kızın okulu buraya yakın olduğu için gerekirse birkaç gün okula gönderme, büyük kız da anneannesinden okuluna gidip gelsin."

Sonra helalleştik, veda ettik ve ben Ankara'ya giden mavi trenin gece seferine yetiştim.

Anlattıklarına göre sorgulamalar sırasında işkenceye maruz kalıyor, işlemedikleri suçları itiraf zorunda bırakılıyorlardı.

O yıllarda TSK'dan atılmak istenen personel olursa önce hiçbir gerekçe gösterilmeden karargâha çağrılır, geldiklerinde de karanlık bir hücreye kapatılırlar, günlerce sorgulamalar yapılır ve sicil yönünden dosyaları tekemmül ettirilip ordudan ihraç edilirlerdi. Bu tecrübeyi geçirenleri dinleyince tüylerimiz diken diken oluyordu. Abartıyorlar mıydı bilmiyordum, ama anlattıklarına göre sorgulamalar sırasında işkence yapılıyor, onurları zedeleniyor, gerekirse elektrik veriliyor, yalan makinesine rağmen dövülüyor, sövülüyorlar, eşleri de onlardan bazen haftalarca haber alamıyor, hatta bazıları ailelerine ilişkin tehdit altında bırakılıp işlemedikleri suçları itiraf zorunda bırakılıyorlardı. Bunların hepsi tevatür ve söylentilerden ibaretti, isterseniz inanmayabilirdiniz. Ama bir gün sizi de apar topar çağırma ihtimalini düşündüğünüzde, sırf önlem almak için bile doğru olduğunu kabul ediyordunuz. Gecenin bir yarısında hiç sebep söylenmeden Ankara'ya çağrılan bir insanın aklına bu ihtimallere inanmak mı, inanmamak mı gelir?!.. Böyle bir gecede, bin bir düşünce arasında yapılan tren yolculuğunun bir insanı kaç yıl birden yaşlandıracağını bilmem tahmin edebilir misiniz?!..

Sabahleyin emredildiğim gibi, emredildiğim yere tam zamanında ulaştım. Bazı bazı böyle bir durumla karşılaşırsam ne yapacağımı düşünüp çağrılınca gitmemeyi, birkaç gün esecek rüzgârların yönünü beklemeyi planlardım ama işte kuzu kuzu gelmiş, teslim olmaya hazırlanmıştım. Beni bir amiralin odasına götürdüler. Orada amiral ile ikimiz yalnız kaldık. Sıcak bir karşılamadan sonra beni rahatlatacak cümlelerle konu açıldı:

"Öncelikle seni böyle apar topar çağırdığımız için kusura bakma evladım. Ne var ki görüşeceğimiz konu şimdilik gizlidir. Sen belki de bu gelişi kötüye yormuşsundur, istersen önce aileni telefonla ara, sonra konuşalım."

"Teşekkür ederim komutanım, ancak önce konuyu öğrenmek istiyorum. Elbette eşime neden çağrıldığımı söylemek için değil, ne kadar rahat olmam gerektiğini kestirebilmek için."

Amiral, güngörmüş insandı. Benim gibi sebep söylenmeden karargâha çağırılanların psikolojisini kavramış, muhtemelen bir gece önce evimizde eşimle yaptığımız konuşmaları da tahmin etmişti. Sözlerine devam etti:

"Sen eski yazıyı biliyor ve tarihî araştırmalar yapıyorsun diye Kuvvet Komutanımız Güven Erkaya'nın emri üzerine seni buraya çağırdık. Ege Denizi'nde bizim bir şilebimiz Kardak isimli bir adaya oturmuş. Yunan hücumbotları da müdahalede bulunmuşlar. Bu adanın Türk karasularında olup olmadığını ve mülkiyetinin kime ait olduğunu araştırman için seni buraya çağırdık. Konu gizlidir diye de bu çağırış apar topar oldu. İşte mesele bu."

Bunun üzerine ben birkaç dakikalığına dışarı çıkıp önce kendime geldim, bir sigara yakıp derin derin içime çektim. O dönemde cep telefonları yaygınlaşmamış, revolverleri andıran büyüklükteki ilk nesil cep telefonlarını kullanma ayrıcalığına henüz herkes sahip olamamıştı. Odadan çıkınca ilk bulduğum kontörlü telefonda eşime kesin ve kısa bir mesaj ilettim ve tedirginliğe mahal olmadığını söyledim. İnanmamış gibi göründüğünü düşünüp kapatınca tekrar arayıp sesini kontrol ettim. Evet, bana inanmıştı, ben de rahatladım. Artık Kardak ile ilgilenebilecek şevkim vardı. Dakikalar ilerledikçe kendime bir kat daha güven geliyordu. Böyle bir görevin vatandaş olarak her insana onur kazandıracağını bilmem söylemeye gerek var mıdır!?.. Devletiniz size güveniyor ve sizden hizmet istiyordu. Canla başla çalışacağıma inanarak amiralin odasına döndüm.

Hatırlayanlar bilecektir, Yunanistan ile aramızda Kardak krizi çıktığında bu adanın kime ait olduğu tam bir muammaya dönmüştü. Aslında ada bir değil iki taneydi. Keçi otlatmaya bile elverişli olmayan iki sivri kaya parçası. Türk kaynaklarında adı İkizce olarak geçiyordu ve işe yaramaz kaya da olsa vatanın bir parçasıydı. Bu kriz benim Ankara'ya vardığım sabahtan tam iki gün sonra basına yansıdı. O iki gün ve sonrasında ben özel izinler ve gizli emirler ile Ankara'da Devlet Arşivleri, Başbakanlık, Genelkurmay, Dışişleri Bakanlığı ve Meclis'in arşivlerine girip araştırmalar yaptım. Bulduğum bilgi ve belgeleri bazen doğrudan, bazen de Binbaşı Ali Kurumahmut vasıtasıyla Güven Erkaya'ya günü gününe, hatta gecenin bir yarısında da olsa rapor ettim. Ali Binbaşı'yı önceden tanımazdım, dosdoğru bir adam olduğunu, Kardak konusunda tam bir vatansever gibi canla başla çalıştığını gördüm. Komutan bu konuda onunla ve benimle irtibatlı şekilde Başbakan (Tansu Çiller) ile dirsek temasında duruyor ve bir askerden beklenen derecede milliyetçi duygularla hareket ediyordu. Ankara'da işim bitince, bu sefer de Başbakanlık Osmanlı Arşivleri'nde konunun izini sürmek üzere İstanbul'a döndüm. Konu hakkında bulacaklarımı gizlice ilgili yere ulaştıracak, mektup yazmam gerekirse şifreli sözlerle anlatacaktım. Ankara'daki arşivler, yakın tarihe ait zihnimde ilginç fotoğraflar canlandırmıştı. İkizce veya Kardak'ı ararken aramadığım pek çok bilgi ve belgeyle, üç hilal gizliliğinde raporlarla karşılaşmıştım ki benim bildiğim yakın tarih böyle değildi. Bildiklerimi unuttum. Öğrendiklerime hayret ettim. Ama sonra öğrendiklerimi unutmam gerektiğine karar verdim ve eski bildiğimi bildim.

İstanbul'a dönünce birkaç gün de Osmanlı Arşivleri ve tabii Deniz Arşivi'nde araştırmalar yaptım. Bulduğum bilgi ve belgeleri peyderpey Ankara'ya kurye ile gönderiyordum. Güven Erkaya'nın Kardak konusundaki milliyetçi tutumuna hayran kalmıştım. İyi bir briç oyuncusuydu ve bunu politik düşüncelerine de yansıtıyordu. Ben ki ömrüm boyunca milliyetçi oldum, ama şimdi komutanın gösterdiği ölçüde hiç atak davranamadım. Belki de üst düzey yetkileri kullanmanın ve devlet adamı olmanın kazandırdığı bir yetenek idi bu. "Bana avukatlar bulun, uluslararası antlaşmaları hallaç pamuğu gibi atacak hukukçular bulun. Bulduğunuz adamlar İkizce'nin kime ait olduğunu hukuka göre ölçecek kişiler değil, bize ait olduğunu ispat edecek adamlar olsun." diyordu. Anladım ki ülke menfaatleri söz konusu olunca yasalar askıya alınabiliyordu. Bu tavra hayran olmakla birlikte içimi de titrettiğini itiraf etmeliyim. Çünkü yasalar askıya alınmaya başlarsa, ülke menfaati zannedilen her konuda bu askı kullanılabilirdi.*

Güven Erkaya'nın Kardak konusundaki milliyetçi tutumuna hayran kalmıştım.

---

* Güven Erkaya'nın aynı milliyetçi tavrını yıllar sonra, ikimiz de artık sivil iken bir kez daha gördüm. Ordudan ihracıma sebep olduktan veya en azından onay verdikten sonra kendisi de emekli olup dönemin başbakanı Mesut Yılmaz tarafından büyükelçi unvanıyla Boğazlar Güvenliği'yle ilgili bir göreve atanmıştı. Herkes onun bir arpalığa bağlandığını düşündüğü günlerde, eski emir subayı olan albay beni arayıp komutanının benimle önemli bir konuyu görüşmek istediğini bildirdi. Gidip gitmemekte, yüzüne bakıp bakmamakta tereddüt ettim. Beni emekliliğime çok az bir zaman kala ordudan atan bir adamın karşısına çıkınca ne diyecektim, nasıl davranacaktım; tereddüdüm bundandı. Hastalığının dayanılmaz derecelere geldiğini medyadan öğrenmiştim ve üstelik de görüşme konumuzun millî bir mesele olduğu bana bildirilmişti. Etiler'de, galiba Korkmaz Yiğit'in kooperatif binalarından birisindeki daireye gittim. Kendisinin biraz gecikeceğini söylediler ve beklerken konunun Boğazlarla ilgili bir meselede eski harfli belgeler olduğu ve bana okutmak istediği, ayrıca bu hususta işbirliği ve hatta iş teklifi olacağı gibi konularda lafladık. O gecikti, benim de ve-

Kardak konusu komutan ile aramızda biraz daha yakınlaşma peyda etti. Ama yine de onun beni Ankara'ya çağırmalarını emrettiği gece ilgililere, "O şimdi korkacak ve kendisini kodese yollayıp ihraç etmek için çağırdığımızı zannedecek, titreye titreye gelecek," diyerek kahkahalarla güldüğünü duyduğumda, sonradan bu yüze gülmenin sahte olabileceğini düşündüm.

"O şimdi korkacak ve kendisini kodese yollayıp ihraç etmek için çağırdığımızı zannedecek, titreye titreye gelecek."

Kardak konusunda üzerime düşeni yaptıktan sonra o kış, İstanbul ve çevresinde metfun kaptan-ı deryaların türbe ve mezar taşlarının tespiti, mimarî ve sanatsal tanımları, çizimleri, görüntülenmesi vs. derken hızla geçip gitti. Kar, fırtına, yağmur, çamur demeden yanımda bir er ile izbe mezarlıkları dolaşıyor, kapalı türbelerin örümcek ağlarıyla boğuşuyor, kaptan-ı deryaların mezarları ve sandukalarıyla ilgili notları tutuyor, akşamları da bunları yazıya döküyordum. Birçok kaptan-ı deryanın hayatını araştırırken görmüştüm ki içlerinden yazmaya değmeyecek olanlar bile vardı. Ama öyleleri de vardı ki melek gibi adamlardı. Bana düşen ise tarihi aklamak veya karalamak değil gerçekleri söylemekti ve yazık ki Deniz Kuvvetleri, eski komutanlarına çoook uzun süredir hiç ilgi göstermemişti, her birinin mezarları harabe ve mezbelelik idi.

Araştırmalarım sırasında Barbaros'un vaktiyle yayımlanmış bir vakfiye ve vasiyetnamesine rastlamıştım. Vasiyetna-

---

rilmiş sözüm ve önemli bir randevum vardı, iş teklifini kabul etmem zaten ihtimal dışıydı, bana soracağı belgeyi de ayak üzeri okuyup içeriğini anlattıktan sonra yüzünü görmemek üzere ayrıldım. Galiba "Neden?" sorusunun cevabını duymaya tahammül edemeyecek bir durumdaydım. Sonra bir kez daha karşılaştık, hastalığından dolayı anlatmaya değmeyecek kötü bir durumdaydı, susmayı yeğledim.

meye göre ünlü kaptan-ı derya Mimar Sinan eseri olan türbesinin tenvirini (aydınlatma) istiyor, bir türbedar tayini ile türbesinde Kur'an okunmasını vasiyet ediyordu. Bunu usturuplu bir şekilde Müze Komutanı'na arz ettim. O, Kuzey Deniz Saha Komutanı'na bildirdi, oradan da Ankara'ya yazıldı. Bana yapılması gerekenleri sordular. Ben tenvir konusunun eskiden mum yakılarak yapıldığını, ama artık elektrik olduğuna göre içten ve dıştan aydınlatılmasının bu vasiyeti yerine getirmek demek olacağını anlatan bir etüt hazırladım. Türbedar konusunda da her dönemde müzeye İmam-Hatip mezunu bir er - tam da siyasî gündemde İmam-Hatipler sorgulanırken- tefrik edilmesinin yeterli olacağını, buna karşın türbedar kadrosunda eleman alınmasının yanlış anlaşılabileceğini yazdım. Bu arada türbenin bakımsız kaldığını, restorasyon ile kubbe kurşunlarının değiştirilmesini de önerdim. Türbedar er tefriki hariç diğer hususların yapılması için işlemler başlatıldı.

Yakın geçmişte yapılan yerel seçimler İstanbul'da herkesi şaşırtan bir sonuç vermiş, Refah Partisi adayı Recep Tayyip Erdoğan, Belediye Başkanı olmuştu. O günlerde laik çevrelerde müthiş bir paranoya yaşandığı hatırlanacaktır. "Belediye otobüsleri ve toplu taşım araçlarına başörtüsüz binilmeyeceği"nden tutun da "Şimdi içki satışı yasaklanır mı?"ya kadar her şey konuşuluyor, gazetelerin manşetleri konuyu kışkırtmak üzere bir sürü asılsız haberle çıkıyor, ülke gündemi savruluyordu. Deniz Müzesi personeli arasında da bu paranoyayı ben temsil ediyordum ve korkusu olan herkes bana bakarak korkuyordu. Sanki Refah Partisi'ne ben "Seçimi kazanın!" dediğim için seçim kazanılmış, ben de bu partinin akıl hocasıymışım. İnsanlar, memurlarım, askerlerim, subay ve astsubay, daha dün beraber gülüp oynadığımız insanlar seçimlerden sonra benden çekinmeye, kimisi yanıma salavatla yaklaşmaya, kimisi de cephe alıp savaş baltalarını bilemeye başlamıştı. Ben onların zihninde seçimi kazananları temsil ediyordum ve derhal akla gelen "Kim bunlar?" sorusuna, Deniz Müzesi sınırları içinde tek somut cevap olarak yürüyor, oturuyor, konuşuyordum. Yine de şaşırmaktan kendimi alamıyordum, o güne kadar hiç siyasî bir söylem içinde olmadığım, kimsenin kıyafetine, konuşmasına, yaşamasına ve dinine karışmadığım halde, bunca yıl beraber çalıştığım bu insanlar, beni çok iyi tanıyıp dururken nasıl benden böyle çekinebilirlerdi? Onlara "Artık eskisi gibi olmayacak, bundan böyle kıyafetiniz şöyle olsun, konuşmanız böyle olsun!" mu diyeceğimi sanıyorlardı, bilemiyordum. Ama beni tanıyanlar, askerlik hayatım boyunca siyasî kimliğime asla vurgu yapmadığımı ve bağnaz düşünmeyecek kadar demokrat ve özgürlükçü olduğumu bilirlerdi. Evet, bunun tek sorumlusu vardı, medya. Ve şüphesiz aynı medyayı mesai arkadaşlarım ile bazı üniformalı insanlar da takip ediyordu.

Necmettin Erbakan, "Biz bu seçimde en fazla oyu lojmanlardan aldık!" diyebiliyordu.

İşin garip yanı, benim birlik içinde yaşadığımı eşim ve çocuklarım da lojmanlarda yaşıyor, gittikçe yalnızlaşıyorduk. Daha kötüsü de Refah Partisi Genel Başkanı Necmettin Erbakan, İmam-Hatip okullarını partisinin arka bahçesi olarak gördüğü yorumlarına çanak tutuyor, askerleri etkilemek için de "Biz bu seçimde en fazla oyu lojmanlardan aldık!" diyebiliyordu.

Bu iki sözü duyunca ülkede kötü şeyler olacağını anlamıştım. Çünkü Güven Erkaya'yı tanıyordum ve daha önce de söylediğim gibi, son birkaç yıldır yüz yüze geldiğimiz zamanlarda, ya ağzımı aramak için ya da gerçekten beni inandırmak üzere İmam-Hatip okullarının istatistikî bilgilerinden bahsediyor, böyle giderse 2005 yılında devlet kadrolarının %70'inin İmam-

Hatipliler tarafından doldurulacağını/işgal edileceğini, bunun önüne geçmek gerektiğini, bunun için de tek emniyet supabının TSK olduğunu, bu yüzden TSK'nın Atatürkçü çizgide laik düzenin savunucusu olmak zorunluluğunu vs. anlatıyordu. O günlerde bazı arkadaşlarıma sık sık "Eğer diğer kuvvet komutanları da Güven Erkaya ile aynı fikirleri taşıyorlarsa gelecek günler zorlu geçeceğe benziyor," dediğimi hatırlıyorum. Bu konuda en büyük tesellim, daha ılımlı görünen İ.Hakkı Karadayı'nın Genelkurmay Başkanı oluşu idi.

Genel seçimlerde Refah Partisi, -bana göre- politikası ve programı çok güzel olduğu için değil, diğer partilerin soyguncu ve çete devleti görünümünden dolayı oylarını yükseltmişti. Mamafih zaman zaman içinde bulunduğum bazı çevrelerde söz siyasete gelince oy kullanmak dinî bir vecibe, vebal veya sorumluluk, hatta kıyamette hesabı sorulacak bir amel, belki bir tür cihat olarak algılanıyor, konuşuluyor, değerlendiriliyor ve neredeyse herkes imanı ile devleti arasında diniyle imtihana zorlanıyordu. Akıl, iyi bir programı olan partiye oy verirdi, ama seçim meydanlarında parti programlarından çok insanların dinî sorumlulukları onlara hatırlatılıyordu. Bu, modern dünyada programsızlığın ve profesyonel olamayışın ceremesinin vicdan ile ölçülmesi, belki birinin boşluğunun diğeriyle doldurulmaya ve tabii bundan menfaat devşirmeye kalkışılmasıydı. Din o günlerde en çok tartışılan konulardan biriydi ve yazık ki tartışanların çoğunluğu dindar bile değildi. Medyaya göre Müslümanları artık Fadime Şahin'ler, Ali Kalkancı'lar temsil ediyordu. Samimi dindar insanların bile nefretini kazanan bu tür spesifik olaylar kamuoyunun gündeminden hiç düşürülmüyor, Türkiye sanki bir şeyhler, müritler ülkesi gibi gösterilmeye,

Bîtaraf olanın bertaraf olduğu zamanlara girilmiş, keskin çizgiler belirmeye başlamıştı...

Atatürk bunlarla mücadeleyi emrettiği için Atatürkçülüğün ardına sığınarak bazı eski tüfek solcu veya boşluğa düşmüş komünist akıl hocalarının yönlendirmeleriyle TSK başta olmak üzere laikçi çevrelerin bazı önemli isimleri İslam'a saldırmaya başladılar. Evet, Müslümanlar arasında hata edenler, dinde olmayan şeyleri din gibi gösterenler, dini istismar ederek çıkar temin edenler, kısaca dinciler yok değildi ve bunların çoğu Atatürk ideolojisine karşı idiler ama garip olan taraf, onlara saldıran medya mensuplarının çoğu da 68 kuşağının Atatürk düşmanı militanları idiler. Ülkesini sevmediği, bu ülkeden gitmek istediği ve dolayısıyla Atatürk ile silah arkadaşlarına zerre kadar değer vermediği halde Atatürkçü kesilmiş baronlar ile patronlar, kendi ifadeleriyle birer toplum mimarı oluvermişlerdi. Hepsi Atatürkçülük maskesi arkasına gizlenip, vaktiyle devlet ile göremedikleri hesapları şimdi millet ile görmeye çalışıyorlardı. Ülkenin üzerinde dumanlı ve boz bulanık bulutlar vardı. Bîtaraf olanın bertaraf olduğu zamanlara girilmiş, kamplaşmalar, gruplaşmalar, dayatmalar ve keskin çizgiler belirmeye başlamıştı. Bütün bunlar İslamiyet'e zarar verdi. Müslümanların hataları dine yüklendi, Müslümanlık adına sahiplenilen hurafeleri de açığa çıkardı ve nihayet toplum gözünde dindar olmak sanki suçlu olmakla aynı kefeye girdi. Evet, itiraf edelim ki Müslümanların yüzyıllardır süregelen ataletleri İslam'ın itham edilmesine yol açtı.

Seçimlerde oyumu Refah Partisi'ne vermiş ve bunu biraz Recep Tayyip Erdoğan'ın seçilmesi için, biraz da Erbakan iktidara gelirse belki askeriyede bir parça nefes alırız, her tayin döneminde, her YAŞ haftasında korkulu rüyalar görmeyiz diye yapmıştım. Tayyip Bey ile eski yıllara dayanan uzak bir tanışıklığımız vardı. Ben askeriyeye girdikten sonra nadiren bir yerlerde rastlaşırsak merhabalaşıyorduk, o kadar. Üniforma taşıdığım için mümkün mertebe siyasî ilişkilerden uzak duruyor, ama Tayyip Bey'in başarısı için belediyenin kültür etkinliklerine destek veriyor, bazı faaliyetlerin de içinde yer alıyordum. Düşünüyordum ki bunlardan birincisi benim görevim, ikincisi de uzak bir dostluğun vicdanî sorumluluğuydu.

Barbaros Türbesi'yle ilgili gelişmeler yavaş ilerliyordu. Bunun bir sebebi de türbenin Yedi Kocalı Hürmüz konumunda olmasıydı. Türbe, binası itibariyle Vakıflar'a, yetkisi itibariyle Anıtlar ve Müzeler Üst Kurulu'na, onarım ve restorasyonu için Türbeler Müdürlüğü'ne, bulunduğu mahal itibariyle Beşiktaş Belediyesi'ne, yollar ve meydanlar arasında olmak dolayısıyla Büyükşehir Belediyesi'ne ve nihayet anahtarları bende durduğu için de Deniz Kuvvetleri'ne bağlı görünüyordu. Bu da türbeye çakılacak her çivi için pek çok yerden izin ve görüş almayı gerektiriyordu. Öte yandan türbenin kubbesi akmaya, duvarları ve ahşap aksamı dökülmeye, sanduka çökmeye başlamıştı. Bereket versin, birkaç ay evvel çevresini demir şebeke ile çevirtmiş, hiç olmazsa akşamcıların şişe tokuşturdukları pis ve izbe bir yer olmaktan çıkarabilmiştik.

Müzede aydınlatmanın yapılabilmesi için hem ödeneğe, hem de çeşitli kurumlardan izne ihtiyaç vardı. Bunun için Büyükşehir Belediyesi'nin devreye sokulması yolundaki bir girişimin olumlu sonuçlar verebileceği fikri ortaya çıktı. Böylece hem restorasyon çalışmaları daha kolay yapılabilir, hem de Büyükşehir Belediyesi işin içine girerse diğer ilgili kurumlarla temasa geçmek gerekmeyebilir, işin maddi boyutunda da ödenek prosedürüne takılıp kalmaktan vareste kalınabilirdi.

Her yıl 27 Eylül Preveze Deniz Zaferi'nin kutlamaları için türbe açılır ve mülkî erkân, tören sonunda Barbaros'un sandukası başında durup ruhuna Fatiha okurlardı. Tören için

Taksim'de toplanan idarî ve mülkî erkân önce Taksim Anıtı'na çelenk koyar, ardından da Beşiktaş'a intikal ile müzede toplanılır, oradan Barbaros Anıtı'nın olduğu meydanda günün anlam ve önemini belirten konuşmalar yapılır, türbe ziyareti ile tören sona ererdi. Bütün bu işler arasında en çok iş Deniz Müzesi'nde görev yapanlara düşer, bazen tören konuşması dahil karşılama-uğurlama ve ikram hizmetleri, en önemlisi de türbenin açılması, hazır edilmesi ve türbe ziyaretinin protokolünü uygulamak için ben sorumlu olurdum. Her yıl olduğu gibi hazırlıklarımızı tamamladık ve Taksim'de töreni tamamlayan komutanların Müze'ye intikalini beklemeye başladık. Taksim'de törenin fotoğraf çekimleriyle görevlendirdiğimiz kişi komutanlardan evvel Beşiktaş'a intikal etmişti. Bana:

"Komutanım, törenden sonra beş dakika kadar sizinle konuşmak istiyorum," dedi.

Ben herhalde bir işi düştü diye "Peki, beraber çay içeriz!" dedim. Az sonra komutanlar ve mülkî erkân birer ikişer gelmeye başladılar. Müzede komutandan sonra üst rütbeli tek subay ben olduğum için hepsini karşılıyor, çay ikramı bahanesiyle hepsini bir araya toplamak üzere kameriyeye alınmalarını sağlıyordum. Kuzey Deniz Saha Komutanı Koramiral İlhami Erdil'i de herkes gibi gülümseyerek karşıladım. Hiç yüzüme bakmadı ve bana "Türbeyle ilgili aydınlatma çalışmaları ne aşamada?" diye sordu. Ben de türbenin iç aydınlatması için mum görüntülü lambaların konulduğunu, dış aydınlatma için kendilerinin emirlerini beklediğimizi söyledim. Bana:

"Tabii, sen söylersin, komutanlar olarak bizler yaparız!" diye iğneli bir cümle söyledi ve geçip gitti. Donup kalmıştım. Ne demek istediğini, konunun ne olduğunu, gelişmelerin neresinde bir aksama bulunduğunu bir türlü çıkartamadım. Neyse tören bitti. Herkesi uğurladık. Neden sonra fotoğrafçı arkadaşımla randevumuzu hatırlayıp odama yöneldim. Beni bekliyormuş. Heyecanla anlattı: Taksim'de anıta çelenk koyarken Kuzey Deniz Saha Komutanı ile Belediye Başkanı ayaküstü konuşurlarken konu Preveze ve Barbaros olduğu için söz dönmüş dolaşmış türbeye gelmiş. Aralarında aşağı yukarı şu mealde cümleler sarf edilmiş. İlhami Erdil:

"Sayın Başkan, Barbaros Türbesi'yle ilgili bazı açmazlarımız var. Siz de yardımcı olsanız da türbede bazı restorasyon çalışmaları başlatsak."

"Elbette Sayın Komutan, Belediye olarak biz ne gerekiyorsa yapalım, Barbaros gibi bir Türk büyüğü her türlü yardımı hak eder."

"Türbenin bize ait olan kısmının çalışmalarını tamamlıyoruz, ama bazı konularda türbenin bakım tutumu size ait. Çevre düzenlemesi, aydınlatması, park donanımı vs. yapılmasında yarar var. Ekiplerinizden yararlanmak isteriz."

"Türbenin aydınlatması konusundaki bir teklifi biz de incelemiş ve konuya olumlu bakmıştık. Belki sizin proje ile bizimkini örtüştürebiliriz. Siz nasıl bir şey düşünüyorsunuz?"

"Bizde araştırmacı bir binbaşı var. Barbaros'un vasiyetini bulup getirdi. Orada türbenin aydınlatılmasına dair de bir cümle var. Biz içerden aydınlatmasını zaten yaptık. Dış aydınlatma için ilgili kurumlarla temas halindeyiz ve sizden de bu konuda yardım istiyoruz. Vasiyetnamede yalnızca 'aydınlatma' olarak geçiyormuş."

"Barbaros'un vasiyetnamesi ha, çok ilginç. Eski yazı değil mi bu?"

"Evet bizim Arşiv Müdürü bir binbaşımız var, İskender Pala adında, eski yazıyı iyi bilir."

"Ha!.. Siz bizim İskender'den bahsediyorsunuz!.."

"?!.."

Bu "Bizim İskender" sözünden sonra İlhami Erdil Paşa birkaç dakika düşünmüş ve Tayyip Bey'e hissettirmeden kurmay başkanına dönüp şu talimatı vermiş.

"Nereden onların İskender'i olduğu derhal araştırılsın!"

"Ha!.. Siz bizim İskender'den bahsediyorsunuz!.."

Fotoğrafçı arkadaşımın söylediğine göre bu talimatı verirken suratındaki hiddet, bir boğayı bile zehirleyip yere yıkacak cinstenmiş. İlhami Paşa'nın törenden evvelki tavrının ve iğneli cümlesinin nedenini artık anlamıştım. Tabii hayra yormadım. Yaklaşmakta olan yaklaşmış; olacak olan olmaya durmuş; âdeta süreç başlamıştı.

Sonraki günlerde yavaş yavaş işlerden ve müşterek çalışmalardan dışlandığımı hissettim. Üst kademeden kimse bana ne bir emir veriyor, ne bir iş istiyordu. Rutin çalışmalarımı bile arayıp soran olmamaya başladı. *Kaptan-ı Derya Türbeleri ve Mezarları* kitabının son çalışmalarını yapıyordum. Niyetim yıl sonunda baskıya göndermekti.

27 Eylül'de Tayyip Bey ile İlhami Paşa arasında geçen konuşma her şeyi değiştirmeye yetmiş gibiydi. Herkesin diken üstünde olduğu, duyarlılıkların had safhalara vardığı bir dönem idi. İlhami Erdil'in atılmam için ne gerekiyorsa yapılması talimatını ekimin başlarında verdiğini düşünüyorum. Kuvvet Komutanı'na da o sıralarda arz etmiş olmalı. Güven Erkaya'nın beni ihraç edip etmeme konusunda kararı kolay verdiğini sanmıyorum. Çünkü Deniz Kuvvetleri'nde o dönemde benim niteliklerime sahip bir tek subay daha yoktu ve yaptığım çalışmalar Kuvvet'in prestijini arttırıyor, hazırladığım kitaplar üst düzey protokollerde Deniz Kuvvetleri'nin hediyesi olarak sunuluyordu. Böyle bir kaynağın kurutulmasını isteyecek bir Kuvvet Komutanı, ancak "Ben tepe tepe kullandım, benden sonra tufan!" fikriyle hareket edebilirdi ki tanıdığım Güven Er-

kaya böyle birine benzemiyordu. Meğer bir kere daha yanılacakmışım.

Başıma geleceklerden şüphelenmedim değildi. Bunun için ilgili kişilerin kulağına gidecek şekilde "Mecburî hizmetimin dolmasına birkaç ay kaldı ve dolar dolmaz ayrılacak, üniversiteye gideceğim!" diyordum. Eğer benim hakkımda bir ihraç hazırlığı var ise, "Adam zaten ayrılıp gidecek, uğraşmaya değmez; bırakın kendisi defolup gitsin!" demelerini istiyordum. Bu yol, bir tür önlem olarak bana cazip göründü. Üstelik o günlerde birkaç üniversiteden de ciddi davetler almıştım ve dahası, vakıf üniversiteleri de kurulmaya başlamış, hocalık teklifleri artmıştı. Hatta bir üniversiteden "Mecburî hizmetiniz bittiği gün, üniversitemizde kürsünüz hazır!" sözü bile telaffuz edilip kadro hazırlanmış konumdaydı. Bütün bunlara istinaden ayrılacağım söylentisini her yere yayıyordum ki belki Kuvvet Komutanı da duyar ve herkes beni ihraç etmek istese bile, aramızdaki bunca tuz ekmek hakkı adına o buna mani olurdu. "Sen gidemezsin, ancak biz göndeririz!" denileceğini bilemedim. Atılmamda bu söylentinin belki de olumsuz bir etkisi oldu. Bunu hâlâ bilemiyorum. Kim bilir belki de büyük bir strateji hesabını yanlış yaptığım için, ayrılacağımı söylediğim için oldu olanlar...

"Sen gidemezsin, ancak biz göndeririz!"

Ekim'in son günleriydi. Müze Komutanı Abdurrahman Albay'ın mahcup, riyakâr ve kaçamak tavırlarından aleyhimde bir şeylerin döndüğünü sezebiliyordum. Bir ara masasının üzerinde kendi resimlerimi gördüm. Eskiden çektirilmiş vesikalık bir resimden kopya usulü yeniden çekilerek çoğaltılmıştı. Gizlice resimlerim çoğaltıldığına göre benden gizli bazı dosyalar hazırlanıyor demekti. Bu dosyaların, askerlikten ayrıldıktan sonra da takip edilmem için MİT'e gönderilecek dosyalar olduğunu anlayamadım. Odamdaki radyo iyiden iyiye cızırdamaya başlamış, tamirci ere gösterdiğimde o da radyonun arızasız olduğunu ve cızırtının nedenini anlayamadığını söylemişti. Tabii ben, odama daha şimdiden kuvvetli dinleme cihazları yerleştirildiğini de tahmin etmedim. Müze komutanıyla özel olarak görüştüm. Yaklaşmakta olan YAŞ için bir ihraç hazırlığına girişilmiş ise bunu bilmek istediğimi, eğer var ise Kuvvet Komutanı ile randevu alıp konuşursam bu kararın önüne geçebileceğimi, zaten mecburî hizmetimin ve emekliliğimin dolmasına birkaç ay kaldığını, bu konuda bana bir işaret vermesini istirham ettim. Güya beni rahatlatıcı cümleler söyledi ve böyle bir şeyin olmadığını temin etti. Daha sonra öğrendim ki ihraç sürecinin başlayabilmesi için ilk ihraç talebini ilk âmirin yapması ve sicil belgesini bizzat doldurması gerekiyormuş.

Bundan iki gün sonra elime "Kişiye Özel" damgalı gizli bir evrak ulaştı. Evrak 5 Kasım tarihini taşıyordu ve bizim komutanla görüştüğümüz güne rastlıyordu. Demek ki ilk amirim olarak benim ihraç evrakımı hazırlayalı birkaç gün olmuştu. Bu evrakta benim, "Millî Görüş ideolojisine mensup olduğum" gerekçesiyle şüpheli personel kategorisinden sakıncalı personel kategorisine alındığım yazılıydı ve kıta dışı tutum ve davranışlarımın da kontrolü için üç adet biyografi formu ile üç adet fotoğrafımın gönderilmesi isteniyordu. Bahsi geçen kıta dışı tutum ve davranışlar elbette ki MİT tarafından takip ve kontrol edilecekti. Anladım ki Tayyip Bey'in çok iyi niyetle söylediği "Bizim İskender" sözü benim "Millî Görüş ideolojisi"ne kaydımı yaptırmıştı. Artık iş işten geçmiş sayılırdı. Tevekkül etmekten ve başımıza gelecek bir şey varsa buna kader gözüyle bakmaktan

İki gün sonra elime "Kişiye Özel" damgalı gizli bir evrak ulaştı.

başka çarem kalmıyordu. On beş yıllık mecburî hizmetimin dolmasına sayılı günler kalmışken... Ve dolduğu gün ayrılıp gidecekken...

Yıllarca ayrılmayı istediğim, altı yılda yedi tayin görerek bizar edildiğim üniformalı hayatıma, biraz daha devam etmek isteyeceğimi hiç düşünmezdim. Hiç leke sürmediğim ve sürdürmediğim üniformam son anda lekelenmesin istiyordum. Daha doğrusu bu şerefli meslekten şerefsizmiş gibi ayrılmak istemiyordum. Asla geçim kaygısıyla da böyle düşünmüyordum. İnsan her işi yapabilirdi. Üstelik üniversitelerde işim hazırdı. Belki yıllarca önce atılmış olsaydım fazla önemi olmayabilirdi, ama şimdi toplumda bir yerim, bir de adım vardı. İnsanlar kitaplarımı okuyor, öğrenciler adımı gıptayla anıyordu. Dahası, çocuklarım büyüdüler ve onlara bunu izah etmem zor olabilirdi. Yüreğimin bir yanı, sevgili Evliya Çelebi'nin sık sık tekrarladığı,

Edemez def' sakınmakla kazayı kimse
Bin sakınsan yine ön son olacak olsa gerek

beytine inanıyor, diğer yanı Güven Erkaya böyle bir haksızlığa müsaade etmez diyordu. Üstelik öne sürülen suçun(!) da inandırıcılığı yoktu. Ben bir partiye oy vermeyi dinî vecibe gibi görenlerden değildim ve aklım bana elbette yol gösteriyor, ona göre değişik zamanlarda değişik partilere oy veriyordum. Son seçimde tercihimin RP olması bu gerçeği değiştirmiyordu. Üstelik bu tercihimin de nedeni TSK'da benim durumumda olan pek çok subay veya astsubayın çektiği sıkıntı, onların eşleri ve çocuklarının iç dünyalarında yaşadıkları psikolojik savaş, her YAŞ döneminde adrenalinin tavana vurduğu evler, bu evlerdeki insanlara musallat olan şizofrenik sendromlar, sebepsiz titremeler, kasılmalar, tırnak yemeler, terlemeler ve bazılarının hiç dinmeyen asla da dinmeyecek gözyaşlarından bıkkınlık gelmişti. Bu yüzden son seçimlerde Erbakan kazansın da bu evlere bir parça huzur ve rahatlama gelsin diye dua etmiştim. Nitekim Erbakan kazanmıştı ve şimdi başbakanlık koltuğunda oturuyordu. Tıpkı Erbakan gibi aynı sebeple İ.Hakkı Karadayı için de dua etmiş, Genelkurmay Başkanı olması için Allah'a yalvarmıştım. Zannederim o dönemde benim durumumdaki pek çok asker bu iki insan için dua ettiler. İ.Hakkı Karadayı Paşa hakkındaki kanaatlerim çok iyiydi. Vaktiyle İstanbul'da III. Kolordu Komutanı iken bir defa görüşmüştük de. Ramazanda orucunu tuttuğu biliniyordu. İşte bu yüzden Güven Erkaya'ya güvendiğim kadar Başbakan ve Genelkurmay Başkanı'na da güveniyor, ihraç emrim Deniz Kuvvetleri'nden geçerse Genelkurmay'dan geri döner, oradan da geçerse Başbakan çevirir diye düşünüyordum. Bu insanların üçü de benim adımı biliyorlar, beni tanıyorlardı. Elbette birinden biri bunun bir haksızlık olduğunu söylerdi.

Öyle olmadı. Birisi Başbakan, birisi Genelkurmay Başkanı olsun diye dua ettiğim iki kişi Başbakan ve Genelkurmay Başkanı olunca benim ordudan ihraç kararımı onayladılar. Hikâyem, III. Selim'in hikâyesine döndü. Malumdur hani, kendi himaye ettiği insanlar tarafından öldürüldüğü gün destarından bir beyit çıkar. Nevres-i Kadim'e ait olan beyitte,

Kendi elimle kesip yâre verdiğim kalem
Fetvâ-yı hûn-ı nâ-hakkımı yazdı ibtida

denilmektedir. İşte nesircesi: *"Kendi elimle yontup sevgiliye sunduğum divit, ilk önce haksız yere benim idam fermanımı yazdı."*

Yanılmıyorsam, Erbakan'ın Başbakan olduktan sonraki ikinci YAŞ toplantısı idi. Öncesindeki günlerde Cumhurbaşkanlığı Köşkü'nde iki olay yaşanmıştı. Birincisi Kuvvet Komutanlarının yemeğinde Güven Erkaya'nın içki servisi yapılmasını istemesi, ikincisi de Başbakan Erbakan'ın tarikat şeyhlerine bir resepsiyon vermesi. Medya her fırsatı değerlendiriyor, hücum üstüne hücum yapıyor, Erbakan Hükümeti de rakip oyuncunun eline her fırsatı sunuyor, hata üstüne hata işliyordu. Bu arada medyamız da YAŞ toplantısını hükümet ile askerin bir rövanş müsabakası gibi göstermeye çalışıyor, bundan her iki taraf da etkileniyordu. Erbakan, kendi memuru Karadayı Paşa'yı Başbakanlığın merdivenlerinde karşılıyor, "Asker ile aramızda uyum vardır!" diye asılsız açıklamalar yapıyordu. Mamafih Erbakan Hoca seçimi kazanınca, terfi dönemi öncesinde hacca gitmek üzere kontenjandan rezervasyon yaptırmayı düşünen general ve amiraller olduğu da söyleniyordu. Ama derin devletin gücü yavaş yavaş kendini hissettirmeye başlamış, eğer varsa hacca niyetlenenler, rütbelerini başka yolla yükseltme eğilimine girmişlerdi. Bu arada bazı sivil kesimler ile birtakım medyada ihtilal kışkırtıcılığı had safhaya ulaşmış, Sincan'da tankların demokrasiye balans ayarı yapmak üzere yürütüleceği günler yakınlaşmış, ihtilal senaryoları komplo teorileriyle birlikte çoğalmış ve nihayet toplumsal bir paranoya içine girilmişti.

Erbakan'ın Başbakan olduktan sonraki ikinci YAŞ toplantısı idi.

YAŞ toplantısının son gününde Başbakan Erbakan omuzları çökmüş, kan tere batmış vaziyette kameraların önüne geçip Şûrâ'nın yararlı geçtiğini söyledi. O kadar yararlıydı ki toplam 163 subay ve astsubay ordudan ihraç edilmişti. Bu rakam, o zamana kadar YAŞ kararıyla atılmalarda bir rekor idi ve siyasî gündeme askerler adına yansıyan bir zafer mesajıydı. Başbakan Erbakan kendisini inkâr edercesine hiçbir dönemde olmadığı kadar çok sayıda subay ve astsubayı ordudan ihraç ediyor, sonra da bunların atılmayı hak ettiklerini söylüyordu. Galiba o 163 kişiyi asıl bu ifade incitecekti!..

Toplam 163 subay ve astsubay ordudan ihraç edilmişti...

Daha sonra içerden edindiğim bir bilgiye göre güya o dönemde YAŞ'ın asker kanadı, ihraç dosyalarının sayısını 1/3 oranında kabarık tutmayı, Başbakan itiraz ettikçe de elemeyi, böylece ihraç edilmesi gereken kişileri ihraç edebilmeyi planlamışlar ve şüpheli personel dosyalarını bile sakıncalı personel gibi göstermişler. Dosyaları o kadar alelacele tekemmül ettirdikleri için de Kızılay'da rastgele çekilmiş çarşaflı iki ayrı kadın fotoğrafını birkaç dosyaya birden koyup subay veya astsubay eşleriymiş gibi göstermişler. Buna rağmen, YAŞ görüşmelerinde sıra ordudan atılacak personele gelince de Başbakan yığın yığın gelen dosyaları sorgusuz sualsiz imzalamaya başlayınca kurunun yanında yaşlar yanarken askerlerin de içi acımış; ama iş de işten geçmiş.

YAŞ kararıyla ordudan ihraçlar hemen her askerî şûrâ döneminde moda olunca, vaktiyle yabancı uyruklu hanımlarla evlenip kendilerini TSK'dan attırmak isteyenler bu sefer kendilerini irticacı gösterip haklarında sahte irtica raporları düzenlettirerek ayrılmaya başladılar. Bir amirinizle anlaşıp, birkaç da ihbar mektubunu kendi ellerinizle hazırladıktan sonra, her komutanın irticacı personel avına çıktığı bir zeminde elbette TSK'dan ayrılıp gidersiniz. Kumarhane işletmekteyseniz, derin işler yapıyorsanız, işleriniz tıkırındaysa ve TSK'dan ayrılma sebebinizi kimseye söylemek zorunda değilseniz veya sonradan "irticadan atıldım" diye alaylı kahkahalar atma eğilimindeyseniz, ihraç dosyanızda irticaa bağlı "disiplinsizlik" yazsa ne çıkar; hoş devlet memuru olacak değilsiniz ya!.. Nitekim bir üzüntüm de, gerçekten askerî disiplinden uzak bu tür sahtekâr kişilerle aynı listelere adımın yazılıp eşit muamele görerek ordudan ihraç edilmiş olmamdır. Hakikatte TSK'dan atılmama gerekçe gösterilen "disiplinsizlik" kelimesi benim ruhuma aykırıdır.* Her şey bir yana, eğer disiplinsiz olsaydım kırk yaşımda elli kitabın sahibi olabilir miydim?!..

⁂

Şûrâ'dan sonraki günler evimizde bir tedirginlik vardı. Çocuklarımız dahil, kimse kimseye ne bir şey soruyor, ne de konuyu açıyordu. Aralık ayının soğuklarını üzerinde taşıyan bir gündü. Müze Komutanı odasına çağırdı ve YAŞ kararı gereği TSK'dan ihraç edildiğimi tebliğ etti. Belgede gerekçe olarak "disiplinsizlik" diye yazılıydı.

Ben ki hayatı bir kuştüyü zarafetinde yaşamayı ilke edinmiş, gül-bülbül ile ömrünü tüketmiş İskender Pala idim, adımı anan herkesin aklına ilk gelen şey nezaketim, zarafetim ve be-

---

* Yıllar sonra resmî bir iş başvurusu münasebetiyle Deniz Kuvvetleri Komutanlığı'ndan "Sicil Özeti"mi istediğimde bana gönderilen Askerlik Safahat Belgesi'nin "Takdir ve taltifler" hanesine büyük harflerle "YOKTUR" yazılırken "Aldığı Disiplin Cezaları" hanesinde bir tevbih ile "Kz.Dz.Sh.K. tarafından cenaze törenine kısa kollu elbise ile katılmak suçundan 21/09/1990 tarihinde YEDİ GÜN GÖZ HAPSİ cezası verilmiştir." kaydı düşülmüştür. Bir sonraki "Askerî Mahkeme Kararları ile Verilen Cezaları" hanesinde ise yine büyük harflerle "YOKTUR" ibaresi yer alır. İmdi, askerî mahkeme kararı ile hiç ceza almamış olup da tek disiplin cezası da şehit cenaze törenine uzun kollu elbise yerine kısa kollu elbise ile katılmak(!) olan birini "DİSİPLİNSİZLİK" gerekçesiyle ihraç etmek, onu maaşından, mesleğinden, emekliliğinden, itibarından, dostlarından velhasıl özgürce ve alnı ak olarak yaşamaktan alıkoymak reva mıdır? Eğer mahkeme kararı ile tespit edilmiş bir disiplinsizliğim veya cezam olsaydı boynum kıldan ince olurdu; peki de, şimdi kim bu haksızlığın sorumluluğunu üstlenecek, kim benden özür dileyecek!?..

yefendiliğim idi de, siz kadere bakın ki TSK beni disiplinsiz diye kapı önüne bırakıyordu. Üstelik de bu kararın alındığı gün ülkeyi yönetmekte olan ve daha sonradan da yönetecek olan "Millî Görüş İdeolojisi'ne mensup olduğum" gerekçesiyle. Sureta da dosyama "Nurcu ve Işıkçı" yazılmıştı. Bana "nurcu" yakıştırmasını yapanlar belki daha sonradan Zaman gazetesinde imzamı görecek oldukları için bir kehanette bulunuyorlar; "ışıkçı" diyenler de muhtemelen Türkiye gazetesinde müstear isimle şiir sayfası hazırladığım için bu yakıştırmayı yapıyorlardı. Bu yobazca bakış açısına sahip olanlar muhtemelen yazı yazdığım dergileri de hesaba katmış olmalılar. Oysa benim doğrularım var ise ve onları herhangi bir yayın organında yazacaksam, yazdığım gazete veya derginin anlayışına göre değiştirmem. Ben araştırdıktan sonra doğru bildiğimi veya bulduğumu, şu veya bu gazetede başka başka yazacak değilim. Eğer kişilere veya ideolojilere göre eğilip bükülürsem, eğer gerçeği menfaatlerime feda edersem kendime saygım kalmaz. Galiba beni değerlendirenler, beni de kendileri gibi zannetmişlerdi. Katıksız bir bilim yobazlığı!..

Müze Komutanı, YAŞ kararı gereği TSK'dan ihraç edildiğimi tebliğ etti.

Ezcümle başıma gelenler haksızlık idi; büyük haksızlık...

* * *

Böyle bir şeyi kim yaşamak ister!?.. Bir an elinizi şakağınıza dayayıp düşününüz, acaba siz benim yerimde olmak ister miydiniz? Kazara benim yerimde olsanız ne yapardınız? Şu anda yapın bunu, birkaç dakikanızı ayırın ve benim yerimde olduğunuzu bir an olsun düşünün.

* * *

Bilemiyordum, ne yapılabilirdi, ne yapmalıydım, bilemiyordum. Anayasa'nın 125. maddesinde önce *"İdarenin her türlü eylem ve işlemlerine karşı yargı yolu açıktır (...)"* deniyor, ardından da *"Cumhurbaşkanının tek başına yapacağı işlemler ile Yüksek Askerî Şûrâ kararları yargı denetiminin dışındadır,"* deniliyordu. Böyle bir madde, TSK'dan ihraç edilenlerin hukuksal durumlarını olumsuz etkilediği gibi bir suç isnadı da içermeli değil midir?!. Çünkü YAŞ, bireylerin suçluluğuna karar vermekte ve onları meslekten men cezası ile cezalandırmaktadır. Anayasa'nın 9. maddesinde *"(...) yargı denetiminin Türk milleti adına bağımsız yargı organlarınca kullanıldığı(...)"* yazılı olsa bile maalesef bu böyledir. Üstelik TSK'dan atıldıktan sonra aynı anlayışı gerek devlet kuruluşları, gerekse toplumun değişik kesimleri ve iş dünyası devam ettirerek bu insanları suçlu gibi, hatta yasa dışı bir örgüt üyesi gibi görmekte ve normal vatandaşların sahip olduğu haklardan mahrum bırakmaktaydı. Dahası, haklarında düzenlenen dosyaları -ki bunların çoğu, o kişilerin dünya görüşüne ilaveten kişisel sürtüşmeler, aynı hedefe kilitlenmiş mesai arkadaşlarının kendilerini güvenceye alma ve rakibini yok etme gayretlerine bağlı taraflı iddialar; terfi, rekabet, mevki ve makam hesaplarına bağlı iftiralar ve adaleti saptırıcı tek taraflı suçlamalar da içerir ve dosya sahibi, bunlardan hiçbirini bilemez- Millî İstihbarat Teşkilatı'na gönderilerek takip altına alınmalarına, telefonlarının dinlenmesine, medya ve basın yoluyla yasadışı örgüt üyesiymiş gibi gösterilmelerine, sanki yargılanıp da suçlu bulunmuşlar gibi bir psikolojik baskı ile haklarında kamuoyu oluşturulmasına, yurtdışına çıkışları engellenmeye, hatta işverenlere baskı yapılarak buldukları işten çıkarılmalarına kadar vardırılıyordu. Soru şuydu:

Böyle bir şeyi kim yaşamak ister!?..

"Peki, bu insanlar nerede çalışacak, ne ile geçinecek, çocuklarını nasıl okutacaklardı?!.."

Galiba ölsünler daha iyiydi...

Ve galiba, bunca aşağılanmaya tahammül edemeyip intihar edenler onurlarını kurtarmak için bunu yapmışlardı...

Gerçekten haksızlık idi bu, çok büyük haksızlık idi!..

Hani anlatırlar, köylünün birinin eşeğini kurt parçalamış. Adamcağız kurdun arkasından acı acı bakarken hayıflanıyormuş:

"Bir gün sen de öleceksin amma neyleyim ki ben yaya kaldım."

"Sonra ne oldu?"
"Neler olmadı ki!.."

BİR ŞEREFSİZ(!) ASKER

Gerçek başarı hep ayakta kalmak değil, düştükten sonra da ayakta kalabilmektir.

Vince Lombardi

Cumhurbaşkanı, Başbakan ve Millî Savunma Bakanı'nın imzalarıyla 14 yıl 7 ay önce giydiğim üniformayı yine aynı makamların imzasıyla 11 Aralık 1996 günü çıkarmıştım. Kimliğimi, tabancamı, sağlık karnelerimi ve özlük haklarımı teslim ettiğim gün ise 13 Ocak 1997 gününe rastlar. Artık omzundaki yıldızları, bazılarına göre şerefini(!) yitirmiş bir asker idim. Bir şerefsiz asker idim. Yaşamayan bilemez!.. Ve Allah kimseye yaşatmasın!...

Birkaç gün bu haberi eşime ve çocuklarıma söyleyemedim. Neden işe gitmediğimi sorduklarında izinli olduğum cevabını veriyordum. Amacım ne yapacağımı, nasıl bir yol izleyeceğimi ve ailemi bu süreçten nasıl yara almadan kurtarabileceğimi planlayıp uygulamaya koymaktı. Ne var ki böyle bir psikoloji ile sağlıklı bir plan yapılamıyordu. Üstelik de onların içine doğmuş gibiydi. Üçüncü gün eşime açıklayabildiğimde çok metin davrandı ve sanki biliyormuş gibi beni teselliye kalkıştı. Bu galiba karşılaşacağı ilk şok idi. Ben de ayrılış belgesini imzalarken hiç üzüntü duymamıştım çünkü. Ama aslında bu, kurşun yarası gibi bir şeydi. Önce kanın sıcaklığından bir şey hissedilmez ama gitgide yüreğiniz kanamaya, bağrınız yanmaya başlar.

"Zaten ayrılmak istemiyor muydun? Şimdi teklif aldığın üniversitelerden birine gider çalışırsın," diyordu eşim. Doğrusu ben de böyle düşünüyordum. Hele de birkaç kez teklif aldığım bir vakıf üniversitesinde kadromun hazır olduğunu bildiğim için geçim derdinde değildim.

İnsanlar sizin vebalı olduğunuzu bilmezse biraz daha yakınınızda durabilirler.

Ordudan ihraç edildiğim haberi yavaş yavaş duyulmaya başladı. Ben de bunu gizlemiyor, hatta belki acımı paylaşırlar, açmazlarımı açar, derdime çare olurlar diye dostlarıma söylüyordum. Belki de çektiklerimin bilinmesini istiyordum. Ama hiçbir şeyin benim düşündüğüm, umduğum veya planladığım gibi olmadığını kısa sürede öğrendim. Keşke kimseye söylemeseymişim. Keşke ordudan ihraç edildiğimi hiçbir mekân ve zamanda hiç dillendirmeseymişim. İnsanlar sizin vebalı olduğunuzu bilmezse biraz daha yakınınızda durabilirler çünkü. Ama o zaman da bunu yüreğinize nasıl izah edersiniz?!..Yaşadığımız günler ve konjonktür, acımın paylaşılmasına müsait değilmiş, bilemedim. Emekli oldum deyip hayatıma devam edebilirmişim, bilemedim. Herkes duysun ve feryadıma ortak olsun isterken herkesin benden hızla uzaklaşacağını, bilemedim.

Ve hâlâ bilemiyorum; acaba bu satırlar okunduktan sonra benim askerden ihraç edilmiş biri olduğumu şimdi öğrenen insanlar, yine aynı şekilde mi davranacaklar; aradan bu kadar zaman geçtikten sonra ülkemde hâlâ özgür düşünce söylemleri göz ardı edilerek ruhum yeniden cendereye sokulacak mı, ailem ve benim durumumda olanlar için hayat daha da kısıtlanacak mı, velhasıl filmi baştan sarıp aynı acıları yeniden yaşayacak mıyım, bilemiyorum... Üstelik bu satırları yazmamdaki kasıt, ben ve benim gibi olanların trajedilerine bir son verecek kapının aralanmasına vesile olma arzusu iken... Hani belki bir yetkili çıkar da, kanayan üç binden ziyade yüreğe bir merhem koyar!..

Zamanın başlangıcında, henüz dünya çok gençken, insanların ataları ve kurtlar birlikte ava çıkarlarmış. Sonra araya ateş girmiş ve yolları ayırmış. Kurtlar bu zamanları hiç unutmazlarmış; ne var ki insanoğlu o günün hatıralarını çoktan silmiş hafızasından...

Ve o dönemde bizim de önce telefonlarımız çalmaz oldu. Sonra aradığım insanlar yok çıkmaya başladı. İşsizdim ve hiçbir gelirimiz yoktu. Önceleri sayısız tekliflerde bulunanlar, beraber çalışmaya davet edenler, sokakta beni görürlerse yollarını değiştiriyorlardı. Ve ben ordudan ihraç edildiğim için değil, asıl bu tavırlar için kahroluyordum. Belki onları da haklı görebilirdim; 28 Şubat'a birkaç gün kalmıştı. Hassas ve yaftalamacı saatleri yaşıyorduk. Bir gün tanıdıklarımdan biri "İskender Bey, telefon rehberinden benim numaramı siler misin?" demez mi? O günü hiç unutamam. Eve gelirken birkaç kez bayılacak derecede fenalaştım. Artık suçlu(!) olduğumu kendim de kabul etme noktasına geldim. "Ruh ve akıl dengemi muhafaza et Rabb'im!" diye dua etmekten başka elimden bir şey gelmiyordu. Üstelik bunların

"İskender Bey, telefon rehberinden benim numaramı siler misin?"

hiçbirini eşime ve çocuklarıma yansıtmamam gerektiğini biliyordum. Meğer acı su bir baştan yüzlerce başa ayrılmış, onlar da benim yaşadığımın bir başka çeşidini yaşar olmuşlar da haberim yokmuş. Özellikle lojman muhitinde arkadaşlarının tavırları değişmiş, ilişkiler sorgulanmaya başlamış. Yazık ki o günlerde dertleşecek insan bulamadım çevremde. Ne zaman samimi gördüğünüz bir dosta merhaba deseniz, daha siz içinde bulunduğunuz durumu anlatmaya başlamadan sizden uzaklaşmak, kaçmak istediğini hissedersiniz. Beraber görünmekten, sizinle aynı kulvarda olmaktan korkan dostlardır(!) onlar ve sayıları o kadar çoktur ki!.. Onların çoğu her başları sıkıştıkça sizi arar, sizden fi sebilillah yardım isterler. Çoğu din adına, dava adına söze başlar ve istediği şeyin yapılmasını garantilemeden yanınızdan ayrılmaz. Sizi kendi görüş ve ideolojisine alet ederek amacına ulaşır, bedava hizmet alır, kaba tabirle sizi kullanır. Ona göre menfaatin adı dava ve hizmet olmuştur. Zannederim onlardan hiçbirisi şimdi "Acaba bu adamın ordudan ihracında benim de bir payım var mı?" diye asla düşünmüyordu. Üstelik "Randevu almadan, telefon etmeden, başörtüm, poturum ve bir kucak sakalımla bu adamı makamında çat kapı ziyarete gittiğim zaman acaba bir zararım dokundu mu, birileri bundan bir anlam çıkardı da şimdi ordudan onun için mi ihraç ediyorlar yoksa?" diye de hiç akıl etmediler, üzerlerine toz kondurmadılar. Onlar, hâlâ benim suçlandığım ve askerlikten ihraç edildiğim dinî konularda kahramanlığı elden bırakmazlar ve hep en sağlam Müslümanlar olarak geçinirler, ama ruh haritaları menfaatle çizilmiş kuru bir kabuktan öte değildir. Din adına, Türklük adına vatan veya millet adına nutuklar atarak beni kullanan işte o dostlar(!), 28 Şubat sürecinin irtica söylemleri nedeniyle benden kaçıyorlardı ve hatta benim bir suç işlemiş olabileceğime dair de fikirler taşıyorlardı ya!.. Daha dün radikal söylemlerle beni kışkırtan, kullanan veya yanımda görünerek bir tür statü kazananlar, şimdi benimle görünmekten utanıyorlardı ya!.. Tanrım, ne büyük bir çelişkidir bu!

* * *

Gerçekler de zaman ile birlikte yürüyordu. Kış ortasındaydık ve lojmanı boşaltmak gerekiyordu. Çocukların okulları dolayısıyla Levent bölgesinden uzağa gidemiyor, bu bölgede de kiralık ev bulamıyorduk. Hem bulsak da kira ücretleri, lüks semt olmak dolayısıyla benim gibi işsiz bir aile reisinin ödeyeceği rakamlar değildi. Sıkıntı üstüne sıkıntı... Derken, geçici bir süre için taşınabileceğimiz bir küçük ev bulduk. Rutubeti olan ama emniyeti olmayan, merkezî bir yerde ama dökülen, kirası ucuz ama bakımı zor, gelen tek ziyaretçimizin "Bir doçentin oturduğu ev böyle mi?!.." diye hayrette kaldığı bir dağ kulübesi gibiydi. Kimse oturmadığı, oturulmaya layık bulmadığı için yarı harabeye dönmüş iki oda bir mutfaktan ibaret daracık bir evdi, ama o sıkıntılı dönemde gönüllerimizi genişletmişti. Rutubeti had safhadaydı ve bizim de henüz dört yaşında olan oğlumuz astıma maruzdu. Ne yapılabilir ki; eşyalarımızın pek çoğunu başka yerlere koyarak hiç olmazsa bahara kadar buraya yerleştik. O günlerde tek ekmek teknesi diyebileceğim hantal bilgisayarıma da yatağımın ayak ucunda küçücük bir yer bulabilmiştim ya; ne büyük lüks!...

Daracık bir evdi, rutubeti had safhadaydı ve bizim de henüz dört yaşında olan oğlumuz astıma maruzdu.

Lojmanlardan da ayrılınca üniformayı gerçekten çıkardığıma inandım. Şimdi kendimize yeni bir hayat kurmamız gerekiyordu. Yaşım neredeyse kırka dayanmıştı ve işsizdim. Eskiden beri zengin bir hayatımız olmamıştı, ama ilk defa geçim derdinin ne demek olduğunu öğreniyordum. Haftada bir gün müstear isimle gazetede yazım yayımlanıyor ve yazı başına 10 milyon lira alıyordum. Küçücük evin kirası 80 milyon idi. O aylarda beş kişilik bir ailenin mutfak masrafı da 120 milyon tutuyordu. Okul, ulaşım, giyim vs. derken geçinebilmek için 300 milyona ihtiyaç vardı ama benim yegâne kazancım 40 milyon idi. Fatura oluşmasın diye eve telefon bağlatamadık. Nasıl olsa pek arayanımız olmuyordu. Yine de kayınbiraderimin eski cep telefonuna hat alıp bir müddet kullanalım istedik. Hani belki tembih ettiğimiz kişilerden veya yerlerden bir iş imkânı bulunursa bize ulaşabilsinler istiyorduk. Yoksa telefon etmemiz gerektiğinde gece gündüz demeden yakınlardaki kulübeye gidip daha ucuz olan kartlı telefon vasıtasıyla konuşuyorduk. Bu benim parayla imtihanım idi...

Günler, haftalar geçiyordu ve daha önceden bana sayısız teklifler getirenlerin hiç soluğu çıkmıyordu. Üniversiteler, yayınevleri, basın kuruluşları, özel şirketler... Herkes derin bir uykudaydı. 28 Şubat 1997 günü ülke gündemini allak bullak eden bir gün oldu. Milli Güvenlik Kurulu kararları kamuoyuna bir darbe indirdi ki bazı evlere bomba düşmüş gibi oldu. Buna sonradan "postmodern darbe" denildi. Bir darbe ile başlayan askerlik hayatım, bir başka darbe ile beni tamamen dışına fırlattı. O günden sonra eski dostlarım iyiden iyiye kış uykusuna yattılar. Takvimlerden yapraklar deste deste yırtılıyor ve ben evde işsiz oturuyordum. Siz buna ister pineklemek deyin; ister kahır! Ben ki bunca yıl dirsek çürütmüş, yazmış, çizmiş, toplumda belli bir yer ve ad edinmiş insandım. Doçenttim. Sivil hayat ile dirsek temasım vardı ve toplumu tanıyordum. Ve sabah okula giden çocuklarım evde oturan, durmadan sigara içen bir babaya Allahaısmarladık diyorlar, akşam gelince ba-

balarını yine aynı biçimde oturur ve sigara içerken buluyorlardı. İçlerinden "Biz de babamızı bir şey zannediyorduk. Meğer hiçbir işe yaramayan bir adammış!" dediklerini sanıyor, kendimce bundan utanç duyuyor, yüzlerine çekinerek bakıyordum. İlk günlerde "Ben İskender Pala'yım, nasıl olsa iş teklifleri yağar," diye düşünmüştüm. Birkaç hafta sonra, "Artık herkes duymuştur, teklifler şimdi gelmeye başlar!" diye oturuyordum. Acı gerçekle karşılaşıp hiçbir teklif gelmeyeceğini anladığım zaman tanıdıklar ve dost bildiklerimin ağzını yoklayarak iş imkânları araştırmaya başladım. Onlara da utanarak yaklaşıyor, doğrudan iş aradığımı değil de teklif gelirse çalışabileceğimi söylüyordum. İş aramak, daha doğrusu birilerinden bir şey istemek meğer ne kadar ağır ve zor bir hal imiş. O zamana kadar hep benden bir şeyler istenmişti. Elbette şimdi de kendi adına çalışmamı isteyen birisi çıkar diye düşünüyordum. Yanılmıştım. Hem de başımı kayalara çarparak öğrendim yanıldığımı. Gururu ve kibri bir yana bırakıp iş aramaya başlamam benim için tam bir kişilik sınavı oldu. Düşünüyordum, benimle beraber TSK'dan 163 kişi atılmıştı ve bunların içinde benim kadar sosyal hayatın içinde yer alan ve bağlantıları olan insan sayısı iki elin parmaklarını geçmezdi. Peki ben topluma bunca yakın dururken, kitaplarım piyasalarda okunurken, doçent olduğum halde bu durumlara düşüyorsam, acaba diğer 162 kişi neler yaşıyor, hangi sıkıntıları çekiyorlardı?!.. Acaba o yıla kadar irtica gerekçesi ve disiplinsizlik suçlamasıyla ordudan atılanların hali neydi?!.. 28 Şubat'taki derin devlet, beni ve benim gibi askerden ihraç edilenleri âdeta bir şamar oğlanı gibi kullanıyor, ülke genelindeki irtica pokerini bizim üzerimizden oynuyordu. Müteakip YAŞ toplantılarında, ordudan ihraç edilenlerin resmî devlet kuruluşlarında çalışmaları tartışılıyor, şûrânın asker kanadı da bu uygulamayı irticaı cesaretlendiren bir tavır olarak değerlendirebiliyordu. Nitekim bu tartışmalardan sonra devlet kuruluşları kapılarını benim gibilere iyiden iyiye kapatmaya başladı. Bu konuda kendilerine gönderilmiş herhangi bir yazılı emir, yasa, yönetmelik yahut yönerge maddesi olmadığı halde yetkili kişiler bizlerin adını bile anmaktan vazgeçtiler. Ben buna sağcılık hastalığı diyorum. Sol düşünceye sahip insanlar bu korkaklığa asla düşmezlerdi ve düşmediler de. Ama sağcıların ekseriyeti nedense cesaret özürlü yaratılmışlardır.

28 Şubat tamamen korkuya ve menfaate dayalı bir uygulamaydı.

Ordudan ihraç edilen birinin -hiçbir yasa ve yönetmelikle yasaklanmış olmadığı halde- devlet memuriyetine alınmaması, hatta belediyelerde bile istihdam edilmemesi, 28 Şubat'ın göstergelerinden biridir. Bu, tamamen korkuya ve menfaate dayalı bir uygulamaydı. Derin devletin gücü yani... Söz gelimi sizin, bir üniversitenin bir bölümüne girmeniz mi gerekiyor; bölüm başkanı şöyle düşünür: "Şimdi ben bu kişiyi buraya almaya kalksam, ilerde dekan bir şey sorarsa ne derim?" Eğer o cesaret gösterir de sizin alınmanızı savunursa bu sefer aynı soruyu dekan soracaktır: "Bu adamı buraya almamız gerekiyor, ama rektör böyle birisini niye almak istiyorsunuz diyecek olsa ne cevap veririm?!" Silsile yoluyla bu "ya sorarsa?" şüphesi o dönemde her kademeyi kuşatmıştı. Amirler, müdürler, genel müdürler, bakanlar hep aynı şekilde bu korkuyla hareket ettiler. Dahası, böyle bir teklife cesaret edebilecek yiğitler çıkarsa, bunların da amirleri tarafından vebalı kategorisine alınma şüphesi az şey değildi. Bu yüzden sorulursa, "TSK'dan ihraç edilenlerin işe alınmaması için emir var," diyorlardı. Böyle bir yazılı emir asla olmadı. Ama sağcı kafalarda -bazı istisnaları ayrı tutarak- bu, derin devlete itaat olarak yankı bulan bir emir şeklinde algılandı. Öte yandan TSK'dan atılanlar ne yer ne içer, sıkıntıları var mıdır, çocukları okula gidebiliyorlar mı, kimsenin umurunda değildi. İşinden atmışsınız ve asla iş vermiyorsunuz.

"Çıkar yol?"

"?!.."

* * *

Büyük bir sınav idi. İmanınız ile vicdanınız arasında sizi cendereye alan büyük bir sınav...

O günlerde anlamaya başladım ki eğer insanlar üniforma taşıyan birine sivil hayata ilişkin birtakım teklifler yapıyor, onlara müstakbel nimetler vaat ediyorlarsa mutlaka hile yapıyorlardır. Bir defa, sizin zaten mecburî hizmetiniz olduğunu ve bu teklife nasıl olsa evet diyemeyeceğinizi bilmektedirler. Asıl amaç da "Belki ileride lazım olur, kıyıda köşede iş gördürmek için bir de asker yakınımız bulunsun!" diyebilmektir. Hani olur a, işimiz düşer!..

* * *

28 Şubat süreci... Her gün yeniden çaresizlik, her gün bir yığın hüsran... Günler ilerledikçe dalgalar şiddetini arttırarak dövmeye başlamıştır kalbinizin duvarlarını ve çaresizliğin sesi çığlık çığlığadır içinizde. Ateş düştüğü yeri yakar ve bir serçe olsun, gagasıyla size bir damla su getirmez yangını söndürmeye...

Böyle durumlarda en çok morale ve bir de paraya ihtiyacınız olur. Bunların ikincisi genelde birincisi için bir vasıtadır. Ama insanlar sizden ikisini de esirgerler. Esirgemeyenler, ileride gerçek dost olarak hatırlanacak olanlardır. Benim öyle üç dostum oldu. Birisi telefonlarımın dinlendiği ve hiç kimsenin aramadığı günlerde beni arayıp yiğitçe konuşmalar yaptı ve bana teselli sözleriyle birlikte dostluğunu sundu, diğeri kendi oturduğu masayı teklif etti, ötekisi de Kıbrıs'ta 28 Şubat'ın hükmü geçmez deyip üniversitesinde öğretim üyeliği teklifinde bulundu. Herkesin benden vebalı gibi kaçtığı bir dönemde bu yakınlıklar çok önemliydi. Ama ne o dostumun teklif ettiği masaya, ne de öğretim üyeliğine sıcak bakabildim. Çünkü dostumun masasına otursam, o dostum kendisi işsiz kalacak, zora düşecekti. Yurtdışına gitmeyi ise eskiden beri düşünüyordum ve eğer gitsem işsiz de kalmayabilirdim ama böyle bir dönemde ailemin başından ayrı olmayı, onları sorunlarla bırakıp kaçmak olarak görüyordum. Belki bu kulübeden çıkıp onları bir eve yerleştirmeli, okullarını sabitlemeli, emniyetleri için şartları oluşturmalı, morallerini düzeltmeli ve ancak ondan sonra geçim derdi için yurtdışına gitmeliydim. Üstelik de kendi ülkemde işinden kovulmuş olarak yurtdışına gitmek ağırıma gidiyordu. Kanun kaçağı gibi, suçlu gibi, siyasî sakıncalı insanlar gibi gitmek ve ardımdan da "kaçtı" dedirtmek istemiyordum. Bu ülke benimdi ve her karış toprağını, beni ordudan ihraç edenlerden de, buna sebep olanlardan da daha çok seviyordum. Şerefli bir hayat için illa ki omzumda yıldız veya kroslar olması gerekmediğinin bilincindeydim. Daha sonraki yıllarda benim konumuma düşen insanlara benim çektiklerimi çektirmemek için çırpınmam yeterince şeref olabilirdi söz gelimi. Onurları incinmesin diye senaryolar uydurup onlara para ve moral yardımı yaparak şerefli olunabilirdi. Nitekim birkaç yıl sonra her şey yoluna girdiğinde, elimden geldiğince bunları yapmaya çalışacaktım. Ama ne olurdu sanki, Müslüman, muhafazakâr, milliyetçi, sağcı geçinenlerden bir tanesi olsun, o sıkıntılı günlerde söz gelimi "Falan kitabının ve-

Şerefli bir hayat için illa ki omzumda yıldız veya kroslar olması gerekmediğinin bilincindeydim.

ya filanca yazının te'lifini yanlış hesaplamışız, bizden alacağın varmış!" deyip bir zarf uzatsaydı, yahut bir Allah kulu "Dostum, bu gece eskisi gibi sazlı sözlü bir gönül meclisi kuruyoruz, sen de gel!" deseydi. Eski bir şair der ki;

Gelince vakt-i hâcet geçmedim hatırlarından hîç
Onunçün ben de şimdi hâtır-ı ahbâbdan geçtim

"O dostlar ki kendilerine çok ihtiyacım olduğu günde beni hatırlarından hiç geçirmediler; onun için şimdi ben de dost hatırından geçtim!.."

Üç ay sonra ansiklopedi çalışması yapan bir kurumda yarı zamanlı bir iş bulabildim. Burada çalışanların çoğu Marmara Üniversitesi İlahiyat Fakültesi'nin hocalarıydı. Burada bile ilahiyatçı hocalar benim işe alınıp alınmamam konusunda -üstelik de yarı zamanlı bir iş idi bu- tartışmışlar, müspet ve menfi görüş bildirenler olmuş. İşte 28 Şubat, tam da bu demekti. Neyse ki yönetici konumunda olan genç bir adam, sorumluluğu göğüsleyip benim çalışmama zemin hazırlamış. Burada parça başı çalışacak, yaptığım iş oranında para alacaktım. Ortalama aylık gelirim ev kiramı karşılayacaktı. Yine de işe başladığım gün evimizde şenlik var gibi mutluyduk. Çünkü artık işe yaramayan baba rolünden kurtulmuştum.

Sağcılık hastalığı 28 Şubat sürecine paralel olarak dozunu yükseltiyordu. Yüreğim parça parça idi. Gün geçtikçe kendi derdimden başka da dertler ediniyordum. Ülkemde çözülmeler, kopmalar, savrulmalar birbirini kovalıyordu. Ekonomi, siyaset, ahlak, hepsi iskambil kâğıtlarından binalar gibi çöküyordu. Bu furyada tanıdıklarım da saf değiştiriyorlardı. Bana altın yüzük takmamayı İslam olarak anlatıp on beş yıl beni gümüş yüzük ile orduda günah keçisine çevirenler, parmaklarına altın yüzükler takmaya, hatta altın yüzük takılabileceğine dair kitaplar yayımlamaya başlamışlardı. Bana kasko sigortası yaptırmanın caiz olmadığını söyleyip araba kazası yaptığımda aracımı hurdaya çevirtenler ile İslamî konulara en duyarlı yaklaşılan TSK içinde bunu savunmamı din olarak gösterenler, araba alır almaz sigortacıya koşuyorlardı. İslamiyet'in özünde bir hata olamazdı, ama cemaatlere göre farklı çıkarımlarının iyiden iyiye ifrata vardığı belliydi. Kendi başıma gelenlere ve o günlerde yaşadıklarıma bakarak neredeyse bu ülkenin çoktan beri bir 28 Şubat sürecine ihtiyacı olduğunu(!) bile düşünmeye başlamıştım. Bu dönemde İslamî konular ve uygulamalarda belli bir denge yaratıldığı ve dinin yozlaştırılmış kısımlarının törpülendiği kesindi. Bu törpülemenin bazısı dayatma ile değil dolaylı olarak gerçekleşmişti. İslam'a uygun kıyafet konusunda birdenbire tesettür modasının oluşuvermesi bunun bir göstergesiydi. Bunun sosyal yaptırımını daha sonra herkes gibi ben de kendi ailemde görecektim. Söz gelimi ben asker iken -göze batsa ve bize zarar eriştirme ihtimali olsa da- pardösü giymekten taviz vermeyen eşim, artık -askerliğimiz bittiği için pardösüden ayrılmasına hiçbir mecburîyet yokken- etek ceket de giyebiliyor. İmam-Hatip okulunda vaktiyle omuzlara dökülen eşarpla okuyan kızım şimdi pantolon üzeri tunik ile gezebiliyor. Geriye dönüp baktığımda, askeriyeden atılmamda en belirgin fişlenme ve o dönemde birer sembol ve gösterge olarak algılanan eşimin pardösüsü ile kızımın İmam-Hatip'te okuması konusunda, eğer şimdiki gibi düşünüyor olsaydım, nasıl davranırdım ve o süreci nasıl yaşardım, bilemiyorum. Çünkü din adına dayatılan pek çok şeyin aslında gelenek olduğunu, hatta bazen hurafe olduğunu keşfetmek uzun

Ülkenin çoktan beri bir 28 Şubat sürecine ihtiyacı olduğunu(!) düşünmeye başladım.

zaman ve büyük acılara sebep oldu. Eşlerimiz ve çocuklarımızın şimdiki giyimlerine baktığımızda, 28 Şubat sürecini başlatan dönemlerin kurallarından pek çok tavizler verildiğini görebiliriz. Ama bunlar gerçekten taviz midir, yoksa yanlış bilgilerin tashihi midir, iyi ayırt etmek gerekir. Belki de 28 Şubat sürecinden sonraki dinî hayat anlayışının çeşitli parametrelerini irdelerken kıyafet ekseninde yaşananların benzer örnekleriyle de karşılaşılabilir. Bir zamanlar sahip oldukları inanç sistemine dayatma getirildiğinden şikâyetle onu savunan ve savunurken acı çeken insanlar, daha sonra o dayatmanın içindeki argümanları kendi arzularıyla kullanmaktan geri durmuyorlarsa kendi kendime benim şu soruyu sorma hakkım yok mudur: "Böyle yaşayacak idiysek neden ordudan atıldık? Değişecek idiysek o yıllarda değişseydik de bu konuma düşmeseydik?" Evet; aradaki farkı bize 28 Şubat süreci öğretti, kabullendirdi, benimsetti. 28 Şubat'tan sonra tesettür kıyafetinin bir örf meselesi olduğunu söyleyen din adamları önceleri nerelerdeydiler?!.. Çarşafa karşı değilim, isteyen istediği biçimde giyinebilmeli. Ama eğer tesettür deyince din adına konuşan bazı hocalar tarafından mutlaka çarşaf dayatılmasaydı, belki beni de TSK'dan atma isteği birilerini bu derece kışkırtmayacaktı. Velhasıl din adamı ferasetli olmalıydı, ama olamadı. Kılık kıyafet de işin bahanesine dönüşüverdi... Diğer konuları siz buna göre ölçebilirsiniz; ama hepsinden önemlisi, ülke sermayesinin yönüydü ve bütün bu olanlar, aslında sermaye kavgasının göstergeleri olarak öne çıkartılıyordu.

TSK, hiç kimseyi namaz kıldığı yahut eşi başörtülü olduğu için kapı dışarı etmez.

Bu söylediklerimden dolayı benim TSK'dan eşimin kıyafeti yüzünden atıldığım zannedilmesin. On beş yıla varan tecrübelerim bana göstermiştir ki TSK, hiç kimseyi namaz kıldığı yahut eşi başörtulü olduğu için kapı dışarı etmez. Asla bunu yapmamıştır, yapmaz da. Bu konuda iki bakış açısı geliştirir. Eğer namaz kılan bir subay veya astsubayı başkalarına gösterdiği zaman, dudağında alaycı bir gülümseme ile,

"İşte bakınız, namaz kılan adam böyle olur!"

diyebiliyorsa, o kişiyi ihraç etmez. Ama eğer aynı kişiye baktığı zaman suratında bir hayret ifadesiyle:

"Akıl alır şey değil, bu adam da namaz kılıyor!"

dediği an, bilinsin ki onun ihraç kararı yazılmıştır. İşte bu yüzden, TSK'dan ihraç edilmiş rütbe sahiplerinin kahir ekseriyeti çok başarılı, dürüst, çalışkan, madalyaları ve üstün başarı bröveleri olan insanlardır. İşte bu yüzden onlar hangi işi yapsalar, o işte başarılı olurlar. Onların çoğu hizmet yıllarında TSK'nın kaymak tabakası içinde yer almış, öyle anılmışlardır. Ne var ki başarıları, onları çekemeyenler tarafından inançları ile gölgelenmiştir. Namaz kılan birisi başarılıysa, geçimliyse, herkes tarafından seviliyorsa, gittiği yerde herkes onu iyi tanıyorsa, elbette onun başarılarını örnek alacak astlarının, namazını da örnek alma ihtimali vardır ve işte bu ihtimal, birilerine göre askerlik mesleğiyle bağdaşmaz, onun ordudan ihracı gerekir. Yoksa astsubay şeyh, subay mürit hikâyeleri bir safsatadan ibarettir. Vaktiyle bir amirale yabancı dil öğrenmek için kursa gönderilmem konusunda talebim olduğunu arz etmiştim, aldığım cevap *"Sen bunca yetenek ve başarı ile eğer dine bu kadar kafayı takmasaydın, seni, değil yabancı dil kursuna, yabancı ülkelerde askerî ataşeliklere bile gönderirdik!"* olmuştu. Bu yüzden biliyorum ki TSK'daki bazı adamların problemi giysi ile değil, onun içini dolduran fikir iledir ve o giysiyi fikrin propagandası zannetmektedirler. Yoksa hiçbir kadın, siyasî bir amaç için kendine kıyafet edinmez, tam aksine, imanını giyindirir.

* * *

1997 yılı başlarında şapkamı çıkardığım günlerde TSK'dan disiplinsizlik gerekçesiyle ihraç edilen yaklaşık üç bin subay/astsubay mevcut idi. Hepsi askerlik meslekleri boyunca çeşitli ödüller, madalyalar, üstün hizmet bröveleri almış insanlar. Kısaca hepsi kendi mesleğini en iyi yapan, iyi yetişmiş bireyler. Eğer onların vicdan duyguları ve vatan sevgileri İslam ahlakına göre şekillenmemiş olsaydı, bu üç bin kişi bir araya gelip örgütlenerek pekâlâ yasa dışı gizli bir güç oluşturabilir, bunca sıkıntı çekmek yerine paşalar gibi yaşar, hatta derin devletler kurup ülke yönetimini bile ele geçirebilirlerdi. Her bakımdan mükemmel ve silah kullanmayı bilen üç bin kişi sizce de müthiş bir güç değil midir?!.. Ama hayır!.. Demokratikleşememiş bir ülkede, düşünceleri hoşa gitmediği için, disiplinsizlik(!) gibi uydurma bir sebeple ve asla hakkını arayamayacak konumda ordudan ihraç edilen bu insanların sayısı aileleri ve yakınları da hesaba katıldığında, en az 100 bin kişidir. Buna rağmen YAŞ dolayısıyla gözünde yaş olan, iç içe yaşadığımız bu 100 bin kişiden hiçbirisi, evet hiçbirisi, kanunsuz bir şey yapmayı akıllarından bile geçirmez, hele ülkeleri için meşru olanın dışında bir tavra asla razı olmazlar. Oysa bugün herkesin duyarsız davrandığı bu ateş, ordudan atılmış olma şerefsizliğinin(!) ateşi, düştüğü yeri hâlâ yakmaya devam ediyor. Hâlâ onlar, eşleri, çocukları ve yakınları, bu ihraç sebebiyle acı çekiyorlar. Adalet!.. Ah adalet!...

YAŞ dolayısıyla gözünde yaş olan 100 bin kişi

* * *

Düşüncelerimin, ülke meseleleri kadar allak bullak olduğu o günün şartlarında 28 Şubat fikrine pabuç bırakmayan, iş sahibi olmama kapı aralayan birkaç yiğit adamın çıkması için çok dua ettim. Ne güvendiğim insanlar, ne güvendiğim kurumlardan bir imdat erişmediği zamanların sınavından geçiyordum. Allah beni dostlarımla sınava tabi tutmuştu. Yazık ki bana arka çıkanların elinde imkân yoktu, imkânları olanlar da selamı sabahı kesmişlerdi. Midemizin açlığını şöyle veya böyle giderebiliyorduk da, gönüllerimizin ve zihinlerimizin aç bırakılması tahammüle gelmez bir şeydi. Sevgilerin yalan, dostlukların sahte olduğunu görerek hiç durmadan tokatlanıyorduk. Askerliğe beraber başladığımız, silah arkadaşım dediğim, yıllarca sırt sırta verdiğim, her eğitime beraber koştuğumuz, on beş yıllık sırdaşım, dostum (Meğer ben öyle zannetmişim) Ahmet Sena bile bir kez olsun beni arayıp geçmiş olsun demiyordu. Varın gerisini siz düşünün. Burada eğer hepsinin adlarını ansam, bugün çevremde görüşecek pek az insan kalır. Şimdi bazılarına hak verdiğim bu insanların davranışlarını o dönemde anlamakta güçlük çekiyor, daha doğrusu anlamak istemiyordum. Şöyle göğsünü gere gere geçimimi temin edebileceğim işi bana teklif edecek kurumlar neredeydi? Yahut askerlikten emekli oldukları vakit beni telefonla arayıp çok özlediklerini, görüşmek istediklerini söyleyen sahte dostlar o zaman neredeydi? Askerlik mesleğinde yediğimiz, içtiğimiz ayrı gitmeyen asker arkadaşlarım neredeydi? Benim ihracımı duyan riyakâr arkadaşlarım beni aramayacaktı, tamam da, benim kapısından girdiğim binaların irtica ile damgalanacağını zannеden insanlar ne çabuk türeyivermişlerdi! Anlamalıydım ki böyleleri beni mesai arkadaşı olarak da istemezlerdi. Ama bundan korkmayan insanların da yaşadığını görecek kadar yaşadım bu ülkede çok şükür. Şöyle ki:

1997 Ağustos'unda gazetelerde Kültür Üniversitesi'nin kurulduğuna dair bir ilan gördüm. O güne kadar kendi çevremin insanları, üniversitelerle ilgili umutlarımı tüketmişlerdi. Bu üniversite çok farklı idi. Her şeyden önce laikçi, sosyal-demokrat bir yapısı vardı. Umudum olmamakla birlikte özgeçmişimi gönderip kadrolarında çalışmak istediğimi bildirdim. Hayret ki hayret!... Posta idaresinin şehir içinden postalanan bir mektubu 10-15 günde getirdiği bir dönemde cevap yalnızca ikinci günde elime ulaşmıştı. O iki gün içinde, umudum olmamakla birlikte Allah'a şöyle yakardığımı hatırlarım:

Dava artık benim davam değil; Sen'in davan...

"İlahî! İnsanlar ben İskender Pala olduğum için bunları bana yapmıyorlar ve ben ben olduğum için yine benden kaçmıyorlar; hayır, ben Sen'in yolunda olmaya çalışan bir kul olduğum için bana bunları yapıyorlar ve beni Sen'den koparmak için benden kopuyorlar. Yani ki dava artık benim davam değil; Sen'in davan oldu. O halde var bildiğini takdir et ve bana hayır olanı ver!"

Âh!.. Bütün olmazların olmaya durması, bütün uzakların yakın olması, bütün duaların kabulü, bütün güzelliklerin sökün etmeye başlaması bu bir cümlelik duaya bağlı imiş. O anki nazımın hemen geçivereceğini bilseydim başka şeyler için de dua ederdim şüphesiz... Posta idaresini iki günde şimşek hızıyla bana döndüren de, o güne kadar çektiklerimin birdenbire son buluvermesi de, sınavımızın artık sona ermesi de meğer hep benlikten geçmeme bağlıymış. Rabb'imin o günden sonra, arka arkaya bana bahşettiği nimetlerine şimdi şükür yetiştiremem çünkü. Ve yazık ki insan nimetlere eriştikçe o özge hâli yavaş yavaş üzerinden atıyor. Masiva böyle bir şey!..

Her ne hal ise!.. Konuya dönelim. İki gün sonra kurucu rektör ile Ataköy'de görüştük. Önder Öztunalı* isminde zarif ve

---

* Değerli bilim adamı Önder Öztunalı 2005'te vefat etti. Allah kabrini cennet etsin.

babacan bir hocaydı. 45 dakika kadar kendisiyle sımsıcak bir sohbet ettik. Bu 45 dakikada 45 yıllık dost gibi birbirimizi sevdik, anlaştık ve alıştık. İstanbul beyefendisi bilge bir insandı ve sıra iş görüşmeye geldiğinde çok rahat olmamı söyledi.

"Çok güvenirseniz aldatılırsınız, ama hiç güvenmezseniz hayatınız azapla geçer."

O güne kadar her nerede bir iş görüşmesine gitsem, sonradan ortaya çıkmasın diye ilk cümlede askeriyeden YAŞ kararı ile atıldığımı söylemeyi alışkanlık edinmiştim ve tabii her defasında geri çevrilmiştim. Bu defa söylememeyi planladım ama sayın rektörün bunca samimiyetinden sonra bunu gizlemenin ahlakî olmayacağına karar verdim. Bilge bir adamın vaktiyle "Çok güvenirseniz aldatılırsınız, ama hiç güvenmezseniz hayatınız azapla geçer," dediğini biliyordum ve ne onun güvenini aldanmışlığa ne de kendime azap çektirmeye kapı aralayamazdım. Her defasında bu konuyu açmak üzere "Efendim!.." diye söze başladım ve bilmem tesadüf, bilmem bilinçli, her defasında o beyefendi insan sözümü kesip yeni bir konuya geçti. Sonuçta TSK'dan atılmış olduğumu bir türlü söyleyemedim. Daha doğrusu söylememe fırsat bırakmadı. En sonunda beni Kültür Üniversitesi'nin akademik kadrosu içinde görmekten mutluluk duyacağını, şimdilik Türkçe derslerini yürütme tenezzülünde bulunursam memnun olacağını, ileride Türk Dili ve Edebiyatı Bölümü açılması için müzaheret edeceğini söyledi. En sonunda da bana dolgunca bir maaş teklifinde bulundu. Nihayet gitmek üzere ayağa kalktığımda,

"Sayın Hocam," dedim, "dilekçemde referans isimler vardır; ancak siz yine de benim akademik, kişisel ve askerî geçmişimi araştırınız, şartlarımız uyarsa..."

Elindeki özgeçmişimin yayınlar sayfasını bana doğru sallayarak sözümü kesti:

"Sevgili hocam! Seni biz önce şu yayınlarınızda, sonra da sınıftaki başarınızla soruştururuz. Gerisinin önemi yoktur!"

"Ama hocam siz yine de..."

"Peki, peki. Eylül'de işbaşı yapmak üzere..."

Prof.Dr. Önder Öztunalı belli bir locaya kayıtlı idi. Belki öyle olmasaydı, 28 Şubat sürecinde o da beni üniversitesine almaya cesaret edemez, sağcılık kompleksi taşıyanlar gibi çekingen davranırdı.

Takip eden yıllarda İstanbul Kültür Üniversitesi'nde bütün sıkıntılarımdan arındım. Hayatın bir duruş değil, daimi bir yürüyüş olduğunu anladım. Rektör Yardımcımız Prof.Dr. Çetin Bolcal her zaman dostluk gösterdi. Zamanla Mütevelli Heyet Başkanı Fahamettin Akıngüç de beni kabullendi. Farklı düşüncelerle bir araya geldik ve güzel şeyler yapmaya azmettik. Sonra her yaş ve kademeden pek çok dostlarım oldu. Benim gibi düşünmüyorlardı, yine de birbirimizi sevdik, anlaştık, bilimsel hedeflere doğru omuz omuza verdik. Zaman zaman tartıştığımız konularda anlaşamadığımız hususlar çıktı; zaman zaman da birbirimizi tenkit ettiğimiz... Ama Kültür Üniversitesi'nde ben yine inancımla var oldum ve "öteki" olarak yaşamaya devam ettim. Bundan bir bahtiyarlık duyduğumu ve "öteki" olarak temsil ettiğim kimliği de sevdiğimi söylemeliyim. Ta ki ötekilikten aynîliğe giden koridorları açmaya çalışarak. Bu şartlar içerisinde bir sevgi ortamı ve samimi dostluklarımız oluştu. Özgür düşünceye ve bilimsel anlayışa dayalı çağdaş üniversite, çağdaş Türkiye benim için işte bu sevgi ortamı demekti ve burada iyi yapılan işin yegâne ödülü, yine onu iyi yapmaktı. Kültür Üniversitesi'ndeki akademik hayatımda anladım ki ülkemiz aydınları arasında bir iletişim eksikliği vardır ve bizler, sağcılık, solculuk adına yıllar yılı birbirimizi dışlamak için harcadığımız enerjiyi birbirimizi tanımaya yönlendirseydik, bugün ülkemizde demokrasi ve insan haklarına dayalı bir ruh zenginliği, ekonomide bir kalkınmışlık, siyasette bir kalite, hepsinden önemlisi de sokaklarımızda gülümseyerek yaşayan insanlarımız olurdu. O yüce ruh ki ekonomiyi de, siyaseti de, ahlakı da düzene koyar, Türkiye'mizin geleceğini bilimle ve irfanla aydınlatırdı. Bunun olmaması için de hiçbir neden yoktur!..

⁂

Şimdi mi?

Ne diyeyim bilmem ki...

Bazen telefonum çalıyor ve çoook eskiden TSK'da beraber çalıştığımız birisi bana selam verip kendisini hatırlayıp hatırlamadığımı soruyor. Anlıyorum ki emekli olmuş!. Nezaketimi bozmuyorum, güler yüz gösteriyorum. Ama içimdeki kırgınlık kaybolmuyor.

Bazen bir mahkeme ilamı alıyorum. Deniz Müzesi'nde bir vukuat oluyor, bir obje tanım değiştiriyor, küçük bir cetvel kayboluyor ve ilgililer mahkemelere düşüyor. Vaktiyle bana karşı art niyetle davranan insanları o durumda görünce İlahî adalet aklıma geliyor. Kişiliğimi bozmuyorum, hâkime doğruları anlatıyorum. Ama içimdeki acı asla dinmiyor.

Bazen bir haber dinliyorum ve eski komutanlarımdan birinin öldüğünü duyuyorum. Cenazesine gidip onu bir de musalla taşında görmek ve helalleşme faslında imam "Merhumu nasıl bilirdiniz?!" diye sorduğunda tek başıma "Kötü bilirdim!" diye bağırmak geçiyor içimden. İyi niyetimi bozmuyorum, varsın o da affedilenlerden olsun diyorum. Ama yine de vicdanım onu affetmekte zorlanıyor.

Bazen bir emekli komutan, hani ordudan ihracıma sebep olduktan veya en azından onay verdikten sonra kendisi de emekli olunca günah çıkartır eda ile benimle görüşme talep ettiğinde gidip gitmemekte, yüzüne bakıp bakmamakta tereddüt ediyorum ve çok kötü bir hastalığın pençesinde ıstıraplar çektiğini düşünüp merhameten görüşmeyi kabul ediyorum. Belki de niyetim yüzüne karşı "Neden?!" diye sormak, "Neden emekliliğime ve mecburî hizmetimin dolmasına çok az günler kala beni ihraç etmek, neden!?.." Ama bundan vazgeçiyorum ve kendisiyle yine kendisi gibileri bu ülke çocuklarına yaşattıkları acılardan dolayı ötelerden de öteye, gerçek mahkemeye havale ediyor, hüzünleniyorum ama asla "Beter olsun!.." diyerek kendimce teselli aramıyorum.

"Merhumu nasıl bilirdiniz?!"
"Kötü bilirdim!"

Bazen bir kitap okuyorum, yaşadıklarımın gök kubbenin altında yalnız benim başıma gelmediğini, tarihin bu tür kaderlerle yazıldığını görüyorum ve başımıza gelenleri diğer bir açıdan değerlendirmek emeline kapılıyorum. Kim bilir, diyorum, belki de bu başımıza gelenler bizim için bir nimettir ve bu vesile ile elimize, İlahî huzura götüreceğimiz bir berat verilmiştir. Umutlanıyorum. Yine de kulluğuma halel gelsin istemiyorum ve hesap gününde yakasına yapışmayı düşündüğüm insanları affediveriyorum. Heyhat, içimdeki eziklik bir türlü onmuyor.

Bazen bahriye için yayımladığım kitaplardan biri elime geçiyor, aralarına hatıralarımın sıkışıp kaldığı sayfalarını hüzünle karıştırıyorum ve bu kitapları hazırladığım sıralarda masamda, eski Türkçe yazı ile orijinal nüshalarını gören bazı yobaz amirlerimin "Herif odasında Kur'an okuyor!" diye şikâyete başladıklarını hatırlıyor, üzülüyor, "Hey gidi günler hey!" diyorum. Dudağımda bir küçük tebessüm kalıyor; ama bir ucunda mutlaka acıtan bir hüzün yaşıyor.

Bazen benimle aynı kaderi paylaşan birilerinin aç kaldığını, ailelerinin dağıldığını, çocuklarının okula bile gidemediğini, buldukları işlerden sırayla ve tekrar tekrar atıldıklarını, hatta belki birilerinin de artık dayanamayarak intihar ettiklerini duyuyorum. İçimden, varıp sebep olanların yakasından yapışmak geliyor, tıpkı onlar gibi gücün kanunu ile bunu bir de onlar hissetsin istiyorum, ama öfkem çabuk geçiyor, kendimi toparlıyorum ve hatta dilim varıp bir beddua bile edemiyorum.

"Hey gidi günler hey!"

Bazen benim veya çocuklarımın bir sağlık sorunu yüzünden bir hastaneye başvuruyoruz ve sağlık fişimizi kontrol eden hemşire şaşkın şaşkın yüzümüze bakıp "Sandık Emeklisi" ne demek diye soruyor. İzahta zorlanıyoruz. Çünkü sağlık karnelerimizde ve benim emekli cüzdanımda ne anlama geldiğini bizim de çözemediğimiz "Sandık Emeklisi" ibaresi yer alıyor. Kaçak veya sahte bir cüzdan taşıyormuş gibi algılanmanın mahcubiyetiyle bunu soran hemşireye veya hekime yorumlar yapıyor, bazen da açıkça TSK'dan atıldığımızı söylüyoruz. Ama eski günleri hatırlatan bu karttan için için nefret ettiğimizi birbirimize hiç itiraf etmiyoruz.

Bazen yurtdışında uluslararası bir sempozyuma veya bilimsel bir toplantıya davet ediliyorum. Ülkemi bilim alanında temsil etmenin gururuyla hazırlıklarımı tamamlıyor, en iyi şekilde hazırlanıyorum. Ne ki ya vize işlemleri yüzünden yahut hakkım olan yeşil pasaportu alamadığım için, yurtdışına çıkış ve öteki ülkeye girişlerde yerli ve yabancı meslektaşlarımın sorgulayıcı bakışlarına muhatap olup her birisi önemli bilim adamları olan bu insanlara, ülkemin bir ayıbını daha izahta zorlanıyorum. Başkaları gibi pervasızca "Yukarı tükürsem bıyık, aşağı tükürsem sakal" diye geveze şikâyetler yerine başımı öne eğip içime kapanıyorum. Ama yüreğim uzunca bir süre sitemle çarpmaktan geri kalmıyor!..

Bazen, düşünce ve dünya görüşü benimkiyle çatışanlar, sırf bana üstünlük sağlamak veya bana ideolojik güvensizliklerini göstermek için tıpkı medya mensuplarının hedefteki adam hakkında haber yakalama heyecanıyla mikrofon uzatmaları gibi soruyorlar; "Ordudan atılmış biri olarak..." Ve gariptir, bu cümleyi söylerken sanki ben devlete ve millete karşı ihanet içindeymişim gibi küçümseyici ve suçlayıcı bir tavır da takınıyorlar. Böyle başlayan bir cümle benim yüreğimi her defasında yeniden kanatmaya yetiyor ama ben o kanamayı hiç kimseciklere göstermiyorum!..

Bazen, devlete ve millete küsmem gerekirken bilakis onlar için gece ve gündüz demeden çalışarak ve bu sözleri söyleyenlerden daha fazla gayret ve çaba sarf ederek vatana ve millete olan sevgimi gösterirken yüreğimi yokluyorum ve hani birisini seversiniz... Onun için yanar yakılırsınız... Öyle işte... Sonra vatana küsmem gerektiğini söyleyenlere, "Sevgilinin lütfunu gördüğünüz zaman onu sevmek kolaydır, peki ya kahrını görünce de sevebilir misiniz?!.." diye sormak geçiyor içimden, ama bu aşk yüreğimi çizik çizik ediyor, sözler boğazıma düğümleniyor, söyleyemiyorum!..

Bazen bıçağın kemiğe dayandığı anlar oluyor, sonucunu alamayacak olsam bile mahkemelere verip içimdeki öfkeyi kusmayı düşünüyorum. Ta ki Avrupa İnsan Hakları Mahkemesi'ne kadar gideyim istiyorum. Sonra kendi ülkemi kendimden olmayan birine şikâyet etmeyi nefsime yediremiyorum, bilakis bir gün, Türkiye'min, bu haksızlıkların önüne geçilebildiği bir ülke haline gelebileceğini düşünüyorum, bu uğurda bilim ve irfan orduları yetiştirmek için var gücümle çalışmam gerektiğini düşünüp her sabah yeniden kollarımı sıvıyorum. Ama her gün içimden bir damla yaşın kalbime sızmasına mani olamıyorum ve kendi ülkemin kendine ait

"Sevgilinin lütfunu gördüğünüz zaman onu sevmek kolaydır, peki ya kahrını görünce de sevebilir misiniz?!.."

problemlerini yine kendisinin halledebileceği günleri umutla bekliyor ve şimdilik yüreğime saplanan azabı her üniforma görüşümde yeniden tadıyorum.

Bazen bana kötülüğü dokunanlardan bir yolla da olsun intikam almayı istediğim oluyor; ama "Değmez..." diyorum, "Enerjini boşa harcama, üretmeye bak, madem bir gün gelip tarih, o acımasız hükmünü verecek, o vakit onlar kötü bellenip unutulurken senin adın iyiler arasında anılsın ve senden bu dünyaya bir şeyler kalsın!" Onların unutulma sürecine inat ben durmadan çalışıyorum, çalışıyorum ve her çalışmadan bir parça elem, içimde yeniden yer ediniyor, ama yine de bunu kimseyle paylaşamıyorum.

Bazen kaybolmuş on beş yıl gibi on beş yıllık hatıralarımı unutmak, ömrümün on beş yılını kayıtlardan silmek, hafızamı temizlemek ve bir daha askerliğin adını anmamak istiyorum. Ama hayır, böyle bir anlayış benim seciyeme uymaz, diyorum, askerlik anılarımın da hayatıma yeniden dönmesini bekliyorum ve "Mehmetçik, adıyla, ruhuyla, anlayış ve şecaatiyle benimdir!" deyip bayrağım kadar, vatanım kadar onu da yeniden seviyor, bağrıma basıyor ve huzurunda yeniden topuk selamı veriyorum.

Bazen bir düşünce alıp götürüyor beni;...

Bazen bir hayalin peşinde...

Bazen bir olay...

Bazen bir...

Bazen...

Bazen neler olmuyor ki!...

* * *

Konfüçyüs, "Artık karanlığa sövmeyi bırak! Kalk, Allah aşkına bir mum da sen yak!" der. Galiba YAŞ kararlarına yargı yolu açılıp da aklandığım güne kadar bu böyle sürüp gidecek diye bu satırları yazdım... Işığı görmek isteyenler için bir mum niyetine... Merak ediyorum; acaba bencileyin üç bini aşkın insanın "bazen"lerle bekletilen trajedisi bu defa sona erecek mi; birileri bunun için bir şeyler yapacak mı?!.. O birileri ya sizsiniz, ya elinizin uzandığı kişidir. Umarım bu satırlar bir işe yarar ve filmi başa sarmayız. Son sözüm, teselli için sık sık söylediğim sözdür:

"Çok şükür ki mazlum oldum, zulmeden olmadım!.."

İSİMLER DİZİNİ

Akıngüç, Fahamettin, 225
Akün, Ömer Faruk, 10, 35
Akyıldız, Ereş, 153, 155, 160
Ali Kuşçu, 81
Alpagut, Ahmet, 144, 145, 146
Alpagut, Ali Haydar, 144, 145
Alparslan, Ali, 10, 35
Anıl, Avni, 44
Arı, Ertan, 98, 100
Atatürk, 7, 9, 33, 37, 50, 81, 82, 90, 92, 155, 156, 163, 188, 189
Bakî, 33
Barbaros Hayrettin Paşa, 105, 107, 111, 155, 159, 170, 179, 181, 185, 190, 192
Bayazıt, Doğan, 121
Bayazıt, Vural, 114, 116, 117, 153, 156, 159, 160, 166, 170, 176
Bayülken, Ümit H., 17
Bir, Çevik, 121
Bolcal, Çetin, 225
Cenap, Faik, 146, 147, 149, 150, 152, 153, 155, 160
Çifçi, Vedat, 12
Çiller, Tansu, 183
Çitilci, Mahmut, 36, 100
Dante, 10, 170
Demirseren, Atakan, 14, 15, 16, 17
Denizli, Ahmet, 164
Dervişoğlu, Salim, 156, 171
Dumas Fils, Alexandre, 111
Epiktetos, 144
Erbakan, Necmettin, 187, 189, 197, 198
Erdil, İlhami, 171, 178, 179, 191, 192, 193
Erdoğan, Recep Tayyip, 186, 189, 193, 195
Ergil, Abdurrahman Muhlis, 171, 176, 177, 194
Ergin, Muharrem, 35
Erkaya, Güven, 161, 162, 171, 174, 178, 179, 182, 183, 184, 187, 188, 193, 196, 197, 198
Evliya Çelebi, 59, 196
Evren, Kenan, 17, 126
Farabi, 10, 81
Fuzulî, 33, 78, 140
Gasset, J. Ortega, 31, 62
Ginsezler, Turgut, 24, 25, 26, 27

Goethe, 109
Göksan, Emin, 103
Gür, Reha, 103, 104, 112, 117
Gürses, Yıldırım, 44
Gürsoy, Tuncer, 115, 118, 122
III. Selim, 197
İlhan, Suat, 126,
Kalkancı, Ali, 188
Karabulut, Orhan, 121, 122, 128
Karadayı, İ.Hakkı, 188, 197, 198
Kennedy, J. F., 20
Kurumahmut, Ali, 183
Kut, Günay, 28, 53
Lombardi, Vince, 207
Mazmanoğlu, Necmi, 85, 86, 87
Mimar Sinan, 186
Molière, 128
Montesquieu, 74
Muallim Naci, 76
Mütercimler, Erol, 164, 165, 171
Namık, Veli, 21
Nasreddin Hoca, 10, 163
Nevres-i Kadim, 197
Öztunalı, Önder, 223, 225
Özus, Özcan, 63, 88
Parpucu, Cahit, 58
Sadî, 34
Safvet Bey, 157
Şahabeddin, Cenab, 39
Şahin, Fadime, 188
Schumann, Robert, 1
Sena, Ahmet, 21, 40, 47, 222
Şentürk, Attila, 10
Seyfi, Ali Rıza, 157
Shakespeare, 119
Süleyman Nutkî, 157
Tengüz, Hüsnü, 175
Tınaz, İrfan, 128, 129, 145, 146, 148, 153
Torumtay, Necip, 121
Tulgar, Ülkü, 97, 98
Turunçoğlu, Mustafa, 143
Tuzman, Attila, 91, 92, 93
Ulusu, Bülent, 17
Vural Bayazıt, 170, 175
Wilde, Oscar, 53
Yıldız, Hakkı Dursun, 35
Yılmaz, Erdoğan, 83
Yılmaz, Mesut, 184
Yirmibeşoğlu, Sabri, 121
Yücel, Tahsin, 35
Yunus Emre, 141

BELGELER

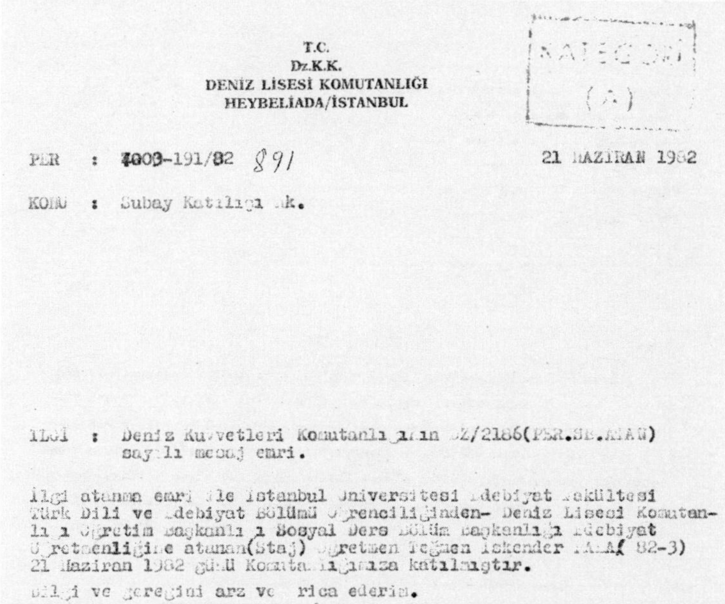
T.C.
Dz.K.K.
DENİZ LİSESİ KOMUTANLIĞI
HEYBELİADA/İSTANBUL

KATEGORİ (A)

PER : 4003-191/82 891 — 21 HAZİRAN 1982

KONU : Subay Katılığı hk.

İLGİ : Deniz Kuvvetleri Komutanlığının 02/2186(PER.ŞB.ATAN) sayılı mesaj emri.

İlgi atanma emri ile İstanbul Üniversitesi Edebiyat Fakültesi Türk Dili ve Edebiyat Bölümü Öğrenciliğinden- Deniz Lisesi Komutanlığı Öğretim Başkanlığı Sosyal Ders Bölüm Başkanlığı Edebiyat Öğretmenliğine atanan(Staj) Öğretmen Teğmen İskender PALA(82-3) 21 Haziran 1982 günü Komutanlığımıza katılmıştır.

Bilgi ve gereğini arz ve rica ederim.

Suat ÖZVEREN
Güverte Kıdemli Albay
Deniz Lisesi Komutanı

DAĞITIM :
Gereği : K.lık Tk.Ks.A.lığına
Bilgi : Deniz Kuvvetleri Komutanlığına
Deniz Eğitim Komutanlığına

Haziran 1982:
Üniformalı ilk günün anısına: Deniz Lisesi Komutanlığı'nda "Vira Bismillah" göreve başladığımın belgesidir.

Kıtası :Dz.Astsubay Hazırlama Okulu K.lığı 29.4.1986

Sınıf ve rütbesi :Öğ.Ütğm.

Adı Soyadı :İskender Pala

Baba adı :Mehmet

Memleketi :Uşak

Doğum tarihi :8.6.1958

Duhulü :21.6.1982

Nasbı :30.8.1984

Sicil no :82-3

Özü:Tayin isteği hk.

KOMUTANLIK [illegible]

İlk ve ortaokulu Uşak'ta, liseyi Kütahya'da bitirdim. Haziran 1979 döneminde İstanbul Üniversitesi Edebiyat Fakültesi Türk Dili ve Edebiyatı bölümü'nden mezun oldum. Üniversite tahsilim esnasında özel gayretlerimle eski yazıyı pek iyi derecede okuyup yazmayı öğrendim. Mayıs 1983'te Divan Edebiyatı dalında doktora payesini aldım. Tarihe aşırı bir ilgim vardır. Arap ve Fars dillerini orta derecede bilmekteyim. Askeriyeye girmeden evvel üç yıl kütüphanecilik yaptım. Halen Dz.Astsb. Hzl.Okulu Komutanlığı'nda edebiyat öğretmenliği görevini yürütüyorum.

Deniz Müzesi Komutanlığı/Müdürlüğü'nde arşiv sorumluluğu kadrosu münhal bulunmaktadır. Dz.Kuvvetlerine ait en değerli belge ve eserlerin bulunduğu, denizciliğimizin mazisi ve istikbaliyle yakından ilgili olan bu arşivde, edebiyat öğretmenliğinden daha iyi ve yararlı hizmet vereceğime inanmaktayım. Atanmamın yapılmasını tensip ve emirlerinize arz ederim.

Dr.İskender PALA

Dz.Öğ.Ütğm.

Nisan 1986:

En sevdiğim meslek öğretmenlik olsa da Deniz Arşivi'nin derinliklerinde unutulmak isteyişime dair bir arz-ı hâl.

T.C.
Dz. K. K.
DENİZ EĞİTİM KOMUTANLIĞI
Karamürsel/KOCAELİ

EĞT : 4006-452/86 — 20 Mayıs 1986

KONU : Dilekçeler.

DENİZ ASTSUBAY HAZIRLAMA OKULU KOMUTANLIĞINA

İLGİ : 7 Mayıs 1986 gün ve PER : 4006-246/86 sayılı yazınız.

1. Öğ.Ütğm.Dr.İskender PALA (82-3)'nın İlgi ile intikal eden dilekçesi incelenmiştir.

2. Anılan subayın akademik niteliği, araştırma ve incelemeye dönük gayretleri ve ortaya koyduğu çalışmalar bilinmekte ve memnuniyet uyandırmaktadır. Bununla birlikte kendisinin bugüne kadar kazanmış olduğu bilgi, beceri ve ilmî çalışma sonuçlarından arşiv hizmetlerinden çok okullarımızın istifade etmesi daha yararlı ve gerekli görülmektedir.

3. Esasen eğitim/öğretim sistemi dışına çeşitli nedenlerle çıkmış birçok öğretmen subay gibi Öğ.Ütğm.Dr.PALA'nın da okullarımız dışında bir göreve atandırılması halinde mevcut öğretmen sıkıntısının daha da artacağı ve kapalı kalacak kadrolara yeni öğretmen alımının mümkün olamayacağı kanaati hasıl olmuştur.

4. Bu nedenle anılan subayın müracaatı uygun bulunmamış olup, kendisinden öğretmen olarak istifadeye devam edilmesi gerekli görülmektedir.

Rica ederim.

Cahit ...
Koramiral
Deniz Eğitim Komutanı

Mayıs 1986:
Samimi bir cevap: Öğretmen okulda gerek ve sen bizim için değerlisin!...

Kıt'ası : Dz.Astsb.Hzlm.Ok.Komutanlığı 20.VIII.1987

Sınıf ve Rütbesi : Öğ.Kd.Ütğm.

Adı Soyadı : Dr.İskender PALA

Baba adı : Mehmet

Memleketi : Uşak

Doğum tarihi : 1958

Duhulü : 21.VI.1982

Nasbı : 30.VIII.1984

Sicil no : 82-3 Özü : Hotel hizmetleri hk.

KOMUTANLIK ÖNÜNE

17-20 Ağustos 1987 tarihleri arasında, basılmakta olan Türk Dil Bilgisi kitabının tashihlerini yapmak üzere Deniz Lisesi Komutanlığı'nda görevlendirildim. Bu tarihlerde Dz.K.K. Şafak tesislerinden yararlanmak üzere 15 Ağustos Cumartesi günü eşim ve iki çocuğumla birlikte Heybeliada'ya gittim. Şafak Hotel'den 103 numaralı odayı beş günlüğüne adıma tahsis ettirdim. Ancak akşam yemeği için Şafak gazinosu tesislerine gittiğimizde kamp müdürü Öğ.Kd.Ütğm. Necmi NAZLIOĞLU, eşimin başörtülü oluşu nedeniyle gazinoyu terketmemiz gerektiğini, bunun Dz.Lisesi Komutanı Dz.Kd.Alb. Yalçın KIRATLI'nın emri olduğunu, bir gece sonra da moteli terketmemiz gerektiğini tebliğ etti. Oysa şimdiye kadar eşimin aynı kıyafeti ile Harbiye, Fenerbahçe ve Kalender Orduevlerinden yararlanmak istediğimizde bu tür bir güçlükle karşılaşmadık. Kanun ve yönetmeliklerde yer almadığı halde maruz bırakıldığımız tatsız durumun gerekçesini veya mağduriyetimiz hakkında gerekli işlemin yapılmasını arz ederim.

Ağustos 1987:
Bir dilekçe yazdım; hayatım değişti… İşte o dilekçe.

ÖZEL

T.C.
Dz. K. K.
DENİZ ASTSUBAY HAZIRLAMA OKULU KOMUTANLIĞI
BEYLERBEYİ / İSTANBUL

PER : 3922-446-87 8 EYLÜL 1987

KONU : Dilekçe.

ÖĞ.KD.ÜTĞM.İSKENDER PALA
(82-3)

İLGİ : 20 Ağustos 1987 tarihli dilekçeniz.

İlgi dilekçeniz tetkik edilmiş ve İç Hizmet Yönetmeliğinin 664 ncü maddesinin 12 nci fıkrası Her askeri gazinonun içişleri için hususi bir talimatı vardır. Bu talimat gazinoda asılı bulunur. Herkes bu talimata uymaya mecburdur hükmüne amirdir.

Bu nedenle dilekçenizde belirttiğiniz konu da bu talimata istinaden uygulama yapıldığı kanaatindeyim.

Bilginizi rica ederim.

Özcan ÖZSU
Deniz Albay
Dz.Astsb.Hzl.Ok.Komutanı

Eylül 1987:
Dilekçeye ilk cevap: Bu iş bizi ilgilendirmez kanaatindeyim!..

Kıt'ası : Dz.Astsb.Hzlm.Ok.Komutanlığı 23.IX.1987

Sınıf ve Rütbesi: Öğ.Yd.Ütğm.

Adı Soyadı : Dr.İskender PALA

Baba adı : Mehmet

Memleketi : Uşak

Doğum tarihi : 1958

Duhulü : 21.VI.1982

Nasbı : 30.VIII.1984

Sicil no : 82-3 Özü: Motel hizmetleri hk.

DENİZ EĞİTİM KOMUTANLIĞI ÖNÜNE

EK-A dilekçemde bahsi geçen olay hakkında EK-B'de verilen cevap sorunuma tam bir açıklık getirmemiştir. EK-B'de sözü edilen Askeri gazinolar özel talimatı muadili Şafak Tesislerinden Yararlanma Yönerge/kitapçığını okudum ve gazinodan çıkarılmamı öngören bir maddeye rastlamadım. Mağduriyetim hakkında gerekli işlemin yapılmasını arz ederim.

Eylül 1987:
İkinci dilekçe: Bir üst makamda hak arayışı!..

ÖZEL

ÖZEL

Deniz Eğitim K.lığı'nın 16 Ekim 1987 gün ve EĞT.YNT. : 1800-1176/87 sayılı yazısının Ek'idir.

EK-A

ÖĞ.KD.ÜTĞM.İSKENDER PALA (82-3)'NIN DİLEKÇESİNE UYARI MAHİYETİNDE CEVAP YAZISI

İLGİ : (a) 23 Eylül 1987 tarihli dilekçe.
(b) İç Hizmet Yönetmeliği.
(c) Genkur.Bşk.lığı Özel Eğt.Mrk. ve Dinlenme Kampı Yönergesi (904-2).
(d) Dz.K.K.lığı Devamlı Emirler Muhtırası.
(e) Altınkum Yerel Özel Eğt.Mrk. ve Dinlenme Kampı, Narlıdere Askeri Gazino ve Spor Tesisleri ile Heybeliada Gazino Yönergesi. (DT-136).

1. İlgi (a) dilekçenizde "eşinizin başörtülü olması nedeniyle Şafak Özel Eğitim Merkezi ve Dinlenme Kampı'ndan çıkarıldığınızı, bu durumun mağduriyetinize yolaçtığını" belirterek "işlem yapılmasını" istemekte ve görevli bulunduğunuz Deniz Astsubay Hazırlama Okulu Komutanlığı'na müracaatınız üzerine size verilen İlgi (b) cevabın "soruna açıklık getirmediği"ni ileri sürmektesiniz.

2. Dilekçenizden "mağduriyet" beyanı ile işlem yapılma talebinin, "diğer bazı orduevlerinde daha önce böyle bir durumla karşılaşmadığı" ve bu konuda "kanun ve yönetmeliklerde bir hüküm bulunmadığı" gerekçelerine dayandığı anlaşılmaktadır.

3. Konunun değerlendirilmesi sonucu ;

a. İlgi (b) Yönetmelik, "her orduevi, askeri gazino ve kışla gazinosunun hususi bir talimatının bulunacağı"nı amir olduğundan bir orduevi ya da gazinoda uygulanan usullerle diğer bir orduevi ya da gazinodaki usuller arasında farklılıklar olabileceği, bu durumun mağduriyet iddiasına neden teşkil etmeyeceği ve işlem gerekçesi sayılamayacağı,

b. Kanun ve Yönetmeliklerde her zaman ve her konuya uygun tüm detayları kapsayan örnekler verilmesinin ve tarifler yapılarak açıklanmasının mümkün olmaması nedeniyle mevzuatın lafziyle (sözüyle) olduğu kadar, ruhuyla (özüyle) da algılanması gerektiği; sadece lafza (söze) bakarak ruhu (özü) görmezlikten gelmenin yanıltıcı bir sonuç yarattığı; "kanun ve yönetmeliklerde bir hüküm bulunmadığı" gerekçesinin buradan kaynaklanan geçersiz bir değerlendirme olduğu,

c. Nitekim orduevleri, askeri gazinolar ve diğer askeri mahal vasıf ve mahiyetini haiz yerlerden yararlanan askeri personel ve yakınlarıyla ilgili olarak mevzuatta genel hükümlere yer verildiği ve sınırlı bazı örneklerle yetinildiği, uygulama esas ve ilkelerinin ise ilgili Komutanlıkların yetki ve sorumluluğuna bırakıldığı kanaati hasıl olmuştur.

ÖZEL

ÖZEL

Ekim 1987:

İkinci cevabın eki: Sayfalar boyu seni uyarıyorum!..

4. Yukarıda özet olarak belirtilen kanaatin yasal dayanakları aşağıda özetlenmiştir ;

a. İç Hizmet Yönetmeliği'nin 664. maddesi askeri gazinoları "askeri bir mahal ve mahiyeti haiz yer" olarak tanımlamakta, buraların "tesisindeki maksat, Silahlı Kuvvetler mensupları ve ailelerinin münasebet ve irtibatını samimileştirmek, mesleki, içtimai inkişaflarını kolaylaştıracak vasıtaları hazırlamaktır" hükmünü getirmekte, ayrıca askeri gazinoları, "istirahat yeri" olarak nitelemektedir.

b. Aynı maddenin bir diğer fıkrası, bu mahallerdeki tutum ve davranışlarla konuşmaları da bazı kurallara bağlamaktadır. Buna göre buralardan yararlananların, "siyasi konuşma yapmaları, siyasi telkin ve öneride bulunmaları, yasal veya yasadışı kurulmuş bulunan siyasi amaçlı parti, kuruluş, dernek ve örgütlerden herhangi biri hakkında propaganda yapmalarını" yasaklamaktadır. Bu tür bir faaliyet içinde bulunduğu "herhangi bir şekilde tespit edilenler anılan sosyal tesislerden yararlanma haklarını kaybeder" denilmektedir.

c. Genelkurmay Başkanlığı'nca yayınlanmış bulunan "Özel Eğitim Merkezi ve Dinlenme Kampı Yönergesi (904-2)"ne göre de ;"dinlenmeye ve doğadan faydalanmaya gelen personel ve aileleri, mevcut talimat ve emirlere uygun davranışlarda bulunarak, bu kurumları müşgül durumda bırakmayacak şekilde hareketlerini düzenlemek zorundadır. Yaşantısını Özel Eğitim Merkezi ve Dinlenme Kampı disiplinine uydurmayanlar ve bu hareketlerine devam etmekte ısrar edenlerin" ilişkileri kesilmektedir.

d. Deniz Kuvvetleri Komutanlığı Devamlı Emirler Muhtırasının moralle ilgili bölümünde yeralan bazı hükümler ise şöyledir ;

"Dinlenme tesislerinden personelin disiplinli ve tertipli bir şekilde yararlanmasını sağlayacak düzenler alınmalıdır. "Orduevlerine sivil kıyafetle giriş, gömlekli ve gravatlı olacak, ancak Garnizon Komutanlıklarınca yaz mevsimi için özel tedbirler alınacaktır. Yaşının ilerlemesi nedeniyle dini inançlarına uygun olarak sakal bırakmış, temiz giyimli ve mevsimine göre gravatlı emekli askeri personelin orduevleri ve askeri gazinolara girmelerine müsaade edilmelidir. Ancak sık sık rastlanan durumlarda bazı subay ve astsubay çocuklarının İç Hizmet Kanununun amir hükümlerinin, nezaket ve ciddiyet ile kabil-i telif olmayan kılık ve kıyafetle (uzun saç ve sakallı) anılan yerlere girmeleri, hoş karşılanmayan ve huzur kaçıran bir manzara teşkil ettiğinden, babalarına yaraşır kılık kıyafet ve görünüşte olmayan çocukların orduevlerine ve askeri gazinolara girmelerine müsaade edilmemelidir." (Md.4/e, 3 ve 9).

e. "Altınkum Yerel Özel Eğitim Merkezi ve Dinlenme Kampı, Narlıdere Askeri Gazino ve Spor Tesisleri ile Heybeliada Askeri Gazino Yönergesi (DT-136)'nde de "tesislere giriş kıyafeti" için benzer hükümlere yer verilmekte ve şöyle denilmektedir ; "Yaşının ilerlemesi nedeniyle dini inançlarına uygun olarak sakal bırakmış, temiz giyimli hak sahipleri tesislere girerler. Saç ve sakalları anormal olanlar hak sahibi olsa dahi giremez. Bu konudaki takdir hakkı tesis komutanının sorumluluğundadır." (Md.5/a. 2)

f. Nihayet Şafak Özel Eğitim Merkezi Komutanlığı Yönergesi'nin incelenmesinden anlaşılabileceği gibi "tesislerin fiilen işletilmesi, disiplin, bakım ve emniyetinden Deniz Lisesi Komutanlığını sorumlu" tutmakta (Md.3/a) "tesislerden istifade eden şahısların tesislerdeki düzen, usul ve esaslara uymaya mecbur bulunduklarını" (Md.3/e.) belirterek ikinci bölüm Md.3/i ve j.'de şu hükümleri getirmektedir ;

"Gazinoda mayo ve deniz kıyafeti ile oturulamaz ve dolaşılamaz... Resmi toplantı veya balolar hariç, öğle ve akşam yemekleri için ceket giyilmesi ve boyunbağı takılması mecburiyeti yoktur."

5. Yukarıdaki alıntıların bir bütün halinde, lafzı ve ruhuyla değerlendirilmesinden ortaya çıkan sonuç ve kanaat şu şekildedir :

a. Gazinolar "Silahlı Kuvvetler mensupları ve ailelerinin münasebet ve irtibatını samimileştirecek; mesleki ve içtimai inkişaflarını kolaylaştıracak vasıtaları hazırlamak" maksadıyla tesis edilmiş, "askeri mahal ve mahiyeti haiz bir istirahat yeri" dir. Münasebet ve irtibatın samimileştirilmesi, mesleki ve içtimai inkişafın kolaylaştırılması, kanaat, duygu, düşünce, inanç, tutum ve davranış beraberliğinin sağlanmış bulunması ile yakından ilgilidir. Farklı inanç, tutum ve davranışlara sahip insanların "kaderde, kıvançta ve tasada ortak olması" beklenemez. Her ne kadar herkesin düşünce ve kanaat hürriyeti sözkonusu ise de bunun askeri bir mahal içindeki sınırı, tartışmaya yolaçarak münasebet ve irtibatı zedeleyebilecek; samimiyet, birlik ve beraberlik ruhunu sarsabilecek" mahiyetteki tutum ve davranışlara ulaşacak kadar geniş değildir. Bu nedenle sözkonusu tutum ve davranışlara müsamaha ve müsaade edilmesi veya bu tür davranışların hoşgörü ile karşılanarak görmezden gelinmesi beklenemez.

b. Kaldı ki, "dinlenmeye ve doğadan faydalanmaya gelen personel ve aileleri" eğer esas maksatları bu ise, ona uygun kılık ve kıyafette olmak, tutum ve davranışları ile maksada ters düşmemek ve diğer personel ile ailelerinin huzurunu bozmamak mecburiyetindedir. Bu maksada uygun bulunmayan, tutum, davranış veya kılık kıyafetin; genel tutum ve kanaate ters düşerek, "Özel Eğitim Merkezi ve Dinlenme Kamplarını da müşgül durumda bırakabilecek" bir takım gelişmelere ortam hazırlayacağı, idarenin dikkate almak zorunda bulunduğu bir gerçektir. Bu nedenle, herkesin "yaşantısını özel eğitim merkezi ve dinlenme kampı disiplinine uydurma" mecburiyeti vardır. Sözkonusu mahallerin yaşantısı mayo, şort ve tişort gibi açık ve rahat kıyafetlerin kullanılmasını gerektirmekte ve doğadan faydalanma bu şekilde sağlanmaktadır. O kadar ki, Şafak Özel Eğitim Merkezi Komutanlığı Yönergesi, "resmi toplantı ve balolar hariç, öğle ve akşam yemekleri için ceket giyilme ve boyunbağı takılma mecburiyeti" bulunmadığını belirterek rahatlığı ve dinlenmeyi kolaylaştırıcı bir ortam yaratmak düşüncesini ön plana almış, ancak bunun sınırını "mayo ve deniz kıyafeti ile gazinoda oturulmaz" şeklinde belirlemiştir. Görüldüğü gibi, maksada uygun, mahallin özelliği ve yaşantısı ile uyumlu bir kılık ve kıyafet bulunması öngörülmekte, bunun dışındaki kılık kıyafet, tutum ve davranışlar "hoş karşılanmayan, huzur kaçıran, anormal" kılık kıyafet, tutum ve davranışlar şeklinde değerlendirilmektedir. Bu durumda mahal ve maksatla uyumlu bulunmayan; kamp veya özel eğitim merkezi yaşantısına ters, diğer personelin huzursuzluğuna yolaçacak, tartışma yaratabilecek mahiyette bir kılık-kıyafet tutum ve davranış, oradan istifade hak ve imkanını ortadan kaldırmaktadır.

c. Ülkemizde zaman zaman ortaya çıkan politik ve sosyal çeşitli akım faaliyet ve çalkantıların bir sonucu olarak, bazı grup ve topluluklar tarafından kendi görüş ve düşüncelerini yaymak, propagandasını yapmak, aralarında birlik ve dayanışma sağlamak gibi çeşitli maksatlarla bazı kılık ve kıyafetler adeta bir üniforma veya sembol gibi kullanılmakta, veya kamuoyunda bu tür kılık ve kıyafetlerle çeşitli akım ve siyasi faaliyetler arasında bir yakınlık ve ilişki bulunduğu kanaati yeralmaktadır. Başta Sayın Cumhurbaşkanımız olmak üzeri bir çok devlet yetkilisi, çeşitli kurum ve kuruluşlar tarafından son zamanlarda yaygınlık kazanan bu tür kılık, kıyafet, tutum ve davranışlarla ilgili olarak esas alınan kıstas, kamuoyunda belirli bir düşünce ve eylemin üniforması veya sembolü olarak algılanan kılık ve kıyafetlerle resmi daire, kurum ve kuruluşlara girilemeyeceği buna mukabil özel yaşantısında dilediği gibi hareket edilebileceği istikametindedir. Sözkonusu kılık-kıyafet İç Hizmet Yönetmeliğinde yeralan 664.madde muvacehesinde "siyasi telkin ve öneride bulunulmayacağı" hükmü ile de ters düşmekte bu nedenle, "tesislerin fiilen işletilmesi, disiplin ve emniyeti"nden sorumlu makamca, müsamaha gösterilmemesi yerinde bir tutum ve davranış sayılmaktadır.

6. Çok önemli görülen bir başka husus, sözkonusu kılık-kıyafetle ATATÜRKÇÜ görüş ve tutum, ATATÜRK İLKE VE İNKILAPLARI, ÇAĞDAŞ TÜRKİYE CUMHURİYETİ ve onu koruma-kollama görevi bulunan T.S.K. mensuplarının özel konum ve durumları arasında bir bağlantı kurulamaması, tersine zıtlıklar bulunmasıdır.

T.S.K.'nin ve Cumhuriyet kuşağının bir genci; özellikle ellerine teslim edilen evlatlarımızın ATATÜRK İLKE VE İNKILAPLARINA yürekten bağlı, onları inançla savunan, bu uğurda ve Cumhuriyetimizi koruma ve kollama ideali için gerekirse ölümü göze alabilecek şekilde yetiştirilmesinden sorumlu öğretmen sınıfı bir subayın böyle bir tenakuza düşmesi, ayrı bir talihsizlik olarak değerlendirilmiş, hayret ve üzüntü yaratmıştır. Her konuda olduğu gibi bu konuda da örnek ve önderimiz Yüce ATATÜRK'ün aşağıdaki ifadeleri, askeri mahallere sözkonusu kıyafetle girilmesini engelleyici kesin ve açık bir direktif sayılmaktadır ;

"Medeniyim diyen Türkiye Cumhuriyeti Halkı, aile kıyafetiyle, yaşayış tarzıyla, medeni olduğunu göstermek mecburiyetindedir... Medeniyim diyen Türkiye'nin hakikaten medeni olan halkı, baştan aşağıya kadar, dış görünüşle dahi medeni ve mükemmel bir insan olduğunu fiilen göstermeye mecburdur... Efendiler, içtimai hayatın başlangıcı, temeli aile hayatıdır. Aile izaha hacet yoktur ki, kadın ve erkeğin bütünüdür. Kadınlarımız hakkında da erkekler hakkında da söylediğim kadar açık izahlarda bulunacağım.

Seyahatim esnasında, köylerde değil, bilhassa kasaba ve şehirlerde kadın arkadaşlarımızın yüzlerini ve gözlerini çok kesif ve itinalı surette kapamakta olduklarını gördüm. Bilhassa Ağustos'ta bu sıcak mevsimde bu tarzın kendileri için mutlaka azaplı ve üzücü olduğunu tahmin ediyorum.

Erkek arkadaşlar, bu hodbinliğiniz biraz ağırdır. Bu, belki çok iffetli, çok dikkatli oluşunuzun icabıdır. Fakat, muhterem arkadaşlar, kadın arkadaşlarınız da bizim gibi idrakli ve düşünceli insanlardır. Onlara zamanın icaplarını telkin etmek ve milli ahlakımızı anlatmak ve onların dimağını nurla, nezaketle cihazlamak meselesi üzerinde bulunduktan sonra fazla hodbinliğe lüzum kalmaz. Onlar da yüzlerini dünyaya gösterirler ve gözleriyle dünyayı dikkatlice görebilirler. Bunda korkulacak bir şey yoktur."

Yüce Önder ATATÜRK'ün 1925 yılında Anadolu Ajansı tarafından yayınlanan yukarıdaki demeci dışında, aynı konudaki direktif, düşünce ve ilkeleri şu sözlerinde açıkça ifade edilmektedir ;

"Kimi yerlerde kadınlar görüyorum ki başına bir bez ya da bir peştemal ya da benzer bir şeyler atarak yüzünü, gözünü gizler ve yanından geçen erkeklere karşı ya arkasını çevirir ya da yere oturarak yumulur. Bu durumun anlamı, gösterdiği nedir? Efendiler, uygar bir ulus anası, ulus kızı, bu şaşırtıcı biçime, bu vahşi duruma girer mi? Bu durum, ulusu çok gülünç gösterir bir görünüştür. Hemen düzeltilmesi gerekir."

7. Görüldüğü gibi, Yüce ATATÜRK'ün kılık ve kıyafet konusundaki temel görüş ve direktifleri şu ilkelerde yoğunlaşmaktadır ;

a. Çağdaş Türkiye Cumhuriyeti halkı yaşayış tarzı ve kılık kıyafeti ile de çağdaş olduğunu göstermek mecburiyetindedir.

b. Kadınlarımızın yüz ve gözlerini çok kesif ve itinalı surette kapamaları azap verici ve üzücü bir durumdur.

c. Erkeklerin hodbinliğinden kaynaklanan bu durumu düzeltmek ve kadınlarımızı zamanın icapları ile aydınlatmak gerekir.

d. Uygar bir ulusun anası ve kızının başına bir bez ya da benzer şeyler atarak yüzünü, gözünü gizlemesi şaşırtıcı, uygarlık dışı ve gülünç bir durumdur ve hemen düzeltilmelidir.

8. Buraya kadar yapılan açıklama ve değerlendirmeler sonucu, Şafak Özel Eğitim Merkezive Dinlenme Kampından çıkartılmanızı gerektiren durum ;

a. Normal bir örtünmenin sınırlarını aşarak, son zamanlarda adeta belirli bir politik görüş ve bu görüşe mensup gruplarca yürütülen çeşitli eylemlerin simgesi haline getirilmeye çalışılan bir kıyafetle askeri bir mahale girilmesi ve siyasi mahiyette bir tartışma ortamı yaratılması,

b. Bu suretle aynı mesleğe mensup kişi ve ailelerin aynı duygu, düşünce ve kanaat etrafında birleşerek, bütünleşmesini zedeleyici bulunması,

c. Şafak Özel Eğitim Merkezi ve Dinlenme Kamp Yönetimi ile, bu kampta huzur ve düzeni sağlamaktan sorumlu Deniz LisesiKomutanlığı'nı müşgül durumda bırakması,

d. Her konuda ve her zaman önderimiz olan Yüce ATATÜRK'ün İlke ve İnkılapları ile direktiflerine uymaması,

nedenleriyle uygun görülmemiş ve ilgili Komutanlıkça yapılan işlem yerinde bulunmuştur.

9. Ayrıca, eğitim camiasının bir unsuru olarak, Deniz Eğitim Komutanlığı'nın eğitim/öğretimle ilgili yoğun faaliyetlerini dikkate almadan, haksız ve geçersiz bir mağduriyet beyanı ile makamı boş yere meşgul etmeniz hayret ve üzüntü yaratmıştır.

10. Yukarıdabelirtilen görüş, açıklama ve ilkeler doğrultusunda;

a. Kendinizi süratle yetiştirmenizi,

b. Yüce ATATÜRK'ün ifadeleleri ile, "zaferleri ve mazisi insanlık tarihi ile başlayan, her zaman zaferle beraber MEDENİYET NURLARI taşıyan kahraman TÜRK ORDUSU"nun bir ferdi olduğunuzu hiçbir zaman unutmamanızı,

c. Bundan böyle benzer tutum ve davranışlardan uzak durmanızı önemle hatırlatırım.

Attila TUZMAN
Tümamiral
Deniz Eğitim Komutanı

1/1

Bu satırlar bir dilekçe yahut resmî evrak hükmünde olmayıp, muzdarip bir vicdanın ilk isyanıdır.

Saygıdeğer Efendim,

1958 yılında dindar bir aile muhitinde doğmuşum. Babam fakirdi. Ortaokul ve Liseyi yatılı mekteplerde, yazın inşaatlarda amelelik yaparak biriktirdiğim paraları harçlık yaparak okudum. Üniversitede idealim edebiyat tahsili yapmaktı. Gece çalışıp gündüz fakülteye giderek İ.Ü. Edebiyat fakültesini bitirdim (1979). Üç yıl aynı fakültede çalıştım ve doktora derslerine devam ettim. Divan edebiyatı üzerine ihtisas yaptım. (Bu gün Türkiye çapında ilk 7 kişiden biriyim) Kürsü başkanı profesörün kaprisleri ve beni hizmetkar gibi kullanmak istemesi yüzünden fakülteden ayrılıp Dz. Kuvvetleri'ne intisâb ettim (1982). Ancak kısa bir süre sonra askerliğin mizaç ve yetişme tarzıma uygun bir meslek olmadığını anladım. Ne var ki mecburî hizmetle yükümlüydüm ve azimle, görevimi en iyi şekilde yapmaya gayret ettim. Maamafih ülser ameliyatı geçirecek denli de kendimi harab etmişim.

Subay olarak ilk görevim Deniz Lisesi K.lığı edebiyat öğretmenliği idi. Bu görevdeyken "Türk Dil Bilgisi ve Kompozisyon" adlı bir kitap hazırladım. Halihazırda bu kitap Dz. Lisesi'nde yardımcı ders kitabı olarak okutulmaktadır.

Araştırmacı olarak yetiştirildiğimden dolayı uzun yıllar Deniz Müzesi K.lığı Arşiv Kısım Amirliği'ne atanmayı istedim. Ama önce Astsb. Hzlm. Ok. K.lığına tayin edildim. Doktora yaptığım halde bu görevi de zevkle üstlendim. (Oysa TSK da doktora yapan tek edebiyat öğretmeni olarak sözgelimi Gülhane'de görevlendirilebilirdim)

Cuma namazına gider, ramazanda oruç tutarım. Eşim de geldiği çevre itibariyle başörtülüdür. Ancak gerek sivil gerekse askerî câmiada asla yobaz yahut gerici olarak nitelenmeyecek kadar da aydın fikirli olduğumu herkes bilir. Ne çare ki eşimin başörtülü oluşu nedeniyle Astsb. Hzlm. Ok.undan Dz. Hsth. Bştbp.lığı Personel Şube Md. Vekilliğine atandırıldım. Bu arada Boğaziçi

Mayıs / Haziran 1989:
Lirik bir mektup samimiyeti: "*Muztarip bir vicdanın ilk isyanı(!)*"

Üniversitesi'nde bir yıl Edebiyat dersleri verdim (İkinci yıl üniversitenin isteği -hangi sebeple bilmiyorum- geri çevrildi ve gönderilmedim). Dz. Hastahanesi'nde Teknik Şube Müdürlüğü'ne bakmam emredildi. Yani bana kısaca oyalanmam imâ edildi ve hiç bir görev verilmedi. 8 ay bu görevde -acaba aldığım maaşı hakediyor muyum- endişesiyle çalıştım. Hemen arkasından Dz. Müzesi Gösteri ve Düzenleme Kısım Amir Vekilliği'ne atandım. Dualarım kabul olmuştu. Arapça, Farsça ve Osmanlıca bilgimi de kullanarak araştırma yapabilecek, Dz. Kuvvetleri için en iyi şekilde çalışarak faydalı olacaktım. Komutan yardımcısı olmamasına ve Bölük komutanlığına da vekalet etmeme rağmen gecemi gündüzüme katarak çalıştım ve arşiv araştırmaları için plan/projelerini yaptım. Ancak tam her şey yoluna girmişken, bir yıl gibi kısa bir süre içinde hiçbir eğitimini görmediğim bir mesleğe, Genkur, Spor Okulu Personel Şb. vekilliğine tayinim çıktı. Yani 1,5 yıl içinde üç defa tayin gördüm. Anladım ki Dz. Kuvvetleri beni her tayin döneminde yeni bir yere tayin etmeyi itiyad haline getirdi.

Değerli Komutanım,

Ehliyetim olmayan bir görevde çalışmayı emanete hıyanet telakki ediyorum. Layık olduğumun dışında istihdam edilmeyi de vatana ihanet mesâbesinde görürüm. Yalnızca eşim başörtülü diye yapılan bu uygulama revâ mı sizce. Kültür Bakanlığı ve Tarih Kurumu'nca yayınlanmış edebî kitap ve araştırmalarım var. Çeşitli resmî ve özel kuruluşlarda basılmakta olan eserler hazırladım. Ana Britannica, Büyük Larousse, Türk Ansiklopedisi, İslam Ansiklopedisi gibi kitaplara edebiyatla ilgili yüzlerce madde yazdım. Sırf askerî kurallara uymuş olmak için gazete ve dergilere -velev edebî de olsa- yazı yazmaktan vazgeçtim. Her türlü askerî kuralı canla başla kabul ettim. Askerlik mesleğine ısınamadığım halde aileme ve çocuklarıma helal rızık kazanmış olmak için her göreve evet dedim. Ancak askeriyeye gireliden bu yana ilmî titrim hiç artmadı, artamadı. Yükselmemi edebiyat sahasında değil de askerlik mesleğinde gösteririm sandım. Heyhât!.. Oysa ben Dz. Müzesi'nde görev yaparken Tarihi Deniz Arşivi'ni Dz. Kuvvetleri adına günyüzüne çıkarmaya azmetmiştim. Madem ki mecburî hizmetim var, o halde bunu başarmalıyım ki vatanıma, milletime hizmet etmiş olayım, diyordum. Zirâ almış olduğum eğitim buna müsait idi. "Zehî tasavvur-ı bâtıl, zehî hayâl-i muhâl". Yerli ve yabancı üniversitelerden gelen öğretim üyeliği tekliflerini de için kan ağlayarak -mecburî hizmet yüzünden- geri çevirmek zorunda kaldım. İki yıl evvel Harvard University'nin teklifini aldığımda asker olduğuma ilk defa pişman oldum. Ama yitirilen şeylere üzülmek adetim değildir. Ancak neden vatanıma ve milletime edebiyat açısından hizmet etmiş olmayayım. Tek hizmet yolu askerlikten mi geçer. Personel subayı olarak bu millete -sıradan bir insanın ötesinde- ne verebilirim ki!

Sayın Komutanım,

Son tayin haberini hasta yatağımda aldım. Ankara'dan görev dönüşünde elim bir trafik kazası geçirdiğim için şu anda evde esir oldum. Bu satırları da zatıâlinizle yüzyüze görüşmeye gelemediğim için yazıyorum. Ancak bir haftaya kadar rahatsızlığım geçmiş olacak. Eğer lutfederseniz o zaman için sizden randevu istiyorum. (Ev telefonum 178 10 78).

Müzedeki görevime dönünce bütün bunları kendi komutanımla da görüşmek istiyorum. Biliyorum ki benim, Reha albayımıza hürmetim kadar; onun da bana sevgisi vardır. Benim isteğimi olumlu karşılayacağından eminim.

Sonuç olarak Efendim,

Müzeden tayinime sebep olan suç (!) her ne ise -veya sizin uygun göreceğiniz bir nedenle- TSK.dan affımı rica edeceğim. Her tayin döneminde yeni bir yere gitmekle varabileceğim bir yer olmadığını görüyorum. İster disiplinsizlik deyin, ister irtica, ama himmet buyurunuz sicilime iki satır yazı ile beni gönderiniz. Nereye mi?! Şimdilik ne bir planım, ne de bir işim var. Ancak çocukluğumdan bu yana göbeğimi kendim kestim. Elbet bir yerde bir iş bulur çalışırım. Ordudan istifa ettikten sonra üniversiteye dönme şansımın kalmayacağını da göz önüne alarak başımın çaresine bakmak istiyorum.

Size bu mektubu bir memurunuz, bir kardeşiniz, bir evladınız sıfatıyla ve göstereceğiniz himmete binaen sizi bir baba ittihaz edeceğime olan inancım ile ve beni anlayıp derdime merhem olacağınız umuduyla yazıyorum.

Benim için en uygun görev öğretmenlikti. Madem ki vatan evlatlarının benden alacağı bir şey yokmuş o halde araştırmacı olarak çalışabilirdim. Ama bir personel subayı olmak istemiyorum. Bunu kişiliğime vurulmuş bir kara leke ittihaz edeceğim. Hiç bir yüz kızartıcı suçum yokken mesleğimin elimden alınmasına artık bu kadar tahammül edebildim. Ama kendime olan saygımı yitirmemek için yüz kızartıcı suç mu işlemem gerekecek, bilmiyorum.

TSK bana hiç bir şey vermedi. Ben ona vermek istedim, layık bulmadı. Kısaca beni sevmedi, kabullenemedi. Öyleyse artık o kapının ekmeğini yemeye gerek yok.

Lütfen Efendim, siz de babasınızdır, beni bir evlat yerine koyunuz ve hoşnutsuzluğuma ve mide sancılarıma bir son veriniz. Ah, keşke ya ben vurdumduymaz olaydım, ya TSK kadirşinaslık gösterseydi. Oysa ne ondan vefa, ne bende sevk kaldı. Hatâ bizdeyse atâ onda olabilirdi. Olmadı, olmayacak da. Kader beni öyle bir sürükledi ki hâlâ çırpınmaktayım. Kaç yıl geçti!.. Geçecek yıllar da gözümü korkutuyor.

İlk defâ size yüzsuyu döküyorum. Lütfen Efendim, beni bağışlayınız. Zamanınızı çalmak, dertlerimle başınızı ağrıtmak istemezdim. Hürmetlerimle ellerinizden öperim.

Dr. İskender PALA
Öğ. Kd. Ütğm.

YÜRÜTMENİN DURDURULMASI İSTEMLİDİR

ASKERİ YÜKSEK İDARE MAHKEMESİ BAŞKANLIĞI'NA
ANKARA

DAVACI : Dz Öğ Yzb Dr İskender PALA
DAVALI : Millî Savunma Bakanlığı - ANKARA
DAVA KONUSU : Deniz Kuvvetleri Komutanlığı'nın 3/91 sayılı Sb Atama Emri

AÇIKLAMA :

Haziran 1979 döneminde İstanbul Üniversitesi Edebiyat Fakültesi Türk Dili ve Edebiyatı Bölümü'nden mezun oldum Aynı fakültede üç yıl akademik görev yaptıktan sonra 21 Haziran 1982 tarihi itibariyle Dz K K lığı Deniz Lisesi K lığı edebiyat öğretmenliği göreviyle teğmen olarak Türk Silahlı Kuvvetleri'ne intisab ettim Bu görevde iken doktora çalışmamı tamamladım ve Dz Lisesi K lığı Hazırlık Sınıfı'nda yardımcı ders kitabı olmak üzere "Türk Dil Bilgisi ve Kompozisyon" adlı (İstanbul, 1987, 256 sayfa) bir kitap hazırladım Bu kitabım halen Dz Lisesi Hazırlık sınıflarında temel ders kitabı olmadığı için yardımcı ders kitabı olarak okutulmaktadır Dz K K lığı'nda o dönem için tek doktora yapmış edebiyat öğretmeni iken, Dz K K lığı 1985 genel atama emri ile Dz Astsb Hzlm Okulu Komutanlığı edebiyat öğretmenliğine atandırıldım 15 Temmuz 1985 tarihinden itibaren iki yıl bu görevde bulundum Herhalde eşimin başörtülü olması nedeniyle Kasım 1987 tarihinde mesaj emri ile öğretmenlik mesleğinden uzaklaştırıldım Bu tarihten itibaren örneği olmayan bir uygulama ile ve mesleğimin dışında 5 yıl üst üste 5 defa atamaya maruz kaldım Bu atamalar, göreve katılış tarihleri itibariyle şöyledir:

20 Kasım 1987 İst Dz Hast Baştabipliği Per Sb Vekilliği Kasımpaşa/İSTANBUl
22 Haziran 1988 Dz Müzesi K lığı Gös ve Dzn Ks A Vekilliği Beşiktaş/İST
21 Temmuz 1989 Gnkur Hrk Bşk S K Spor Okulu Per Sb lığı ANKARA
30 Mayıs 1990 Dz Müzesi K lığı Tarihi Arşiv Ks A liği Beşiktaş/İSTANBUL
20 Eylül 1991 Dz Eğt K lığı Eğt Des/Hiz Grp Bşk Doküman Hzl Ş Md V liği Karamürsel/KOCAELİ

Bütün bu görevlerim esnasında canla başla TSK'ne hizmet ettim Hiç

Eylül 1991:
Ömrümün ilk davası: Bir haksız tayine bir düzine haklı itiraz:

bir gün görevimi aksatmadım Er'den komutana dek hiç bir mesai arkadaşımla geçimsizliğim olmadı Buna rağmen üst üste gördüğüm tayinler aile birliği ile huzurumu ve çocuklarımın okulunu (her yıl bir başka okula devamla) menfi yönde etkiledi Her yıl eşyamızı yerleştiremeden toplanmak ve taşınmak zorunda bırakıldık

Geçen yıllar içerisinde sanki bir suçlu veya sakıncalı personelmişim gibi meslekdaşlarım, mesai arkadaşlarım ve çevremin taaccüb dolu soru/davranışlarına muhatap oldum/olmaktayım Bu durum, gerek beni, gerekse ailemi psikolojik bir baskı altına aldı Buna rağmen mesai dışında uykudan ve aileme ayıracağım zamandan fedakârlık ile bilimsel hayatımı devam ettirdim Boğaziçi Üniversitesi'nde part-time Türkçe-Edebiyat dersleri verdim Türk kültür hayatına edebiyatla ilgili 11 (onbir) adet kitap yazdım İki defa ödül aldım (1989 Yazarlar Birliği dil ödülü ve 1990 Türk Dil Kurumu edebiyat ödülü) 1989 yılında Türkiye'de yılın yazarı seçildim Mesleğimle ilgili pek çok bilimsel toplantıya katıldım, konferanslar verdim Bu konuda yüzü aşkın ilmî makale yazdım

Eski yazıyı çok iyi derecede bilmem dolayısıyla ve bizzat Dz K Komutanı'nın (Oramiral Orhan KARABULUT) emri ile 30 Mayıs 1990 tarihinde Tarihî Deniz Arşivi'nin reorganizasyonu amacıyla Dz Müzesi K lığı'na özel kadro açılarak atandırıldım Geçen 1 yıl içinde etüdler hazırlayıp üst makamlara sundum Bunun sonucu olarak 25 000 000 (Yirmibeş milyon) eski yazı belgeyi havî olan Tarihî Deniz Arşivi'nde kadro, personel, ödenek ve kuruluş değişiklikleri yapıldı İstanbul Beşiktaş'ta rutubet, okunmazlık, haşarat ve toz içinde tarihin karanlıklarına terkedilmiş tarihî arşivi bilim dünyasına kazandırmayı ve tamamını araştırmacılara açmayı bir vicdan borcu bilerek çalıştım Bilgisayarlar, mikrofilm çekme ve okuma cihazları, nem çekme cihazları gibi bazı teknik kuruluşun çalışmaları yapıldı Dz K Komutanı Oramiral İrfan TINAZ'ın şifahî emri ile bankada bloke edilmekte olan Deniz Müzesi ziyaretçi bilet gelirleri toplamı olan 500 000 000 (Beşyüz milyon) TL 'lık meblağ bu hizmetler için ayrıldı Tam çalışmaların sonuna gelinmişken bu görevden de tayin edilmem Tarihî Deniz Arşivi'ni yine eski durumuna döndürdü Yerime atama yapılmamış olması, atama yapılsa bile eğitim ve formasyon yönünden benim sahip olduğum niteliklere sahip rütbeli bir şahsın bulunmayışı da Türk Deniz Tarihi'nin bir bölümünü aydınlatacak olan bu arşivin işlerliğini olumsuz yönde etkiledi

Bu dilekçe yasal haklarımın aranması maksadıyla yazılmış olup kurum veya kişilere yönelik bir düşmanlık olarak algılanmamalıdır

SONUÇ VE İSTEM :

1 Doktora yapmış bir edebiyat öğretmeni olarak titrime ve mesleğime

uygun olmayan bir göreve atanmamın yapıldığı

2 Beş yıl üst üste tayin uygulamaları ile benim ve ailemin her yönden mutazarrır edildiği

3 Kitabımın okutulduğu eğitim yuvasından uzaklaştırılmanın adıma ve şahsıma sürülmüş bir leke olduğu

4 Hiç bir suça istinad etmeyen bu keyfi uygulamalara artık son verilmesinin askerlik mesleğine olan güvenimi pekiştireceği

5 Osmanlıca her çeşit eski yazıyı okuyabilmek niteliğimle Tarihi Deniz Arşivi'ni Türk kültür hayatına kazandırabilecek bilâ menfaat vicdanî sorumluluk taşıyan bir personel olmam

6 Tayin edildiğim görevlerin mesleğim olan öğretmenlikle bir ilgisi bulunmayışı

7 TSK Atama ve Yer Değiştirme Yönetmeliği 3 maddesinde "Atamalarda sınıf ve ihtisasların göz önünde bulundurulacağı"; 5 maddesinde ise "Personelin asgarî derecede yer değiştireceği" hükümlerinin getirilmiş olması

8 Şahsımla ilgili uygulanan atamaların objektif ölçülere göre tespit edilmediği

9 Herhangi bir disiplinsizliğimin bulunmayışı

10 Atanmamı haklı gösterecek hiç bir yasa ve yönetmelik hükmü bulunmadığı

11 Atanmalarımda kamu hizmeti yararının gözardı edilmesi

12 Meslekî branş ve tecrübeden en müessir şekilde istifade edilebilecek mevki ve görevde istihdam edilmeyişim

gibi sebeplerle, öncelikle tayin tasarrufumla ilgili yürütmenin durdurulmasını ve tasarrufun iptaline karar verilmesini arz ederim

Dr İskender PALA
Dz Öğ Yzb
Dz Eğt K lığı Doküman
Hzlm Şb Md Vekili

T. C.
ASKERİ YÜKSEK İDARE MAHKEMESİ
BİRİNCİ... DAİRE
A N K A R A

GENSEK NO. : 1992/1005
ESAS NO. : 1992/734

YÜRÜTMENİN DURDURULMASINA DAİR KARAR

DAVACI :	Dz.Dr.Öğ.Ymb. İskender PALA- Deniz Müzesi K.lığı Tarihi Deniz Arşivi Kısım Amiri Beşiktaş-İSTANBUL
VEKİLİ :	-
DAVALI :	Milli Savunma Bakanlığı-ANKARA
VEKİLİ :	-
DAVANIN KONUSU :	Atama
BAŞSAVCILIĞIN DÜŞÜNCESİ :	Davanın niteliğine ve anlatım şekline göre, Anayasanın 1 1602 sayılı Kanununun 62 nci maddeleri uyarınca Yürütmen Durdurulması isteminin KABULÜNÜN gerekeceği düşünülmekt dir.

TÜRK MİLLETİ ADINA

Yargı yetkisini kullanan Askeri Yüksek İdare Mahkemesi .Birinci. Dairesince, raportör üyenin açıklamaları dinlendikten ve dosya incelendikten sonra;

GEREĞİ DÜŞÜNÜLDÜ :

Davacının yürütmenin durdurulması istemini kapsayan dilekçesi ve eklerine göre, idari işlemin yerine getirilmesi halinde telâfisi güç veya imkânsız zararların doğumunun muhtemel bulunması ve dilekçede ileri sürülen hususların ciddi görülmesi nedenleri ile teminat aranmaksızın, 1602 Sayılı Askeri Yüksek İdare Mahkemesi Kanununun 62 nci maddesi uyarınca YÜRÜTMENİN DURDURULMASINA, tebligat işlemlerinin tamamlanması için dosyanın Genel Sekreterliğe iadesine, ..30.6.1992...... tarihinde .OYBİRLİĞİ...... ile karar verildi.

BAŞKAN	ÜYE	ÜYE	ÜYE	ÜYE
Abdullah DEMİR	Erol UĞUR	Sezai AYDINALP	İrfan ERDİNÇ	Dr.Erol ALPAR
Hâk.Kd.Alb.	Kur.Alb.	Hâk.Alb.	Hâk.Alb.	Hâk.Yb.

C/T

Haziran 1992:
İkinci dava, ikinci itiraz ve Yüksek Mahkeme heyetinin söz konusu itirazı oybirliği ile kabulü.

T C
MİLLİ SAVUNMA BAKANLIĞI
A N K A R A

HUK. MÜŞ. DAV. :44925-3d-2-9-92 A.K. 5 Ağustos 1992

K O N U :Savunma .

ASKERİ YÜKSEK İDARE MAHKEMESİ BAŞKANLIĞINA

GNL.EVR.NO : 1992/1005

DAVACI : Dz.Öğ.Yzb.İskender PALA
Deniz Müzesi K.lığı Tarihi Deniz Arşivi Ks.A.
İSTANBUL

DAVALI : Milli Savunma Bakanlığı .

DAVA KONUSU : Atama işleminin iptali .

TEBLİĞ TARİHİ : 3.7.1992

CEVAPLARIMIZ :

Davacı dava dilekçesinde özetle,Deniz Müzesi K.Tarih ve Arşiv Ş. Md.Tarih ve Arşiv Ks.A.(İstanbul)dan 1.Dz.Er.Eğt.Al.K.Er mslk.krs. K.Kurs Öğ.(İskenderun)na atanması işleminin iptalini talep etmektedir.

926 Sayılı T.S.K. Personel Kanunu'nun "Atamalarda dikkate alınacak hususlar"başlığını taşıyan 118 nci Maddesi."Subayların ve Astsubayların atanma ve yer değiştirmeleri,hizmetin aksatılmadan yürütülmesi esasına bağlı olarak,memleketin ekonomik,sosyal,iklim ve ulaştırma durumları ile kültür ve sağlık durumları ve bunlara benzer yer ve bölge şartları gözönüne alınarak tespit edilecek bölgelere ve Garnizonlara aşağıdaki esaslarda dikkat nazara alınarak sıra ile yapılır.

a. Meslek programları,meslek içi eğitim esasları ve kadro ihtiyacı,

b. Sağlık durumu,

c. İdari,asayiş ve zaruri sebepler,

d. İstekli bulunduğu yerler."hükmünü amirdir.

Anılan kanunun 119 ncu Maddesi ise"Yukarıdaki maddede yazılı esaslar dahilinde bölge ve Garnizonların tespiti,bölgelerin ve Garnizonların değişen şartlara göre yeniden tesbiti,buralarda kalma süreleri, atanma ve yer değiştirmelerde dikkate alınacak sair hususlar,Milli Savunma ve İçişleri Bakanlıklarınca hazırlanacak yönetmelik ile tespit edilir."hükmünü taşımaktadır.

Sözkonusu hükme istinaden çıkarılan " Türk Silahlı Kuvvetlerine Mensup Subay ve Astsubayların Atanma ve Yer Değiştirmeleri Hakkında Yönetmelik'in 3 ncü Maddesinde de Subay ve Astsubayların atanmalarında dikkate alınacak hususlar hizmetin aksatılmadan yürütülmesine bağlı olarak (7)bent halinde sayılmıştır.Bunlar sırasıyla;

-1-

6

Ağustos 1992:
İtirazıma itiraz ve subay atamalarında gözetilen
hususları içeren bir savunma:

T C
MİLLİ SAVUNMA BAKANLIĞI
A N K A R A

HUK. MÜŞ. DAV. 44925-3d-2-9-92 A.K. 5 Ağustos 1992

K O N U Savunma .

"a. Meslek programları,meslek içi eğitim esasları ve kadro ihtiyacı,

b. Kıt'a hizmeti zorunluğu,

c. Terfi durumu,

d. Sınıf ve ihtisasları,

e. Kendisinin,eşinin ve çocuklarının hayati önemi haiz sağlık durumları,

f. İdari,asayiş ve zaruri sebepler,

g. Atanma istek kartlarında belirttikleri yerler"dir.

Anılan Kanun ve Yönetmelik hükümlerine göre,Subay ve Astsubayların değişik bölge ve Garnizonlara atanmalarında dikkat edilecek en önemli husus hizmetin aksatılmadan yürütülmesi esasıdır.Buna bağlı olarak atanmalarda dikkate alınacak hususlar öncelik sırasına göre düzenlenmiş bulunmaktadır.

Yönetmeliğin 12 nci Maddesinin (g) fıkrası,İdari,asayiş vesair zaruri sebeplerle Subay ve Astsubayların,bulundukları bölge ve Garnizonlardaki hizmet sürelerini tamamlamadan atanabileceklerini öngörmektedir.

Yönetmeliğin 13 ncü Maddesi ise " İdari sebeplerle bulunduğu Garnizondaki vazifesinden alınmasına zaruret görülenler,aynı derecede diğer bir garnizona verilir.İmkan bulunmadığı taktirde evvelki safahati nazarı itibara alınarak başka dereceli bir garnizona atandırılırlar " hükmünü taşımaktadır.

Yönetmeliğin 24 ncü Maddesinin (m) fıkrası ise," diğer idari ve zaruri sebepler " in mevcudiyeti halinde her yılın Mayıs-Ekim ayları arasında yapılması gereken genel atama ve yer değiştirme süresine bağlı kalınmadan dahi atama işleminin yapılmasına imkan vermiş bulunmaktadır.

Yönetmelik hükümlerinden açıkça anlaşılacağı üzere,idari zaruretler nedeniyle veya bulunduğu Garnizondaki görevinden alınmasında zaruret görülen Subay ve Astsubayların,bölge ve Garnizon hizmet süresini tamamlamamış olsalar ve genel atama dönemi olmasa dahi,bölge ve Garnizon harici atanmalarının yapılmasına hiçbir hukuki engel bulunmamaktadır.

İdari zaruretin tayini veya bulunduğu Garnizondaki görevinden alınmasında zaruret bulunup bulunmadığının takdiride kamu yararı ve hizmet gerekleri dikkate alınarak idareye tanınmış bir yetkidir.

Davacı,Teğmen nasbedildiği 27 Mayıs 1982 tarihinden 31 Temmuz 1989 tarihine kadar İstanbul Garnizonunda görev yapmıştır.Bu Garnizonda aralıksız 7 yılı aşkın bir süre görev yapan davacı 4 Mayıs 1989 Tarihli atama emri ile Ankara Garnizonuna atandırılmış,dilekçesinde de belirtildiği gibi özel girişimleri sonucu açtırdığı bu günkü görev yaptığı kadroya henüz bu Garnizonda 1 yılını doldurmadan 22 Mayıs 1990 tarihinde yine şahsi gayretleriyle atandırılmış ancak

-2-

6.

T C
MİLLİ SAVUNMA BAKANLIĞI
A N K A R A

HUK. MÜŞ. DAV. : 44925-3d-2-9-92 A.K. 5 Ağustos 1992

K O N U : Savunma .

bu atama kendi menfaatlerine uygun düştüğünden dava konusu yapılmamıştır.

17 Ağustos 1991 Tarihli atama emriyle Karamürsel Garnizonuna atanması işlemini dava konusu yapan davacı atama işlemi hakkında AYİM 1 nci Dairesince verilen 22 Ekim 1991 gün ve GENSEK NO:1991/1862,ESAS NO:1991/2394 Sayılı Yürütmenin Durdurulmasına Dair karara uyularak eski görevine iade edilmiştir.

Son olarak 7 Haziran 1992 tarihinde yayınlanan 1992 yılı Subay Genel Atamaları ile İskenderun Garnizonuna atandırılan davacı,bu atamayıda dava konusu yapmış ve AYİM 1 nci Dairesince verilen yürütmenin durdurulması kararı uyarınca henüz ayrılışı yapılmadan 22 Temmuz 1992 tarihinde tesis edilen işlemle eski görevine iade edilmiştir.

Yukarıda anılan Kanun ve Yönetmelik hükümlerinde sözü edilen idari ve zaruri sebeplerin tespit ve tayini hizmet ihtiyacı ve kamu yararı esas alınarak idareye tanınan bir yetki olup,sözkonusu yetkinin kullanılmasında hukuka aykırı bir yön bulunmamaktadır.

Davacı Subayın atandırılma işlemi hizmet ihtiyaçları ve kamu yararı ön plana alınarak gerçekleştirilmiş olup,davacının sözkonusu atamanın kasdi olarak ve şahsına karşı özel menfi bir tutum sonucu yapıldığı yolundaki iddiaları hukuki mesnetten yoksun bulunmaktadır.

Davacı hakkında tesis edilen atama işlemi tüm unsurlarıyla hukuka ve mevzuata uygun bulunmaktadır.

Açıklanan nedenlerle yasal dayanaktan yoksun bulunan davanın reddine,yürütmenin durdurulması kararının yeniden gözden geçirilerek kaldırılmasına ve yargılama giderlerinin davacı üzerinde bırakılmasına karar verilmesini arz ederim.

Aydın KALPAKÇI
Hakim Kd.Albay
Baş Huk.Müş.ve Dav.D.Bşk.

T.C.
ASKERİ YÜKSEK İDARE MAHKEMESİ
NÖBETÇİ DAİRE
A N K A R A

GENSEK NO.: 1992/1005
ESAS NO.: 1992/61

YÜRÜTMENİN DURDURULMASI KARARININ KALDIRILMASI İSTEMİNİN
REDDİNE DAİR KARAR

<u>D A V A C I</u> : İskender PALA (Dz.Dr.Öğ.Yzb.)
Deniz Müzesi K.lığı Tarihi Deniz Arşivi Kısım Amiri
Beşiktaş/İSTANBUL

<u>D A V A L I</u> : Milli Savunma Bakanlığı - ANKARA

<u>DAVANIN KONUSU</u> : Atama işleminin iptali istemi.

TÜRK MİLLETİ ADINA

Yargı yetkisini kullanan Askeri Yüksek İdare Mahkemesi Nöbetçi Dairesince, raportör üyenin açıklamaları dinlendikten ve dava dosyası incelendikten sonra;

<u>GEREĞİ DÜŞÜNÜLDÜ</u> :

Tarafların iddia ve savunmalarının incelenmesinden, davanın bu safhasında 30.6.1992 tarihinde verilmiş olan yürütmenin durdurulması kararına esas alınan nedenlerde değişiklik bulunmadığı sonucuna varıldığından, davalı idarenin Yürütmenin Durdurulması Kararının Kaldırılması yönündeki isteminin REDDİNE, tebligat işlemleri-nin tamamlanması için dosyanın Genel Sekreterliğe iadesine,

12 AĞUSTOS 1992 tarihinde OYBİRLİĞİ ile karar verildi.

BAŞKAN	ÜYE	ÜYE	ÜYE	ÜYE
Ali HÜNER Hv.Hak.Kd.Alb.	Adnan ALTIN Hv.Hak.Alb.	Osman ŞİMŞEK Hak.Alb.	Nazım NAMAL Kur.Alb.	Tanıl TOSUN Hv.Kur.Yb.

M.İ.

Ağustos 1992:
İtirazların sonu. İnandım ve inanırım ki son sözü yargı söyler!
Yaşasın adalet!...

GİZLİ

TC

DENİZ KUVVETLERİ KOMUTANLIĞI
KUZEY DENİZ SAHA KOMUTANLIĞI
KASIMPAŞA/İSTANBUL

KİŞİYE ÖZ...

HRK : 3590-536-96/İSTH.(IAAOO) 5 KASIM 1996

KONU : Öğ.Bnb.İskender PALA

DENİZ MÜZESİ KOMUTANLIĞINA

İLGİ : (a) Silahlı Kuvvetler İ.K.K., Koruyucu Güvenlik ve İşbirliği Yönergesi (MY 114-1A)

(b) Dz.K.K.lığının 25 EKİM 1996 gün ve İSTH : 3590-234-96/İKK.Ş.(338) sayılı yazısı.(HAY)

1. "ŞÜPHELİ PERSONEL" kategorisinde bulunan Deniz Müzesi Komutanlığı emrinde görevli Öğ.Bnb.İskender PALA (82-3) hakkında "Milli Görüş İdeolojisine mensup olduğu" şeklinde bilgi bulunması, Dz.K.K.lığına yeni intikal eden bilgilerin söz konusu bilgiyi teyit etmesi, ayrıca sicil amirlerince "kontrol altında tutulması" şeklinde kanaat belirtilmesi nedeniyle ilgi (a) yönergenin 7 nci bölümü gereğince 25 EKİM 1996 tarihinde Dz.K.K.lığınca ilgi (b) ile "SAKINCALI PERSONEL" kategorisine alınmıştır.

2. Adı geçen subayın kıta dışı tutum ve davranışlarının da takip ve kontrol altında tutulabilmesi maksadıyla Ek'te gönderilen 3 adet biyografi formunun doldurularak (fotoğraflı olarak), ayrıca 3 adet fotoğrafı ile birlikte 20 KASIM 1996 tarihine kadar Kuzey Deniz Saha Komutanlığına gönderilmesini ve ilgi (a) yönerge esaslarına göre işlem yapılmasını arz ederim.

KUZEY DENİZ SAHA KOMUTANI EMRİYLE

O.Cengiz TORAMAN
Dz.Kur.Kd.Alb.
Kurmay Başkanı

EKLER : -
EK-A (3 ad.Boş Biyografi Formu)

Kasım 1996:
Şüpheli iken **sakıncalı** oluşumun gizli belgesi:
"Milli Görüş İdeolojisine mensup olduğu..."(!)

H.ÖZEL

T.C.
GNKUR.BŞK.
DENİZ KUVVETLERİ KOMUTANLIĞI
A N K A R A

PER : 4180-3102-96 /EMK.İŞL. 11 ARALIK 1996

KONU : T.S.K.'den Ayrılmalar.

DENİZ MÜZESİ KOMUTANLIĞINA

1. Aşağıda kimliği ve görev yeri yazılı personelin Türk Silahlı Kuvvetlerinden ayrılması 10 ARALIK 1996 gün ve 1996/SB.38-392 sayılı onay ile kabul edilmiştir.

2. Adı geçen tebliği ile 5434 sayılı Kanunun 91 nci maddesi gereğince, bu tebligatın kayıtlarınıza geçiş tarihinden itibaren bir ay içerisinde (izinli, hava değişimi, istirahatli, sayman ve firarda olsa dahi) ilişiği kesilerek EK-A 'de yazılı bilgi ve belgeler, ayrılış tarihi de belirtilerek Deniz Kuvvetleri Komutanlığına gönderilecektir.

Arz ederim.

DENİZ KUVVETLERİ KOMUTANI EMRİYLE

S.Engin TOPRAK
Deniz Kıdemli Albay
Personel Daire Başkanı

EKLER :
EK-A (6x3 Adet İstenilen Bilgi ve Belgeler) (X)

DAĞITIM :

Gereği :
İstanbul Boğaz K.lığına (X)
Kurtarma ve Sualtı K.lığına (X)
Deniz Müzesi K.lığına (X)

Bilgi :
Donanma K.lığına
Kuzey Dz.Saha K.lığına

GÖREV YERİ VE KİMLİĞİ :
1. Dz.Müzesi K.lığından Öğ.Bnb.İskender PALA (82-3) SİCİLEN RESEN
2. Kur.ve Sualtı K.lığından Dz.Kd.Yzb.Hakan KARA (84-5904) SİCİLEN RESEN
3. İstanbul Boğaz K.lığından Dz.Yzb.Vehbi KARA (86-5904) " "

Aralık 1996:
Suçlu ayağa kalk:
"Sicillen re'sen emekliliğine..."

HİZMETE ÖZEL

T.C.
GENELKURMAY BAŞKANLIĞI
DENİZ KUVVETLERİ KOMUTANLIĞI
A N K A R A

PER : 39581683 -04/Per.D.Emk.İşl.Ş.(122260) 23 HAZİRAN 2004

KONU : Askerlik Safahat Belgesi.

Prof.Dr.İskender PALA
İcadiye Mah. Maruf Sk. 44/5
Bağlarbaşı/Üsküdar-İSTANBUL

İLGİ : 16 Haziran 2004 tarihli dilekçeniz.

İlgi ile istenilen safahat belgesi dosyanızda bulunan kayıtlara uygun olarak tanzim edilerek Ek'te gönderilmiştir.

Rica ederim.

Zeki KABASOĞLU
Deniz Kıdemli Albay
Personel Daire Başkanı

EKİ :
1 Adet Belgesi.

Sonraki bir zamanda:
Durum özeti:
"Askeri Mahkeme Kararları ile verilen cezaları yoktur; ama yine de disiplinsizlik(!) nedeniyle ordudan ihraç edilmiştir."

DENİZ KUVVETLERİ KOMUTANLIĞINDAN AYRILAN SUBAY VE ASTSUBAYLARA AİT ASKERLİK SAFAHAT BELGESİ

BELGE NUMARASI: 3922- -04/Per.D.Emk.İşl.Ş.

ADI SOYADI	: İskender PALA	
RÜTBESİ	: Bnb.	
SINIFI	: Öğretmen	
SİCİL NO	: 1982-3	
DOĞUM YERİ/TARİHİ	: Uşak – 08/06/1958	
EMEKLİ SİCİL NO	: 58.487.001	

1. GÖREV YERLERİ VE TARİHLERİ

KATILIŞ TARİHİ:	AYRILIŞ TARİHİ:	GÖREV YERİ :
21/06/1982	16/07/1985	Dz.Lisesi K.Öğt.Bşk.Sos.Ders.Böl.Bşk.Ede.Öğ.
16/07/1985	26/11/1987	Dz.Astsb.Hzl.Ok.K.Öğt.Bşk.Ede.ve Sos.Bil.Böl.Bşk.Ede.Öğ.
27/11/1987	22/06/1988	Kasımpaşa Dz.Hst.Bştbp.Hst.İdari Amir .Per.Ş.Md.V.
22/06/1988	21/07/1989	Dz.Müzesi K.Gösteri ve Düzenleme Ks.A.V.
31/07/1989	18/06/1990	Gnkur.Hrk.Bşk.Eğt.D.Bşk.Slh.Kuv.Spor Ok.ve Eğt.Mrk.K.Per.Sb.V.
29/06/1990	28/08/1991	Dz.Müzesi K.Tarih ve Arşiv Ks.A.
10/09/1991	02/01/1992	Dz.Eğt.K.Eğt.Des./Hiz.Gr.Bşk.Doküman Hzl.Ş.Md.V.
10/01/1992	07/06/1992	Dz.Müzesi K.Arşiv Ş.Md.Tarih ve Arşiv Ks.A.
07/06/1992	01/09/1992	1.Dz.Er Eğt.Al.K.Er Msl.Krs.K.Krs.Öğ.V.
01/09/1992	01/05/1994	Dz.Müzesi K.Arşiv Ş.Md.Tarih ve Arşiv Ks.A.
01/05/1994	28/07/1995	Dz.Müzesi K.Tarih ve Arşiv Ş.Md.V.
28/07/1995	13/01/1997	Dz.Müzesi K.Müzecilik Ş.Md.

2. RÜTBELERİ VE TERFİ TARİHLERİ

30.08.1982	Öğ.Tğm.
30.08.1984	Öğ.Ütğm.
30.08.1986	Öğ.Kd.Ütğm.
30.08.1989	Öğ.Yzb.
30.08.1992	Öğ.Kd.Yzb.
30.08.1994	Öğ.Bnb.

3. MEZUN OLDUĞU OKULLAR VE TARİHLERİ

İstanbul Teknik Üniversitesi Edebiyat Fakültesi

4. GÖRDÜĞÜ KURSLAR

Sb.Temel İnt.Eğt.
Öğretim Tekniği
Kıt'a Eğitimi
Üni.Mezunu Sb.Eğt.

5. TAKDİR VE TALTİFLERİ

YOKTUR.

6. ALDIĞI DİSİPLİN CEZALARI

Dz.Astsb.Hzl.Ok.K.tarafından 21/04/1986 tarihinde astına kötü davranmak suçundan dolayı (TEVBİH) cezası verilmiştir.
Kz.Dz.Sh.K.tarafından cenaze törenine kısa kollu elbise ile katılmak suçundan 21/09/1990 tarihinde YEDİ GÜN GÖZ HAPSİ cezası verilmiştir.

7. ASKERİ MAHKEME KARARLARI İLE VERİLEN CEZALARI

YOKTUR.

8. AYRILIŞ NEDENİ VE SON MAAŞ DURUMU

YÜKSEK ASKERİ ŞURA KARARI 10.12.1996 tarihinde MSB tarafından onaylanmış ve ilişiği 13.01.1997 tarihinde kesilmiştir.

EN SON ARALIK 1996 maaşı almıştır. Son Derece/Kademesi : 2 nci derecenin 3 ncü kademesi
Maaş Göstergesi : 1265 Ek Göstergesi : 3000

Öğ.Bnb. İskender PALA 'ya ait Askerlik Safahat Belgesi şahsi dosyasında bulunan kayıtlara uygun olarak 23 Haziran 2004 tarihinde tanzim ve tasdik edilmiştir.

TANZİM EDEN	TASDİK EDEN
Fatih MERT İda.Kad.Bçvş. Emk.İşl.Astsb.	Zeki KABASOĞLU Deniz Kıdemli Albay Personel Daire Başkanı